中國語言文字研究輯刊

二四編

許學仁 主編

第 6 冊

《漢語大字典》水部字研究（下）

金 瑞 著

花木蘭文化事業有限公司

國家圖書館出版品預行編目資料

《漢語大字典》水部字研究（下）／金瑞 著 -- 初版 -- 新北市：
花木蘭文化事業有限公司，2023〔民112〕
目 4+168 面；21×29.7 公分
（中國語言文字研究輯刊 二四編；第 6 冊）
ISBN 978-626-344-242-9（精裝）
1.CST：漢語字典 2.CST：研究考訂
802.08   111021974

ISBN-978-626-344-242-9

中國語言文字研究輯刊
二四編　第六冊　　　　　　　ISBN：978-626-344-242-9

《漢語大字典》水部字研究（下）

作　者　金瑞
主　編　許學仁
總 編 輯　杜潔祥
副總編輯　楊嘉樂
編輯主任　許郁翎
編　輯　張雅淋、潘玟靜　美術編輯　陳逸婷
出　版　花木蘭文化事業有限公司
發 行 人　高小娟
聯絡地址　235 新北市中和區中安街七二號十三樓
　　　　　電話：02-2923-1455／傳真：02-2923-1452
網　址　http://www.huamulan.tw 信箱 service@huamulans.com
印　刷　普羅文化出版廣告事業
初　版　2023 年 3 月
定　價　二四編 9 冊（精裝）新台幣 30,000 元　　　版權所有‧請勿翻印

《漢語大字典》水部字研究（下）

金瑞 著

目

次

下　冊

第四章　《漢語大字典》水部字代表性範疇類聚研究

　　漢語「水」詞群以「水（氵、氺）」為範疇標誌，可以看成是語言使用者對客觀世界進行分類後在語言形式上的表現，它和「金、木、火、土」等類化標誌一樣具有範疇意義〔註1〕。漢字中以「水（氵、氺）」為構形部首的單字佔有相當的數量，據我們統計，第二版《漢語大字典》水部字所收單字字頭 2148 個（其中包括繁簡字 73 個、全同異體字 651 組和類推簡化字 56 個），若去掉與詞義數量影響無關的字頭，則還剩 1368 個。這些水部字基本上都顯示出與「水」有關的詞義屬性。其中又可以按具體的詞義分為表示江河湖海或地名專稱的名詞；表示水流的通稱或水流的停聚處的名詞；表示與水相連的陸地或水邊的相關事物的名詞；表示具體的某種液體的名詞；表示與天氣有關的氣象或氣候的名詞；表示與水相關的動作（主要是他動，與水自流狀態相區別）的動詞；表示描摹水的形狀和態貌的形容詞；表示模擬與水相關的聲音的擬聲詞以及其他等等。每一類大的範疇中又可再細分出許多子範疇的小類。

　　這些劃分基本上囊括了所有的水部字，反映了水部字的語義範疇情況。對這些範疇內的單字進行辨析不僅有助於我們對水部字的整體範疇有宏觀上的認

〔註1〕 馮英《漢語義類詞群的語義範疇及隱喻認知（一）》，北京語言大學出版社，2009 年，205 頁。

識，還能幫助我們釐清水部字內部的單字個體之間的聯繫和差異。反過來也將有可能對《漢語大字典》單字義項、收字問題、字際關係溝通等方面起到補充作用。

第一節　動詞類代表性範疇詞義比較研究

　　本節主要討論的是《漢語大字典（第二版）》水部字中表示與水相關的動作的單音節詞的幾類代表性詞義範疇的內部辨析。每個字的歸類原則上主要依據其在《說文解字》中的意義，《說文》未見字主要依據其在《漢語大字典（第二版）》中該音項下的第一個義項或主要代表性義項，若有特殊情況，文中會標出其音項序號及義項序號。楷書字頭範圍及字形基本上以《漢語大字典（第二版）》水部字為準，古文字字形主要以《古文字詁林》及《說文解字》為主選取。

一、「洗滌」類

【沐　沬　洒　洗　澡　涑　浴　浣　瀚　滌　漱　濯　涮】

　　水部字與水相關的動作類單音節詞中，表示「洗滌」類意義的字有一系列。其中絕大多數是古已有之的字，它們有的在造字之初所表示的意義就有不同，或是洗滌的對象不同，或是洗滌的方式不同等。有的則是在詞義的發展過程中產生的聯繫和交叉。有的發展到後來還出現了其他用法等等。

　　沐　洗頭髮。古文字形〔註2〕（粹一一七四貞人名）（河六三九）（《甲骨文編》），甲骨文中的此字形有學者釋為「桼」，有學者認為是「沐」，饒宗頤在《殷代貞卜人物通考》中釋為「沐」，是貞人名。我們可以看到此字形象有水有木，本義現不可考，或與以水淋木之類的意思有關。秦簡中有字形（睡虎地秦簡文字編）。《說文》小篆作。《說文·水部》：「沐，濯髮也。從水，木聲。」沐是洗頭髮的意思，此用法在典籍中也多見，如《南華真經》：「孔子見老耼，老耼新沐，方將被髮而乾熱然，似非人。」《呂氏春秋·謹聽》：「昔者禹一沐而三捉髮，一食而三起，以禮有道之士。」也引申用作一般的洗滌。

　　沬　洗臉。古文字形（寧滬二·五二）（《甲骨文編》）（後下 12·5）

〔註2〕本章古文字字形若無特別說明均引自《古文字詁林》，上海教育出版社，2004 年。

（續甲骨文編）▨（魯伯盤）▨（歸父盤）（《金文編》）。由古文字形看，像一個人彎腰低頭就盤洗臉之狀。《說文》小篆寫作▨。關於「沬」的古文字形，有學者認為表示洗臉的「沬」本作「湏」，古文作「顲」。而字形「沬」與「沐」本一字。吳大澂《說文古籀補》卷十一：「古文沬從頁，作湏。又頁部顲，昧前也，讀若昧。疑亦沬之古文。……疑古沬沐为一字。」王獻唐說：「（沬、顲）確是一字，湏從水從頁，頁是頭，把水旁寫在左邊，顲的髟旁，上又從曰，也是頭，把水形寫在頭下。」羅振玉《增訂殷虛書契考釋》卷中：「（甲骨文）此象人散髮就皿洒面之狀。……許書作沬，乃後起之字，今隸作頮。」《說文·水部》：「沬，洒面也。从水，未聲。湏，古文沬从頁。」沬是洗臉的意思。《漢書·律曆志下》：「甲子，王乃洮沬水，作《顧命》。」顏師古注：「洮，盥手也；沬，洗面也。」

　　洒　洗滌。古文字形▨（前二·一〇·三）▨（前六·六·七）▨（後一·一一·八）▨（存下九八三）（《甲骨文編》）▨（日甲五八背）（睡虎地秦簡文字編）。《說文》小篆作▨。《說文·水部》：「洒，滌也。从水，西聲。古文為灑埽字。」須要注意的是洒的這個用法與表示「灑」的簡化字不同。「洒」表示普通的洗滌，讀作 xǐ，現在用「洗」代替這一用法。段玉裁注：「下文云：『沬，洒面也』『浴，洒身也』『澡，洒手也』『洗，洒足也』。今人假洗為洒，非古字。」《玉篇·水部》：「洒，濯也。今為洗。」馬敍倫《說文解字六書疏證》卷二十一：「王筠曰：『《字林》：洒，濯也。』……甲文有▨，朱芳圃釋洒。」典籍中有大量用例。《南華真經》卷第七：「吾願君刳形去皮，洒心去欲，而遊於無人之野。」《漢書》卷十二：「殆非重信慎刑，洒心自新之意也。」顏師古注曰：「洒，滌也。」

　　洗　洗腳。「洗」字的古文字形未有確說。羅振玉《增訂殷虛書契考釋》卷中：「▨、▨、▨……《說文解字》：『洗，洒足也，從水先聲。』此從▨從▨，置足於水中，是洗也。或增▨象盤形，是洒足之盤也，中有水置足於中，由字形觀之。古者沐盥以皿，洗足以盤。」羅振玉先生認為的那些當釋為「洗」的字形，別的學者有不同看法。馬敍倫《說文解字六書疏證》卷二十一：「葉玉森釋▨為湔。倫謂▨、▨或為㳤字。……或▨是洗之初文，從止在水中會意。」《說文》小篆作▨《說文》：「洗，洒足也。从水，先聲。」須要注意的是作「洗腳」

的這個用法讀作 xiǎn。前面我們說過,「洒」表示洗滌後來用「洗」表示,此時洗讀作 xǐ。《玉篇·水部》:「洗,今以為洒字。」

澡　洗手。《大字典》未收錄古文字形。羅振玉《增訂殷虛書契考釋》卷中:「**㳄**、**㳄**、**㳄**,此從**㳄**、**㳄**象水。從叉象手,叉在水中是澡也。許書所載亦後起之字。卜辭或增從**㳄**。」馬敍倫《說文解字六書疏證》卷二十一:「甲文作**㳄**,初文,會意。或曰:『甲文從水叉聲。』《華嚴經音義》引《倉頡》:『澡,盥也。』」《說文》小篆作**㳄**。《說文》:「澡,洒手也。从水,喿聲。」「澡」的本義是洗手,後來也引申可作普通洗滌。「洗」「澡」兩字連用作「洗澡」產生的比較晚,約在魏晉時期才產生。應當是洗手洗腳經常在一起,然後擴大為表示對全身的洗滌。南北朝陶弘景《真誥》卷九:「若履淹穢及諸不靜處,當洗澡浴與解形以除之。」《陳氏小兒病源方論》卷一:「忍三分寒,喫八分飽,頻揉肚,少洗澡。」

涑　洗滌。甲金文未見。《說文》小篆作**㳄**。「涑」表示洗滌的意思,讀作 sōu。「涑」的本義還表示河流名稱,讀作 sù。《說文》:「涑,澣也。从水,束聲。河東有涑水。」段玉裁注:「涑,亦假漱為之。《公羊傳》:『臨民之所漱浣也。』何曰:『無垢加功曰漱,去垢曰浣。齊人語。』」《玉篇·水部》:「涑,濯生練也。」《集韻·侯韻》:「涑,以手曰涑,以足曰瀚。」「涑」也可以用作「漱」,讀作 shù。可以看到這些與洗滌類相關的詞多數之間意思相同,用法析言之有別。有學者認為這些字是古音相通的轉注字,所以意義相近。馬敍倫《說文解字六書疏證》卷二十一:「倫按:沐浴涑聲同矦類轉注字。洗涑溓音同心紐轉注字。涑澡同舌尖前音轉注字。」

浴　洗澡。古文字形**㳄**(日甲一〇四)、**㳄**(《睡虎地秦簡文字編》)**㳄**(《長沙子彈庫帛書文字編》)。《漢語大字典》收錄字形**㳄**作為「浴」的甲骨文,但學者對這個字形的釋文還有不同意見。羅振玉《增訂殷虛書契考釋》卷中:「**㳄**,注水於般而人在其中浴之象也。許書作浴。從水,谷聲,變象形為形聲矣。」陳邦懷《殷虛書契考釋小箋》:「**㳄**,此字從水,從**㳄**,當即溫字。……羅參事釋卜辭溫為浴,謂注水於般而人在其中浴之象,恐未塙。」《說文》小篆字形作**㳄**,本義為洗身子,即我們今天通常所說的洗澡。《說文》:「浴,洒身也。从水,谷聲。」「沐」和「浴」連用為「沐浴」在先秦典籍中已經出現,

由洗頭髮和洗身子組合成洗澡的意思，還引申為比喻的用法，表示受潤澤。
《尸子》：「水有四德：沐浴群生，通流萬物，仁也；揚清激濁，蕩去滓穢，義
也；柔而難犯，弱而難勝，勇也；導江疏河，惡盈流謙，知也。」

　　浣　洗衣物。古文未見此字形，寫作「浣」是《說文》或體，本作澣。《說
文·水部》：「澣，濯衣垢也。从水，榦聲。𣵧，澣或從完。」「浣」主要是表示
洗衣服，或和衣物相關的布等物。也有學者認為「澣」、「浣」是轉注關係。馬
敘倫《說文解字六書疏證》卷二十一：「桂馥曰：『《三倉》：澣，洗也。』倫按：
濯衣垢也非本訓，澣從榦得聲，榦音見紐，浴從谷得聲，谷音亦在見紐，轉注
字也。……澣得聲於榦，榦完聲同元類，故澣得轉注為浣。玄應《一切經音義》
引《三倉》解詁：『浣，洗也。』則傳寫者以《字林》易之也。」因而，除了常
用的特定表示洗衣物，「浣」也有表示普通的洗滌的用法。如《史記·扁鵲倉公
列傳》：「湔浣腸胃，漱滌五藏。」這裏的「浣」後面的賓語就是腸胃而非衣服。

　　澣　洗衣物。「澣」同「浣」，當是「浣」的古文。《說文》：「澣，濯衣垢也。
浣，澣或從完。」

　　滌　洗滌。甲金文未見。說文小篆作𣵽。《說文》：「滌，洒也。从水，條
聲。」馬敘倫《說文解字六書疏證》卷二十一：「倫按：滌，從條得聲，條從
攸得聲，攸音喻紐四等。洒音心紐，同為次清摩擦音，故滌洒為轉注字也。」
《玉篇·水部》：「滌，洗也。」

　　漱　漱口。甲金文未見。《說文》小篆作𣶇。《說文》：「漱，盪口也。从水，
欶聲。」《廣韻·宥韻》：「漱，漱口。」也引申為洗滌。《楚辭·遠遊》：「飡六
氣而飲沆瀣兮，漱正陽而含朝霞。」王夫之通釋：「漱，滌也。」《禮記·曲禮
上》：「諸母不漱裳。」鄭玄注：「諸母，庶母也。漱，澣也。庶母賤，可使漱衣，
不可使漱裳。」

　　濯　洗滌。古文字形𣲈（右濯戈）（《金文編》）。《說文》小篆作𤃭。《說文》：
「濯，澣也。从水，翟聲。」學者對「濯」的造字構形本義有不同看法。有學
者認為是與輯棹一類的划船的人所用的工具，吳大澂《說文古籀補》卷十一：
「濯，所以刺船也。短曰輯，長曰濯。是戈當係水師所用，今俗作櫂，又作
棹。」有學者認為就是洗滌的本義，羅振玉《增訂殷虛書契考釋》卷中：「𦏵，
《說文解字》：『濯，澣也，從水，翟聲。』此從𣲃象水，𦏵象帚，所用以澣者，

置羽水中是濯也。許書作濯，亦後起字。」還有學者從字音考求，認為「濯」與「澡」是轉注關係，當為洗滌義。馬敘倫《說文解字六書疏證》卷二十一：「濯澡聲同宵類轉注字。」後來「濯洗」也連用成詞，表示洗滌，清洗。

　　涮　洗滌。古文未見。《說文》未見。應當是唐以後至宋產生的後起字。《廣韻·諫韻》：「涮，涮洗也。」《集韻·諫韻》：「涮，滌也。」

　　通過分析上面一組「洗滌」類單音詞的詞義，我們可以基本上將這一組詞再按照洗滌的對象分為洗身體部位和洗物品兩大類。現代漢語中洗身體的各個部位基本上都可以用「洗」，而上古漢語卻分得非常細，洗特定部位都有特定的詞語。發展到後來，「洗」不但代替了以上各詞，而且旁及於洗人身體以外的各種東西了。古代大致相當於現代的「洗」的是「洒」和「濯」。大體上，關於人體可以用「洒」；「濯」則主要用於洗物。而且基本上除了沫在現代漢語中不再使用，澡、浴在現代漢語中不單獨使用之外，剩下的發展到現代漢語後都引申出了一般的洗滌義。這些詞有的兩兩連用成複音詞，如沐浴、洗澡、洗滌、洗漱、浣洗、濯洗等。除了表示洗具體的事物，這些詞語還大都發展出了比喻的用法，如表示洗滌心靈、思想等抽象意義的用法。這一組字具體的意義差別詳見下表。

		沐	沫	洒	洗	澡	湅	浴	浣	瀚	滌	漱	濯	涮
動作主體	人	+	+	+	+	+	+	+	+	+	+	+	+	+
	雨等	+		+										
動作對象	人體	頭髮	臉		腳	手		身體				口		
	其他								衣物	衣物				
意義	專項		+		+		+							
	一般洗滌	引申		+	引申		+		引申	引申	+	引申	+	+

二、「涉渡」類

【渡 濟 涉 游 泅 潛 泳 溯】

　　渡　過河。甲金文未有確定字形。有學者認為卜辭中屮字從舟從彡（象水），是以舟橫渡水也，可釋為「渡」。溫少峰、袁庭棟《殷墟卜辭研究——科學技

術篇》:「此字之 𝄞 是水流之形,又從舟以橫絕之,疑是後世渡河之『渡』字初文,乃會意字,渡為後起之形聲字。」秦簡文字形作渡（《睡虎地秦簡文字編》),《說文》小篆作𣲳。《說文‧水部》:「渡,濟也。從水,度聲。」先秦典籍中已經出現渡,用作渡河,多表示藉助舟船渡河,與「濟」相同。《六韜》:「所以越深水渡江河也。」《列子》卷八:「人有濱河而居者,習於水,勇於汩,操舟鬻渡,利供百口。」渡不僅表示具體的通過水面的動作,也可表示非即時的過河。如《列子》卷五:「齊州珍之渡淮而北而化為枳焉。」由此可擴大為一般的通過、跨過,如渡過難關。

　　濟　渡過。甲骨文未見。金文字形作𣲳（《金文編》)。石刻文字和漢印文字中有較多字形。《說文》小篆作𣽂。《說文‧水部》:「濟,水。出常山房子贊皇山,東入泜。從水,齊聲。」由《說文》可知,濟字本義是河流的名稱。在這個義項上讀作 jǐ。前面我們在講「渡」的時候,《說文》對「渡」的解釋為「渡,濟也。」這是濟的第二個音項 jì,有學者認為這是河名的濟的借用義。「濟」表示渡過特指藉助舟船的過河。《廣韻‧霽韻》:「濟,渡也。」在先秦以前的古籍中濟有大量文例且用法頗多,表示渡過的如周《子夏易傳》卷八:「故虛木而舟之,剡木而楫之以濟乎。」周《六韜》卷二:「濟若同舟而,濟則皆同其利,敗則皆同其害。」漢以後多被「渡」替代了。

　　涉　徒步過水。甲骨文作𣲵、𣲵、𣲵、𣲵等（《甲骨文字典》),可以明顯看出造字本義,像兩隻腳過河。《說文》小篆作𣲵,從步從二水。《說文》設有㳒部,「𣲵」收錄在㳒部。《說文‧㳒部》:「𣲵,徒行厲水也。從㳒,從步。𣲵,篆文從水。」可以看到涉字的本義是徒步過水,不藉助舟船等工具。後來擴大為渡水也可。段玉裁《說文解字注‧㳒部》:「涉,引申為凡渡水之稱。」如古籍中常有「涉大川」的用法,顯然不藉助舟船是無法實現的。再如《呂氏春秋》第十五卷《慎大覽》第三:「灉水暴溢,荊人弗知,循表而夜涉,溺死者千有餘人。」這裏的涉就應該為徒步過水的意思了。

　　游　在水中浮行或潛泳。甲骨文無從水之游。本字為「斿」,讀作 liú。甲骨文有𣲵、𣲵、𣲵、𣲵等字形,《甲骨文編》中收錄 19 個形體,《續甲骨文編》中收錄 21 個形體。象人手執旌旗之貌。這是「游」字的本義。《說文》小篆作𣲵,是放在㫃部的,「𣲵,旌旗之流也。從㫃,汓聲。」羅振玉《增訂殷虛

書契考釋》卷中：「從子執旗，全為象形，從水者後來所加，於是變象形為形聲矣。」丁佛言《說文古籀補》補卷七：「案旗之游象水之流，故從水。」商承祚《說文中之古文考》：「甲骨文無從水之游，有斿。」金文中也有大量形體。有一些作🔲、🔲等，從辵，釋為「遊」。故《玉篇》收入辵部。「遊之古文，與游同。」商承祚《說文中之古文考》：「《說文》無遊……竊謂斿遊游當分訓，旌旗之游作斿，俗作旒；遊為遨遊之專字；游則水流皃。今以游為旗流者，借字也。」關於古文字中到底有無「游」字，學者們也有不同觀點，我們暫不討論。今天表示游水義的游讀作 yóu，是指人或動物在水裏行動。《大字典》解釋為「在水中浮行或潛泳」。《字彙》：「游，浮行也，順流而下也，又優游自如貌，又枝葉放縱貌。」

　　泅　浮行水上。甲骨文無從口之泅，本字作汓。甲骨文作🔲、🔲（《甲骨文編》），《說文》小篆作🔲，從水從子。《說文》中有泅，小篆作🔲，許慎釋為汓的或體。《說文·水部》：「汓，浮行水上也。從水從子。泅，汓或從囚聲。」關於泅（汓）字「浮行水上」的解釋，馬敘倫認為應當為「浮也，行水上也」，並且認為「泅」與「汓」是轉注關係。他在《說文解字六書疏證》卷二十一有如下說明：「沈濤曰：『《一切經音義》十一引作：浮水上行也。十五引作：水上浮行也。十八引作：謂水上浮也。十七引同今本。諸引不同，謂字乃玄應所足。《華嚴經音義》又引作浮於水上也。《晉書音義》一百十三引奪浮行二字。』倫按：《玉篇》引作游於水上也。古文以為沒字，據玄應諸引，則浮行水上也當作浮也，行水上也。……🔲，翟雲升曰：『囚聲。』倫按：囚音亦邪紐，故汓轉注為泅。」馬說或可信，但後世注釋多沿用了「浮行水上」的說法，且是指不乘舟地游。漢荀悅《申鑑》卷一：「濟大川者，太上乘舟，其次泅。泅者勞而危，乘舟者逸而安。」明黃省曾注：「泅，浮行水上也。」這裏很鮮明地體現了泅的含義。從古文獻中的大量書證來看，「泅」與我們今天說的游泳，游水意思一樣。如《列子》卷八：「有濱河而居者，習於水，勇於泅。」《十六國春秋》卷五十六《後秦錄》四：「太祖使善游者泅水拘捕，無一人得免。」

　　潛　水中行。甲骨文未見。古文字形作🔲（《古璽文編》），《說文》小篆作🔲。《說文·水部》：「潛，涉水也。從水，朁聲。」潛字也表示涉水，但其偏重於在水中，或水沒過身游。段玉裁注：「《邶風》傳云：『由鄒以上為涉。』

然則言潛者,自其郗以下沒於水言之,所謂泳也。」(按:郗,此處同膝。)段氏的注解我們可以看得很清楚涉和潛的區別在於水沒過身體的高度。《玉篇》:「潛,水中行也。」《廣雅》:「潛,沒也。」

泳 潛行水中。古文字形為 䲧、䲧、䲧 等(《續甲骨文編》)。《說文》小篆作 䲧。《說文·水部》:「泳,潛行水中也。從水,永聲。」指在水中或水上浮行。《列子》卷二:「彼中有寶珠,泳可得也。」張湛注:「水底潛行曰泳。」「泳」常和「游」連在一起作「游泳」,指人或動物在水中游行。從古籍庫中「游泳」一詞所在的文例看,最早當是先用於表示魚類或水中生物在水中游動,多表示人在水中游行則產生較晚。從數量上看,「游泳」用於魚類動物等也多於人。如《晏子春秋》內篇《問下》:「臣聞君子如美,淵澤容之,眾人歸之,如魚有依,極其游泳之樂。」

溯 無舟過河。甲金文未見。《說文》小篆寫作 䲧。《說文·水部》:「溯,無舟渡河也。從水,朋聲。」溯表示沒有船徒步涉水過河。在這個義項上讀作 píng,也作「馮」。段玉裁注:「《(詩)小雅(小旻)》傳曰:『徒涉曰馮河。』《爾雅·釋訓》、《論語(述爾)》孔注同。溯正字,馮假借字。」《玉篇·水部》:「徒涉曰溯。今馮字。」溯字依古籍看,出現得比較晚,南北朝的《文選》中收錄宋玉的《風賦》:「飄忽溯滂,激颺熛怒。」李善注:「溯滂,風擊物聲。」這裏「溯滂」連用,表示一個象聲詞。

從上面的分析我們可以看到,「涉渡」類的這一組動詞都是表示從水中過。按照渡過的方式基本上可以劃分為徒步(不藉助工具)、假舟或二者皆可。按照人在水中的淹沒程度可以分為較淺、較深和完全進入水中。但是,按照這樣來分也不能夠完全機械地一一對應進去,因為有的詞在發展的過程中詞義範圍有所變化,呈現出歷時的不同。大體上來說,表示徒步過水的有涉、游、汋、潛、泳、溯,需要藉助舟船等的有渡、濟;其中涉也可引申為藉助舟船。按照涉水的深淺來看,藉助舟船等工具的我們認為是從水面渡過;不藉助工具的涉水較淺的有涉、溯,完全沒入水中的有潛、泳,而游、汋則既可以表示在水面浮行,也可以表示完全潛入。這是由於這一組字雖然屬於同一個範疇的詞,詞義相近,但具體到每個詞的義素還是有所不同的,我們用一個表格來說明。

		渡	濟	涉	游	泗	潛	泳	溯
動作主體	人	+	+	+	+	+	+	+	+
	其他				+	+	+	+	
動作對象	水面	+	+	+	+	+			+
	水中				+	+	+	+	
使用工具	徒步			+	+	+	+	+	+
	舟船等	+	+	+					

三、「澆灌」類

【注 淋 沃 澆 灌 淮 溉 淳】

注　灌入。甲金文未有確定字形。秦簡文字形體作**注**（《睡虎地秦簡文字編》），《說文》小篆作**注**。《說文·水部》：「注，灌也。從水，主聲。」注表示灌入；傾瀉。《字彙》：「注，灌注，水流射也。」《正字通》：「《增韻》：『灌注，水流射也。』」《玉篇》：「注，灌也，寫也。」《詩·大雅·洞酌》：「挹彼注茲」。可以看出「注」這個動作的具體形態是從一個容器中舀水灌入另一個容器中，即注入。既可以指水量小的注入，也可以指水量大的傾瀉。我們經常說的「大雨如注」就是這個意思的比喻用法。

沃（浂）　灌溉。學界一般認為還未找到古文「沃」字，但有學者認為甲骨文有「沃」字形。[註3]這與我們今天釋為「澆；灌」的沃不同，後者說文小篆作**浂**，從水從芺。《說文·水部》：「**浂**，溉灌也，從水，芺聲。」《漢語大字典》第二版收錄「浂」，同「沃」。王筠《說文句讀》：「浂，經典作沃。」段玉裁注：「**浂**，隸作沃。自上澆下曰沃。」馬敘倫《說文解字六書疏證》卷二十一：「溉灌也當為溉也灌也。」「沃」表示澆、灌義，與今天所說的「灌溉」義相同，且偏重自上而下澆灌。古代貴族淨手時，有人用「匜匜」向下傾水，下用盤盂承水，淨手者接水而洗，這種澆水法叫「沃」。[註4]「沃」不同於「注」處在於：沃是澆於物上，注是注入容器內。

澆　灌溉；淋。甲金文未見。《說文》小篆作**澆**。《說文·水部》：「澆，浂也，從水堯聲。」馬敘倫《說文解字六書疏證》卷二十一：「澆為浂之聲同宵類轉注字。」「澆」與「浂」義同，表示灌溉，特點是從上往下淋注式。《說文·

〔註3〕黃奇逸《釋沃丁·盤庚》載《考古與文物》1987年第一期。
〔註4〕王鳳陽《古辭辨（增訂本）》，中華書局，2011年，533頁。

食部》：「饡，以羹澆飯也。從食，贊聲。」饡表示用肉湯汁或菜湯汁澆飯。王筠《說文句讀》：「玄應引作『灌漬也』。不與『沃』類廁者，《食部》『饡』下云『以羹澆飯也』，乃『澆』之本義。」即是說「澆」本義是表示湯羹澆在飯上，好比我們現在的蓋澆飯的做法。同樣的例子還有《釋名疏證補》卷四：「飧，散也。投水於中解散也。畢沅曰：『《御覽》引作投飯於水中各散也。《詩·伐檀》正義引《說文》：飧，水澆飯也，從夕食。』」由此可知，「澆」在古代漢語中就不局限在澆灌農田莊稼，而是可以與多種類型的受事賓語搭配。

淋　澆。甲金文未有確形。《說文》小篆作㵂。《說文·水部》：「淋，以水沃也。從水，林聲。」《玉篇》：「淋，水澆也。」《龍龕手鑒》：「淋，以水沃也。」《字彙》：「淋，《說文》以水沃也，澆也。」馬敘倫《說文解字六書疏證》卷二十一：「今言淋者，謂以水自上沃之。」淋義與澆同，都是表示從上面向下較均勻地澆灑，既可以表示被雨水等淋，也可以用作往食物等事物上淋汁液。與「澆」不同的是，在現代漢語中，拿雨水來舉例，如果說被雨「淋」了則雨可大可小，若被雨「澆」了，則一般認為是大雨。另外一點是，澆水一般表示施事者是人，主動澆水。而淋水則既可以表示人主動去澆水，如給花淋點水；也可以人表示被水淋。

灌　灌溉。甲金文未見。古文作㳰（《睡虎地秦簡文字編》）《說文》小篆作㶄。《說文·水部》：「灌，水出廬江雩婁，北入淮。從水，雚聲。」由《說文》看，灌為河名。灌還表示澆灌；灌溉。《廣韻·換韻》：「灌，澆也。」《集韻·換韻》：「灌，溉也。」《字彙》：「灌，又溉也澆也。」灌表示灌溉古代主要指雨水或江河水灌溉農田。也表示水注入；流進，現在灌字單用則多表示此義，如灌水、灌入、倒灌等等。表示澆灌農田的意義則通常要跟「溉」連用表示。

潅　澆灌；灌溉。甲金文未見。《說文》小篆作㶄。《說文·水部》：「潅，灌也。從水，奞聲。」段玉裁注：「潅與沃義同。」潅表示灌溉，與「灌」同，文獻中有「潅溉」的用法。如《張右史文集》卷十一《暇日步西圓為詩得七篇·種蔬》：「貧舍無旨蓄，種圃治寒蔬。縱橫數席間，潅溉亦勤劬。」

溉　灌溉。甲骨文未見，古文字形㳊（《金文編》）、㵒（《睡虎地秦簡文字編》）。《說文》小篆作㵒。《說文·水部》：「溉，水。出東海桑瀆覆甑山，東北入海。一曰灌注也。從水，既聲。」馬敘倫《說文解字六書疏證》卷二十一：「倫按：一曰五字當在『既聲』下。『灌注也』當作灌也注也。」由《說文》看

「溉」字表示灌溉義，也是水名。「溉」用於灌注義與「灌」同義，主要用於農田的澆灌，所以「溉」經常和「灌」在一起使用，但「溉」的這種用法較「灌」為晚。古籍中既有「灌溉」也有「溉灌」。兩者意思相近，都表示澆灌、滋潤的意思。除了澆灌、灌溉農田，還有引申和比喻的用法。如《難經本義》卷上：「穀味灌溉諸臟，諸臟皆受氣於脾」，《真誥》卷六：「內存九真三氣運液而灌溉丹田」這裏的「灌溉」都表示充盈、滋潤身體器官的意思。「灌溉」的使用頻率要遠大於「溉灌」且一直沿用至今，而現代漢語中已經幾乎沒有「溉灌」的用法。

　　淳　澆灌。古文字是沒有從水從享這個字形的，古文字形作 淳（《睡虎地秦簡文字編》）䣼、淳（《漢印文字徵》）等。《說文》小篆作 淳。從水從臺《說文·水部》：「淳，淥也。從水臺聲。」段玉裁注：「《考工記注》皆曰：『淳，沃也。』……因沃之以膏也，然則許云『淥也』謂淥之後一義……當依《經典釋文》之純反。『常倫』乃『不澆』之訓，純、醇二字之假借也。假借行而本義廢矣。」「淳」主要有兩個音項，表示澆灌的時候讀作 zhūn，即「之純反」。而作為「純、醇」等的假借字則讀作 chún。《字彙》：「淳，又支均切，音肫，沃也，鹽也。」

　　這一組「澆灌」範疇的詞基本上在這個義項上都表示灌溉義。從現代漢語用法具體來看，可以把淋、澆分為一組，都表示澆注；沃（浇）、灌、淮、溉分為一組，都表示灌溉；注和淳則稍微不同。其中沃（浇）字可以作為這組字的核心基礎詞，澆、淋、淳等字《說文》中都以「沃（浇）」來釋。而《大字典》中的現代解釋則基本上以「灌溉」為主。細分之，則可以從動作主體、澆灌方式、水量大小、動作對象等幾個方面來確定每個詞的義素的細微差別。具體見下表。

		注	淋	沃	澆	灌	淮	溉	淳
動作主體	人	+	+	+	+	+	+	+	+
	雨水等	+	+		+	+			
澆灌方式	從上	+	+	+	+	+	+	+	+
	平面			+		+	+	+	+
水量大小	較大	+	+		+	+	+	+	+
	較小		+	+	+		+		+
動作對象	農田	+	+		+	+	+	+	+
	其他等	+	+		+	+			

四、「淘濾」類

【汏（汰） 淅 淘 愢 渫 瀟（灡） 漉 瀝 濾 潷】

汏（汰） 淘洗。古文字形中沒有從水從太的汰，它的本字為汏，從水從大。甲骨文有$\dagger$、$\dagger$、$\dagger$等字形。《甲骨文編》中收錄了 12 個字形，《續甲骨文編》中收錄了 13 個字形。《說文》小篆作$\dagger$。《說文·水部》:「汏，淅灡也。從水，大聲。」有的學者認為後世「大」寫作「太」是誤點，「汰」是「汏」的訛字。孫海波《卜辭文字小記》(《考古學社社刊》第四期):「後世或寫作汰，多點者誤也。」馬敘倫《說文解字六書疏證》卷二十一:「沈濤曰:『《文選·（王元長）永明十一年策文》注引『汏，灡也。』蓋古本無淅字。……王筠曰:『汰，汏之譌。洗，淅之譌。』』……倫按:洗也，校語。淅灡也，當作淅也灡也。」「汏」表示「淅灡」，即淘洗義，是由淅米即淘米義引申的。段玉裁注:「凡『沙汏』、『淘汏』，用淅米之義引伸之。或寫作汰，多點者，誤也。」

淅 淘（米）。甲金文未見。《說文》小篆作$\dagger$。《說文·水部》:「淅，汏米也，從水，析聲。」段玉裁注:「《毛詩（生民)》傳曰:『釋，淅米也。』……《孟子（萬章下)》注曰:『淅，漬米也。』凡釋米、淅米、漬米、汏米、灡米、淘米、洮米、漉米，異稱而同事。」這裏我們可以看到，「釋、淅、漬、汏、灡、淘、洮、漉」等在這個義項上屬於近義詞。《正字通》:「淅，汏米。」可以看到「淅」的使用範圍比較狹窄，表示淘洗，但是動作對象一般指米。

淘 在水中盪。甲金文未見。《說文》未收錄。字形當產生比較晚。《正字通》:「淘，音陶，淅米也，又盪也。」《字彙》:「淘，音陶，淅米也，又盪也。」這兩個是說「淘」表示淘米淅米，也表示在水中蕩滌、淘洗。在周·尹喜《文始真經》中就有「淘沙得金」的用法。三國管輅的《管氏指蒙》中也有幾處「淘沙」的用例。

愢 淘米。甲金文未見。《說文》未收錄。這個字形當產生比較晚。通過對古籍庫的搜尋我們發現這個字形出現的頻率也極低，表示淘米這個義項也幾乎只存在在字書當中。《玉篇·水部》:「愢，漉米。」《字彙》:「愢，音篩，漉米也。」《正字通》:「愢，濾字之譌，舊注『音篩，漉米。』誤。」愢字產生很晚，應當是濾的省形字。《大字典》解釋為「愢，淘米。」

渫 除去;淘去。古文字形作$\dagger$（《睡虎地秦簡文字編》)《說文》小篆作

【漢字】。《說文·水部》:「渫,除去也。從水,枼聲。」《玉篇》:「渫,除去也。」《正字通》:「渫,音屑,除也,散也。前漢《食貨志》:『農民有錢,粟有所泄。』」《字彙》:「渫,音屑,除去也,散也。前漢《食貨志》:『粟有所泄。』」渫字有很多義項,在這個範疇內是表示除去污泥,主要用於淘井等。《正字通》和《字彙》裏所列的《食貨志》的書證裏的「渫」則是表示散發、消散的意思。

瀾(潃) 淘米。現在寫作潃,從間不從閒。甲金文未見。《說文》小篆作【漢字】。《說文·水部》:「【漢字】,淅也。從水,簡聲。」瀾表示淘米的意思,《廣韻》:「瀾,洗米。」《說文》用「淅」來解釋,與「汏」意義也相同。馬敘倫《說文解字六書疏證》卷二十一:「瀾從簡得聲,簡從間得聲。閒從月得聲。月大聲同脂類,則瀾汏為轉注字。」文獻中「瀾」的出處基本上都是字書或韻書中與「淅」互訓的用法。

漉 液體慢慢滲下;過濾。《甲骨文字典》中有【漢字】,從麤從水。甲骨文中麤(【漢字】)、鹿(【漢字】)字形有別,但作偏旁時常混用,故《甲骨文字典》認為這個字形可釋為「漉」。《說文》小篆作【漢字】,從水從鹿。《說文·水部》:「漉,浚也。從水,鹿聲。淥,漉或從彔。」《說文》解釋為「浚也」。馬敘倫《說文解字六書疏證》卷二十一:「鈕樹玉曰:《廣韻》引同。《韻會》引作『滲也。』《廣韻》《韻會》引『鹿聲』下有『一曰水下皃』五字。沈濤曰:《文選·封禪書》注引『漉,水下皃。』倫按:瀝、漉音同,來紐轉注字。或雙聲連語,其義為水下皃。玄應《一切經音義》引《三倉》:『淋漉,水下也。』淋漉即瀝漉也。一曰『水下皃也』鉉本無之。王筠謂即鉉本『瀝』下『一曰水下滴瀝之挩謁在此。』」馬說可以看出文獻中的對《說文》「漉」的下的記載有差異,有的只有「浚也」有的還有「一曰水下皃」,難窺究竟。後世文獻用例中「漉」在這個範疇內既有表示液體慢慢滲下這個用法;也有過濾這個用法。如《廣雅·釋言》:「漉,滲也。」三國魏曹植《七步詩》:「煮豆持作羹,漉豉以為汁。」《大字典》這兩個義項均收入其中。

瀝 濾。甲金文未見。《說文》小篆作【漢字】。《說文·水部》:「瀝,浚也。從水,歷聲。一曰:水下滴瀝。」對於《說文》「瀝」的這兩句解釋,與前面的「漉」字相似,有的學者認為是記載有一些有誤的地方。目前,《大字典》中將「浚也」放在「濾」這個義項下。將「水下滴也」放在「液體一滴一滴地落下」這個義項下。《大字典》還有「滲出」的義項。這幾個義項之間的關係非

常密切。《字彙》:「瀝,點滴,水將盡而餘滴也。又漉去水也。又滲也。」《正字通》:「瀝,《說文》『浚也,一曰水下滴』今俗謂水將盡餘滴曰瀝。又漉去水。又滲也。」「瀝」在很多方言中也表示「濾」,常用作把水瀝乾。如江淮官話、西南官話等。

　　濾　漉去滓。甲金文未見。《說文》未收錄。字形當產生較晚。《字彙》:「濾,良據切,音慮。漉去滓也。」《正字通》:「力遇切,音慮。漉去滓也。……唐人白行簡以《濾水羅賦》著稱,注:『羅者,濾水具,用輕紗粗葛布為之,滓在上,水在下,則水潔淨也。』」《正字通》這裏引的注解釋得非常明確,「濾」是用可漏水的紗布等將混合液體中的明顯可見渣滓與液體分開。再如漢·華佗《華氏中藏經》卷下:「韭子一升,酒浸三宿,濾出,焙乾,杵為末。」賈思勰《齊民要術》卷第七:「以毛袋漉去麴滓,又以絹濾麴汁於甕中。」《齊民要術》的這個書證似乎告訴我們「漉」和「濾」的細微差別,同樣是過濾,「漉」過濾的是最大顆粒的渣滓,而「濾」則比「漉」更精細。

　　潷　濾出液體。甲金文未見。《說文》未收錄。產生較晚。《廣雅·釋詁二》:「潷,盝也。」王念孫書證:「潷之言逼,謂逼取其汁也。《玉篇》:『潷,笮去汁也。』《眾經音義》卷五引《通俗文》云:『去汁曰潷』……今俗語猶云潷米湯矣。」《字彙》:「潷,笮去汁也。」《龍龕手鑒》:「潷,去滓也。」「潷」在江淮官話中還指把浮在液體上面的泡沫或其他東西貼著液面弄掉。有過濾的意思。比如煮肉湯上面的白沫子用勺子潷掉。這與把淘米水裏的水倒掉留下米也稱作把水潷乾這種行為有所不同。後者與「瀝」相同。「潷」與「漉」、「濾」等都是一種將混合液體中的固體與液體分開的行為,區別在於,「潷」是側重留下固體,去掉液體;而「漉」、「濾」等是偏重濾出固體,留下液體。

　　這一組詞基本上可以分為兩大類,「汰、淅、淘、洮、渫、蕭」為一類,幾乎都是由「淘米」的用法產生引申,又有了淘洗其他事物的用法。其中,「淅」單用主要還是表示「淘米」,使用範圍較窄;「渫」則是主要表示「淘井」。有的則更進一步引申為「除去」、「滌蕩」等用法。第二類是「漉、濾、瀝、潷」,主要都是表示過濾。其中「漉、濾、瀝」意義更接近,可以說渾言不別。具體義項間義素的差別見下表。

		汰	淅	淘	潣	渫	瀟
動作主體	人	＋	＋	＋	＋	＋	＋
動作對象	米	＋	＋	＋	＋		＋
	其他	＋		＋		井	
		漉	濾	瀝	潷		
動作主體	人	＋	＋	＋	＋		
工具	紗布（軟）等	＋	＋	＋			
	勺子或網（較硬）等				＋		
程度	顆粒大小	漉〉濾					
結果	留下固體				＋		
	留下液體	＋	＋	＋			

五、「沉沒」類

【沒 沈（沉） 湛 湮 淹 渨 溺 㲄 湎 瀎 瀸】

沒　沉沒，潛入水中。甲骨文未見。金文字形有𣲎，從水從𡆪省。（《金文編》）《說文》小篆作𣲠。《說文·水部》：「沒，沈也。從水，從𡆪。」朱駿聲通訓定聲：「從水，從𡆪，會意，𡆪亦聲。」馬敍倫《說文解字六書疏證》卷二十一：「沒與湮、㲄亦為脂真對轉轉注字。字見《急就篇》。」《玉篇》：「沒，溺也。」《類篇》：「沒，沈溺也。」「沒」從構形我們就能看到，它的本義和水有關。「沒」早期的用法常常和「歿」相通，表示死，尤其是在先秦文獻中占的比重非常大。有單獨使用的，也有組成「沒身」、「沒命」的用法。其餘基本上多表示沉沒、淹沒在水中等。而實際上這兩個用法也是有聯繫的，若淹沒水中不得救則歿也。如《周易》卷九：「坎為水……用之失道則沒溺矣。」《周易》卷三：「木為澤所沒」也是表示淹沒。當然「沒」也可以表示潛入水中而不溺水，如《尸子》卷下：「徐偃王好怪，沒深水而得怪魚。」而「沒」表示否定詞讀作 méi 則是比較晚的用法了，這裏我們暫不討論。

沈（沉）　沉沒；人或物沒入水中。甲骨文作𣲚、𣲸、𣲷等字形。《甲骨文編》和《續甲骨文編》所收錄的這個字字形共有 47 個之多。（《古文字詁林》）《說文》小篆作𣲮。《說文·水部》：「沈，陵上滈也。從水，尤聲。一曰濁黕也。」《說文》中記載的「沈」表示的是山嶺上凹處的積水，與今天表示沉沒的「沈（沉）」不同。古籍中多作「沈」，今「沉」字通行。而甲骨文中的字形

則更接近「沈（沉）」的沉沒義，即人或物沒入水中。羅振玉《增訂殷虛書契考釋》卷中：「（甲骨文字形）此象沈牛於水中。」是指古代祭水神的儀式，向水中投入祭祀品。學者們多認為「沉沒」義是由這個意義發展的。《小爾雅·廣詁》：「沈，沒也。」《篇海類編·地理類·水部》：「沈，投物於水中。」宋本《廣韻》：「沈，沒也。」《正字通》：「沈，沒也，溺也。」《類篇》：「沈，一曰濁黕也，一曰溺也」。《集韻》：「沈，一曰濁黕也，一曰溺也，或作湛，俗作沉。」

　　湛　沉沒。古文字形作![字形]、![字形]（《金文編》）。《說文》小篆作![字形]。《說文·水部》：「湛，沒也。從水，甚聲。」段玉裁注：「古書浮沈字多作湛。湛、沈，古今字，沉又沈之俗也。」《字彙》：「湛，又持林切，音沉，與沉同。」宋本《廣韻》：「湛，漢書曰：且從俗浮湛。」可以看到字形「湛」是「沈（沉）」的古字，《大字典》收錄湛字有九個音項，在這個意義上讀作 chén，它與讀作 zhàn 的「湛」意義完全不同。但是寫作「湛」的「沈（沉）」在先秦文獻中卻不常用。古籍庫中先秦文獻中只有一處，《荀子》卷十五：「則湛濁在下而清明在上。」楊倞注：「湛，讀為沈，泥滓也。」《漢書》及之後的文獻中才大量出現用「沈」來注釋「湛」。如《漢書》卷九：「正氣湛掩，日久奪光。」顏師古注：「湛，讀與『沈』同，湛掩者見掩而湛沒。」也表示溺水，如《漢書》卷八十七上：「遇不遇命也，何必湛身哉。」顏師古曰：「湛，讀曰沈，謂投水而死。」

　　湮　沉沒；沒落。甲金文未見。《說文》小篆作![字形]。《說文·水部》：「湮，沒也。從水，垔聲。」桂馥義證：「沒也者，《集韻》：『湮，落也。』郭注：『湮，沈落也。』」《廣韻·真韻》：「湮，落也，沈也。」《字彙》：「湮，又沒也，沈也，落也。」《類篇》：「湮，沒水中也。」《玉篇》：「湮，沒也，落也。」「湮」表示淹沒，如《墨子·非攻》：「斬其樹木，墮其城郭，以湮其溝池。」「湮」也表示沒落義，當是從淹沒義引申的比喻用法。如《論語注疏·孟子注疏題辭解》：「孟子閔悼堯舜湯文周孔之業將遂湮微」，刑昺疏：「湮微者，湮，沉也，微，小也。」這裏刑昺注解為「沉」，當為沒落義。

　　淹　浸漬；淹沒。甲金文未見。《說文》小篆作![字形]。《說文·水部》：「淹，水。出越巂徼外，東入若水。從水，奄聲。」由《說文》知「淹」本義為淹水名，其浸漬、淹沒義是後來發展出的。古注字書中收錄的「淹」的意義多為停留時間久。《集韻》：「淹，一曰漬也，留也。」宋本《廣韻》：「淹，漬也，滯也，

久留也，敗也。」《玉篇》：「淹，又久也，漬也。」《龍龕手鑒》：「淹，久也，留也，滯也，漬也，敗也。」《類篇》：「淹，一曰漬也，留也。」《字彙》：「淹，漬也，久留也，滯也。」「淹」表示滯留，即時間上的久。後來表示浸泡；淹沒當是詞義的引申。《大戴禮記》卷第十：「淹之以利，以觀其不貪」，這裏的「淹」應該是表示浸漬。《方言》：「潒（漫）、淹，敗也。溼（濕）敝為潒，水敝為淹。」郭璞注：「皆謂水潦潒潒壞物也。」「淹」的淹沒義應當是由表示長時間在水中浸漬形成的。「淹」是淹水名，古籍中多借來表示長時間的滯留。最初是側重於表示在水裏長期滯留，後來被水浸泡的意義佔據主導了。〔註5〕

畏　沉沒。甲金文未見。《說文》小篆作䢑。《說文·水部》：「㟺，沒也。從水，畏聲。」馬敘倫《說文解字六書疏證》卷二十一：「倫按：溼、㟺音同影紐轉注字。」《玉篇》：「㟺，水澳曲也，沒也。或作隈。」《字彙》：「㟺，同隈。」《正字通》：「㟺，同隈。《說文》：『㟺，沒也。』一曰與阜部隈同。」可以看到「㟺」與「隈」相通，本義應當是指水彎曲處，而表示沉沒義，只是在《說文》中提到，後世字書中保留了這一說法。朱駿聲在《說文通訓定聲》講得更清楚：「㟺，按：此字當訓水曲澳也，山曲曰隈，水曲曰㟺。沒義他書無所見，惟見《廣雅·釋詁》，張氏亦述許耳。」

溺　淹沒；淹死。甲金文未見。漢印有▨▨。(《漢印文字徵》)《說文》小篆作▨。《說文·水部》中記載的「溺」本義是水名，也作「弱水」。而表示淹沒、淹死的「溺」《說文》中另有「㲻」字。《釋名·釋喪制》：「死於水者曰溺。」《廣雅·釋詁一》：「溺，沒也。」王念孫疏證：「《方言》：『涅，㲻也。』㲻與溺通。」《類篇》：「溺，又乃歷切，沒也。」《龍龕手鑒》：「溺，涅的反，沉也。」「溺」既表示人淹水致死，如《韓非子》卷十七：「夫待越人之善海游者以救中國之溺人。」也表示淹沒在水中，如《關尹子》中卷：「水火雖犯，水火不能燒之不能溺之」。《周易》卷九：「坎為水……用之失道則沒溺矣。」「溺」表示淹沒在水中還有引申的比喻用法，如《大戴禮記》卷第六：「與其溺於人也，寧溺於淵，溺於淵猶可游也，溺於人不可救也。」

㲻　沉沒；沉溺。古文字形作▨（佚六一六）(《甲金篆隸大字典》)、▨(《古陶文字徵》)。《說文》小篆作▨。《說文·水部》：「㲻，沒也。從水，從人。」段玉裁注：「此沈溺之本字也。今人多用溺水水名字為之，古今異字耳。」

《玉篇・水部》:「休，孔子曰:『君子休於日〔口〕，小人休於水。』今作溺。」《龍龕手鑒》:「休，古文奴的反，今作溺字。」《正字通》:「休，與溺通。《說文》:『沒也。』《六書統》:『人為水所沒也，小篆用溺。』」《正字通》:「《說文》:『休，孥歷切。溺，而灼切。以溺為弱水之弱，與休分二義二音。』從《書・禹貢》『弱水』為正。」《方言疏證》卷十三:「休，沒也，從人從水，休、溺古通用。」從文獻記載看，「休」與「溺」是一對古今字，休為溺的本字，後作溺，兩字在這個義項上通用。然而古籍中「休」字使用的頻率遠不如「溺」。

湎　沉迷。甲金文未有確切字形。徐同柏《從古堂款識學》卷十六中將毛公鼎中的「」釋為「湎」，有學者讚同，也有學者有不同意見。《說文》小篆作。《說文・水部》:「湎，沈於酒也，從水，面聲。《周書》曰:『罔敢湎於酒。』」可知「湎」的本義是專指沉迷於酒，故也作「酾」，或從酉而將聲旁「面」換作「丏」。後來語義泛化，表示一般的沉迷；迷戀。《字彙》:「湎，溺也，沉湎飲酒。」《玉篇》:「湎，沉湎也。」宋本《廣韻》:「湎，沉湎。」

滅　沉沒。甲金文未見。《說文》未收錄。產生晚。《集韻・唐韻》:「滅，沒也。」《字彙》:「滅，音藏，沒也。」《正字通》:「滅，沒也。」《類篇》:「滅，沒也。」

瀛　沒。甲金文未見。《說文》未收錄。產生晚。《篇海類編・地理類・水部》:「瀛。沒也。」《字彙》:「瀛，音藏，沒也。」《正字通》:「瀛，音藏，沒也。一說訓沒，不必別作瀛。」《中州全韻》:「瀛，沒也。」

這一組字在這個範疇內都具有「沉沒」、「沉浸」、「淹沒」等相關意義。其中最後兩個「滅」和「瀛」字只出現在字書中，後世幾乎不使用；「湜」表示沉沒義的用法也是只保留在字書中，其餘則皆沿用至今。具體來看，可以分幾組對照差別。「沉」和「沒」可以說是這一組字中的核心了，這兩個詞在沉入水面的意義上相近，雖然都指在水面上看不見了，但還有細微的差別。「沉」著重的是物體由於本身的重量逐漸落入水底，反義詞是「浮」。「沒」所表示的僅僅是被水漫過，不露出水面。因此，「沉」的引申義多有深陷、下落的意思；而「沒」的引申義則多表示不復存在、不見、消失。〔註6〕「湛」表示沉沒義，一般認為是「沈（沉）」的古字。「淹」和「湮」都有浸入水中、被水沒過義，但由於來

〔註6〕王鳳陽《古辭辨（增訂本）》，中華書局，2011年，532頁。

源不同，附加的意義也不相同。「淹」是淹水名，古籍中多借來表示長時間的滯留。「淹」初無沒入水中的意思，表示浸漬是後起義。最初是側重於表示在水裏長期滯留，後來被水浸泡的意義佔據主導了。「湮」在表示「沒」時，重在沉入水底，重在被埋沒，因此表「湮」義的有「沉」、「埋」、「淤」等。「湮」常用的是其抽象義，表示人才事物的被埋沒、被消滅，不能為世所知所見。〔註7〕「溺」與「休」也是一組古今字，從「休」所構形可以看到詞義表示人沒在水中，後來借表示弱水的「溺」來表示這個意義。「湎」與「沒」同源，不同的是，「湎」用於人事，主要指淹沒、沉迷酒中，所以字亦作「醽」。泛化後，也指沉溺於某種事物之中。

六、「漂浮」類

【浮　漂　汎（泛）　汆】

浮　漂在水或其他液體上面；漂浮。古文字形作（《金文編》）、（《睡虎地秦簡文字編》）等。《說文》小篆作。《說文·水部》：「浮，氾也。從水，孚聲。」馬敘倫《說文解字六書疏證》卷二十一：「沈濤曰：『《文選·海賦》注引作『汎也』，蓋古本如是。上文『汎，浮也。』浮汎互訓。今本作氾。音近而譌。』段玉裁曰：『氾當作汎。汎浮互訓。與氾濫互訓義別。二篆當類廁。今本多非許之舊。』倫按：『汎』訓流也。此當作泛也。今泛字失次耳。古書氾、泛、汎三字互通。以皆唇音而形又相近也。漂、浮、泛以同唇音轉注。」宋本《廣韻》：「浮，汎也。」《玉篇》：「浮，水上曰浮。」《龍龕手鑒》：「浮，輕也，漂也，泛也。」《字彙》：「浮，汎也，溢也。」

漂　浮游。甲金文未見。《說文》小篆作。《說文·水部》：「漂，浮也。從水，票聲。」宋本《廣韻》：「漂，浮也。」《玉篇》：「漂，流也，浮也。」《龍龕手鑒》：「漂，浮也。」《正字通》：「漂，浮也，動也，流也。」「漂」表示在水面上漂浮並隨水而動。

汎（泛）　浮游；漂浮。甲金文未見。漢印文字作（《漢印文字徵》）。《說文》小篆作。《說文·水部》：「汎，浮皃。從水，凡聲。」《說文》中未收錄字形「泛」。「汎」隸變後楷書寫作「泛」。漢字規範化後，泛也兼表「汎」的含義，「汎」廢而不用。《字彙》：「汎，音泛，浮也。」宋本《廣韻》：「汎，浮

〔註7〕王鳳陽《古辭辨（增訂本）》，中華書局，2011年，532頁。

也。」《類篇》:「汎,《說文》:『浮皃。』」《龍龕手鑒》:「浮也。亦流皃也。」「汎(泛)」有表示漂浮的意義,即在水面上,與「漂」、「浮」相比,則顯得漂得更隨意,無目的性。因此,引申義多表示廣泛、泛泛等等。

　　汆　漂浮;人浮水上。甲金文未見。《說文》未收錄。後起會意字,從人在水上,表示人浮水上。在這個義項上讀作 qiú,當是「泅」的異體字。《嶺外代答》卷四:「汆,音泅,言人在水上也。」《俗書刊誤》卷十一:「人浮水面以手足撥水曰汆,一作泅,又作汓。」也表示水推物;漂浮。《字彙》:「汆,水推物也。」在這個義項上讀作 tǔn。《三刻拍案驚奇》卷七:「此時天色已晚,只見水面上汆過兩個箱子,都用繩索縛著。」

　　這組字都是表示物體在液體上面,「漂」和「浮」相比,「漂」有一個動態的偏向,即有在液體表面並隨液體的流動而移動的含義;而「浮」則只側重於表示漂在水上,與「沉」相對。「汎(泛)」在漂浮這個義項上偏重比較隨意地在水面上,如「泛舟」。「汆」從造字構形就可以看出,是表示人在水面上(我們用汆 ^{1} 表示),也表示水推物;漂浮(我們用汆 ^{2} 表示)。這組字的具體義素差異見下表。

		浮	漂	汎(泛)	汆 ^{1} 汆 ^{2}
動作主體	人	+	+	+	汆 ^{1}
	物	+	+		+
隨水流動			+	+	+
可直接帶賓語				+	

七、「潑灑」類

【汛　灑　潑】

　　汛　灑水(掃地)。甲金文未見。《說文》小篆作𣲎。《說文·水部》:「汛,灑也。從水,卂聲。」馬敘倫《說文解字六書疏證》卷二十一:「灑音審紐,汛音心紐,同為次清摩擦次清音,轉注字也。」《玉篇》:「汛,灑掃也。」《集韻》:「汛,灑也,或作灑汛。」《類篇》:「汛,灑也。」「汛」表示灑水,專指掃地前先在地上灑水,因此至少在魏晉南北朝時形成「汛掃」一詞連用,隋唐以來文獻中大量出現。如:《文選》卷四十八:「況盡汛掃前聖數千載功業,專用己之私,而能享祐者哉!」李善注:「《毛詩》曰:『洒掃庭內。』毛萇曰:

『洒，灑也。』洒與汛同。」《隋書》卷十五志第十：「四時咸紀，靈壇汛埽。」《松隱集》卷十八：「汛掃門前積有年」。

灑　散水於地，以免灰塵飛揚。甲金文未見。《說文》小篆作▨。《說文小篆・水部》：「灑，汛也。從水，麗聲。」段玉裁注：「凡埽者先灑。」唐玄應《一切經音義》卷二引《通俗文》：「以水撿塵曰灑。」《集韻》：「灑，汛也，落也。《爾雅》：『大瑟謂之灑。』言琴瑟多變，聲流離布出如灑也。」宋本《廣韻》：「灑，灑埽。」《玉篇》：「灑，汛也，又瑟也。」《類篇》：「灑，汛也，落也。《爾雅》：『大瑟謂之灑。』言琴瑟多變，聲流離布出如灑也。」《正字通》：「灑，《說文》：『汛也。』《詩・大雅》：『弗灑弗埽。』言以水灑地而埽塵不起也。又《莊子・庚桑楚》篇：『畏壘之民相與言曰：庚桑之子始來吾灑然。』異之通作洒。又《爾雅》：『大瑟謂之灑。』言琴瑟多變，聲流離布出如灑也。」可以看到文獻中常常「灑」、「汛」互訓。「灑」表示灑水，尤指掃地前為了避免揚塵而灑水於地。文獻中還多提到「灑」表示樂器大瑟，因為聲音多流變如灑。

潑　液體倒掉時使散開。甲金文未確見。有學者將▨釋為「潑」。(《古文字詁林》)《說文》未收。《集韻》：「潑，棄水也。」《類篇》：「潑，棄水也。」《正字通》：「潑，棄水也。注曰澆，散曰潑。」《字彙》：「潑，澆潑。注曰澆，散曰潑。總曰棄水。」「潑」表示將水較均勻地倒到地上，與「注」相比，突出散開，不集中在一點；與「灑」相比則水量相對較大。《梁溪集》卷二十：「月色滿庭如潑水。」

這一組的三個字都表示把水倒到地上去，「汛」和「灑」特指在掃地前為了避免揚塵而灑水於地，因此常有「汛掃」「灑掃」連用的用法。「潑」則是表示將水均勻地倒到地上，即將液體倒掉時使散開。

第二節　名詞類代表性範疇詞義比較研究

漢語字與詞的關係前賢時彥已經有過相當豐富的討論。古代漢語階段的單音詞佔優勢的特點以及漢字的表意性特徵使得漢語字與詞的關係異常複雜。漢語詞義的發展與漢字的字形以及分化與演變密切相關。漢字作為記錄漢語的符號，其自身內部的字際關係也很複雜，既有歷時的古今關係等也有共時的

異體關係等。因此在考察《漢語大字典》的字的時候不能單獨將每個字頭看做一個文字符號或者是單音節詞，而是要將二者結合起來看，綜合字與詞兩個角度進行全面考察。

本部分主要討論的是《大字典》水部字中表示水流的通稱名詞中水流的停聚處的池澤一類，包括：澤、湖、淀、澱、泊、洦、濼、海、潴、氹、凼、池、沱、汪、沼、溏、潢、泓、汙、洿、污、洼、窪、淫、潿、濊、潭、淵二十八個字頭。每個字的歸類原則上主要依據其在《說文解字》中的意義，《說文》未見字主要依據其在《大字典》中該音項下的主要代表性義項，若有特殊情況，文中會標出其音項序號及義項序號。楷書字頭範圍及字形基本上以《大字典》水部字為準，古文字字形主要以《古文字詁林》及《說文解字》為主選取。

一、字形字源

作為一部收字達 5 萬多字的通用大型字書，《大字典》在每個字頭（簡化字、類推簡化字等特外）下盡可能地給出不同的古文字字形。這可以使讀者了解這個字的字源並充分認識這個字的歷史演變，可謂功勞巨大。

對於《大字典》收錄古文字的工作，劉志基教授在《〈漢語大字典〉古文字字形收錄缺失拾零》一文中有著很中肯的評價：「平心而論，通用字書中的古文字字形收錄，是一件具有特殊難度的工作：古文字考釋分歧很大，一字而有多釋者隨處可見，而字書收錄古文字則必有取捨；另外，整個古文字階段，漢字系統都處於劇烈的內部調整之中，文字單位隨著時代推移或分或合，以致字際關係錯綜複雜，有時不同的視角即可導致不同的判斷；更為重要的是，古文字材料的發現和考釋始終處於不斷進展的過程之中，而這種進展，必然會導致原有的古文字收錄工作不斷顯露其缺失和錯誤。」對每個字的古文字字形的確定是一件極不容易的事情。本文的困難還在於每個字都不止一個義項，且由於考察角度的需要，儘管我們已經盡量選取的是主要義項，但也還是存在相對性的問題和一字可歸在不同語義類別的現象。還有古文字形往往只表示其中一個較早的義項或與之相關的幾個義項，因此，有的字雖然可能有古文字形，但並不表示這裏我們所要討論的意義，也即文字在後來的發展演變中意義發生了變化或主要義項轉移，這都是我們所要注意的。

我們對古籍庫中每個字出現的最早文獻進行查閱，參考《古文字詁林》及

《字源》，選取了這一組字最早出現的古文字字形以及《說文》小篆字形作為代表呈現如下：

澤　甲骨文未見。《古璽文編》收錄有 、 等字形；《漢簡》收錄的字形有 、。《說文》小篆作 。

湖　甲骨文未見。金文作 （《金文編》）。《說文》小篆作 。

淀　《說文》未收錄「淀」，「淀」產生很晚。

澱　《說文》小篆作 。

洦　《說文》小篆 。段玉裁注：「洦，隸作泊，亦古今字。」

泊　信陽楚簡作 。

濼　甲骨文作 （《甲骨文編》）。

海　甲骨文未見。金文形體有 、、 等。（《金文編》）《說文》小篆作 。

潴　《說文新附》小篆作 。

氹　後起字。

凼　後起字。

池　《金文編》井鼎 。

沱　甲骨文未見。金文有 、、 等字形。（《金文編》）《說文》小篆作 。

汪　甲骨文未見。金文有 、 等字形。（《金文編》）《說文》小篆作 。

沼　《說文》小篆作 。

溏　《說文》未收錄。

潢　甲骨文字形 、 等。（《甲骨文編》）《說文》小篆作 。羅振玉：「卜辭從水之字多省作 。」

泓　《說文》小篆作 。

汙　《戰文編》作 。（《字源》）《說文》小篆作 。

污　作「亏」者，為小篆形體。《玉篇·亏部》以「亏」為古文，「于」為今文。實則，「于」字早見於甲骨文。漢以後字形反為古文。作「亏」者，乃「亏」「于」之綜合形：下彎者從亏作；上下貫通者從于作。

洿　《說文》小篆作 。

洼　《說文》小篆作 。

窪　《說文》小篆作▦。

窐　同「窪」。

潭　《甲骨文編》收錄字形▦，認為是古潭字。《金文編》收錄字形▦，釋為潭的古文。《說文》小篆作▦。

淵　古文為囦。甲骨文作▦。《說文》小篆作▦。

瀏　《說文》小篆作▦。

�　後起字。

　　現將這組字在古籍庫中出現的最早文獻及目前可考的最早字形出處列表呈現如下：

	澤	湖	淀	澱	泊	洦	濼
古籍庫首見	周易	老子	南北朝水經注	說文	老子	南北朝顏氏家訓	管子
字源	戰國古璽文編	金文編	後起字形	說文小篆	信陽楚簡	說文小篆	甲骨文編
	海	潴	冰	囦	池	沱	汪
古籍庫首見	周易	戰國子華子	宋	宋	周易	周易	周李虛中命書
字源	西周金文編	說文新附小篆	後起字	後起字	金文井鼎	金文編	金文編
	沼	溏	潢	泓	汙	洿	污
古籍庫首見	周文始真經	漢華氏中藏經	周六韜	尹文子	周易	管子	周亢倉子
字源	戰文編	說文無	甲骨文編	說文小篆	戰文編	說文小篆	
	洼	窐	窪	潭	淵	瀏	瀒
古籍庫首見	莊子	老子	南北朝齊民要術	管子	周易	唐昌黎先生文集	宋集韻
字源	說文小篆		說文小篆	金文編	甲骨文編	說文小篆	

　　從字形出現的古文獻及古文字形的記載，可以看出這一組字的產生先後。字形收錄在《說文》小篆之前的有湖、濼、潢、淵、潭、澤、洦、海、池、沱、汪、沼、汙；《說文》新附字收錄有潴；《說文》未收錄的後起字有淀、冰、囦、溏、瀒。

　　從字際關係來看，以下幾組字的字際關係比較複雜。

【洦、泊、濼】

洦，淺水貌，後作「泊」。段玉裁注：「洦，隸作泊，亦古今字。」泊，字形出現很古，信陽楚簡作🔲，本義是船靠岸，停泊。泊用作湖泊相當晚了，到清才有「湖泊」一詞連用。如清《續資治通鑑》卷一百九十：「杭州平章江等五路饑，發粟賑之，仍弛湖泊捕魚之禁」。在表示湖泊的意義上，洦、泊為一組古今字，現在一般用泊字。濼讀作 pō 的時候與「泊」同，表示湖泊。《正字通》：「洦，《說文》淺水也。正譌濼通作洦，別作泊，非。按：從百從樂異聲，濼作洦，俗誤也，正譌濼。」「濼」是「泊」的別體〔註8〕。

【淀、澱】

澱，《說文》小篆收錄，本義是表示渣滓。淀，表示淺水湖泊。後來「澱」與「淀」通。大約是南北朝的時候，澱有淀的用法。《文選·郭璞〈江賦〉》「栫澱為涔」唐李善注：「澱與淀古字通。」《說文句讀·水部》：「澱，《釋器》『澱謂之垽』，因之多泥之湖亦曰澱……字又作淀。」現在「淀」為「澱」的簡化字。

【池、沱】

沱指沱水、沱江。沱也指為江水的支流、水灣；或水灣一帶的地方。池表示水池，積水的坑。池、沱本分別表示兩個不同的意思，二字由於古音近、金文字形相同而混。劉心源《古文審》卷七：「沱字舊釋作溠，非。案：《說文》有沱無池。沱下云：江別流也。大徐云：池沼通用此字，今俗別作池。非是。今考《說文》『淲』下引詩『淲沱北流』，『陂』下云：『一曰沱也』，皆以沱為池。古音支歌不分，故沱即池。又篆書🔲、🔲形近，隸變多掍。」陳夢家《金文論文選·禺邗王壺考釋》：「江之別流為沱，而一切水之別出者亦皆可曰沱。而江淮河之別流稱名不同者，方音之故也。……金文沱、池一字，以池為池沼，為停水，為城池，皆非朔義。池即沱，而沱者水之別流也……江之別流曰沱，亦曰渚，亦曰汜。」「沱」俗作池。《說文句讀·水部》：「《初學記》卷七引云：『池者，陂也。』《說文》無『池』字，而『陂』下云：『一曰沱也。』可知所引即『沱』下義，特從俗作『池』耳。」現在表示水停聚處的一般用池。

〔註8〕王鳳陽《古辭辨（增訂本）》，中華書局，2011 年，52 頁。

【洿、汙、污】

洿，指濁水池。《說文》：「洿，濁水不流也。」《孟子》卷一：「數罟不入洿池」。汙，《說文》：「汙，薉也。一曰小池為汙。」本義指骯髒、污穢的東西。也與「洿」同，指濁水池。鈕樹玉《說文解字校錄》曰：「《玉篇》為洿之重文。」馬敘倫《說文解字六書疏證》卷二十一：「汙為洿之異體。」《正字通》：「汙，同洿省。」污，同「汙」。《正字通》：「污、汙、汙、洿同。本作污。《玉篇》從亏者古文，從于者今文。歐陽氏曰：『污、汙本一字，今經傳皆以今文書之。』」從古籍中記載來看，這幾個字形的使用年代幾乎相當，在表示濁水池時也幾乎混用不別。現在，一般寫作污。

【洼、窪、漥】

洼，指深池。《方言》卷三：「洼，洿也，自關而東或曰洼。」郭璞注：「皆洿池也。」《莊子・齊物論》第二：「大木百圍之竅穴，似鼻，似口，似耳，似枅，似圈，似臼，似洼，似污者」。窪，文獻中多是形容詞用法，表示凹陷、低下。如《老子》：「曲則全，枉則直，窪則盈」，河上公注：「地窪下，水流之，人則下，德歸之。」名詞表示小水坑，且多指牛蹄跡裏的小水坑。《玉篇・水部》：「窪，牛蹄跡水也。」《劉子》卷之三：「以是觀之，聖哲之量，相去遠矣，牛躅之窪，不生魴鱮」。現在洼、窪為簡繁字關係。漥，同「窪（洼）」。

二、詞義辨析

分析完字形和字際關係，我們接下來要從詞彙詞義角度對這一組字再進行更細一層的分類，然後辨析每一組詞的相同與不同之處。由於是從詞彙的角度，前一部分涉及到的異體字和古今、繁簡等關係的字這裏不再列出。

【海 澤 湖 泊 澱 潴】

海 本指承受大陸江河流水的地球上最大的水域；後指鄰接大陸而小於洋的水域。

「海」由於地理上的位置相對於早期生活在中原地區的古人來說是邊遠的地方，所以古人常常用「四海」表示天下或國境範圍之內。《爾雅》：「九夷八狄七戎六蠻謂之四海，海者，晦也，取其荒遠冥昧之稱。」《老子・道德經》下篇三十八章：「故滅其私而無其身，則四海莫不瞻，遠近莫不至」。又由於陸地上

的江河流水都流進海，所以古人認為用海表示地球上最大的水域。現代把比海大的水域叫做「洋」，把大洋的邊緣部分叫做「海」，這是航海事業發達後的劃分，是唐宋以後才有的〔註9〕。《說文‧水部》：「海，天池也。以納百川者，從水，每聲。」《說文繫傳》：「《莊子》曰：『溟海者也，從水每聲。』臣鍇按：莊子曰溟海者，天池也。」《玉篇》：「海，大也，受百川萬谷流入。」《老子‧道德經下篇》六十一章：「江海居大而處下，則百川流之；大國居大而處下，則天下流之，故曰大國下流也。」「海」相當於上古的大澤「藪」，是用於很多地區的大湖泊的通稱〔註10〕。

　　澤　水聚匯處。

　　《說文‧水部》：「澤，光潤也。」表示湖澤並不是澤的最初的意思，「澤」字上古多用來表示潤澤，從而表示恩澤。段注：「《箋》曰許以光潤為澤之本義，引申為凡光澤、潤澤、滑澤之稱。潤物莫如水，故雨謂之雨澤，又水所聚曰澤，又凡潤下皆曰澤，故有惠澤、世澤之義因之仕祿亦謂之澤。《孟子》所謂干澤即干祿也。」《子夏易傳》：「澤無水，涸而無潤也，夫積行以成其德，雖致命，終遂其道。」《玉篇》：「水停曰澤，又光潤也。」也表示一定的水域，或指水草叢雜充滿泥濘的沼澤。「澤」之稱，最能反映湖泊溢涸多變的特點，蓋「澤」本非湖泊專稱。由於地理、氣候的影響，時而為湖，時而為陸地或沼澤的現象歷史上常見，故名為「澤」者，其為湖泊抑或沼澤，往往難分〔註11〕。大的澤上古泛稱「藪」，大澤實際上相當於我們今天說的大湖。《管子》卷第三：「藪澤以時禁發之」。古人常常將山、澤連用成詞，表示山林與川澤。《列子》卷一：「吾盜天地之時，利雲雨之滂，潤山澤之產」。「澤」是對天然湖泊的第一個通稱。漢以後，「澤」也有承古而稱湖泊，但一般已同今用，作低陷湖沼的泛稱〔註12〕。

　　湖　被陸地包圍著的大片積水。

　　《說文‧水部》：「湖，大陂也。從水，胡聲。揚州浸有五湖。浸，川澤所仰以灌溉也。」《玉篇》：「湖，大陂也。」《字彙》：「湖，大陂曰湖。」湖訓大陂，謂大池也。《說文‧阜部》：「陂，一曰沱（池）也」。段玉裁：「陂得訓池

〔註9〕王鳳陽《古辭辨（增訂本）》，中華書局，2011年，54頁。
〔註10〕黃金貴《古代文化詞義集類辨考》，商務印書館，2016年，37頁。
〔註11〕黃金貴《古代文化詞義集類辨考》，商務印書館，2016年，36頁。
〔註12〕黃金貴《古代文化詞義集類辨考》，商務印書館，2016年，35頁。

者，陂言其外之障，池言其中所蓄之水。」《廣雅・釋地》：「湖，池也」。「湖」在先秦古籍中已經大量出現，常常有「三江五湖」的說法，指東南方的三條江與太湖流域一帶的湖泊。「湖」就是「池」，北方把大面積的積水叫「大沼」、「大陂」，「湖」是南方的方言〔註13〕。《墨子》卷五《非攻》中第十八：「東而攻越，濟三江五湖而葆之會稽」。《呂氏春秋》第五卷《仲夏紀》第五：「（禹）通大川，決壅塞，鑿龍門，降通漻水以導河，疏三江五湖，注之東海，以利黔首。」《漢書》卷二十八下：「吳東有海鹽，章山之銅，三江五湖之利，亦江東之一都會也。」「三江五湖」後來也泛指江河湖泊的通稱。相應「湖」也不僅僅指太湖一帶的湖泊了，可以通稱湖泊。北方常用的「河」和「湖」不能連用，南方常用的「江」和「湖」則經常連用〔註14〕。「江湖」在文獻中出現的頻率也很高。最初用來泛指江河湖海。《老子》十八章：「魚相忘於江湖之道，則相濡之德生也。」後來「江湖」一詞用來表示四方或民間社會。《古代文化詞義集類辨考》：「從東漢起，『湖』遂可用於所有湖泊，稱為湖泊的通稱。『湖』對『澤』有逐漸取代的趨勢。」

　　泊　湖泊。

　　泊字，古文字形有竹簡文字字形，《說文》未收錄。關於泊、洦、濼三字的使用概況在第一部分我們已經考察過，這裏不再贅述。泊的本義指船停靠，停留，讀作 bó。先秦文獻中還常常用於澹泊、恬靜的心境。《正字通》：「泊，薄水貌，又止息也，舟附岸曰泊。又漂泊流寓也，又澹泊恬靜無為貌。」泊表示湖泊，讀作 pō，這個用法應該是很晚產生的，幾部字書都沒有這個義項。《類篇》：「泊，止也，一曰水白皃。」《龍龕手鑒》：「泊，止也。」《玉篇》：「泊，止舟也。」宋本《廣韻》：「泊，止也。」我們考察古籍庫中，「湖泊」連用最早出現在宋，曹彥約《昌谷集》：「故園圃之意常少，而山林湖泊之意常多。」元代任仁發的《水利集》中出現「湖泊」次數較多。把「泊」用作積水的名稱時代較晚，而且多是在介紹少數民族的地理情況時才用。「泊」在民眾當中是叫做「陂」的。所以「泊」很可能是漢族吸收的北方少數民族的詞，吸收的時間，大致在南北朝以後。〔註15〕

〔註13〕王鳳陽《古辭辨（增訂本）》，中華書局，2011 年，52 頁。

〔註14〕王鳳陽《古辭辨（增訂本）》，中華書局，2011 年，52 頁。

〔註15〕王鳳陽《古辭辨（增訂本）》，中華書局，2011 年，52 頁。

澱（淀）　淺水湖泊。

澱與淀現在是一對繁簡字，其實這兩個字形古代都有。澱，本義是指淤泥，沉積的泥滓。《古代文化詞義集類辨考》：「澱，本指泥滓之積澱。引申為能見泥滓之水淵、水蕩，即淺水湖泊。」淀字產生很晚，考察古籍庫文獻，南北朝才出現。表示淺水或淺泉一類。《字彙》：「淀，音殿，淺水。」《正字通》：「淀，音殿，淺水也。今北方防水草之地皆謂之淀。」《類篇》：「淀，淺泉。」《玉篇・水部》：「淀，淺水也。」宋本《廣韻》：「淀，陂淀泊屬。」《龍龕手鑑》：「淀，陂淀泊屬也，又淺泉也。」《集韻》：「淀，淺泉。」淀表示湖泊當是方言的用法，多用於北方地區。《古辭辨》：「淀」也是「泊」的方言異名。

潴　水停聚的地方。

潴是《說文》新附字，表示水流停聚的動態，也表示水流停聚在此形成的結果。《說文新附・水部》：「潴，水所亭也，從水豬聲。」《字彙》：「潴，水所停曰潴，本作豬，後人加水。」宋本《廣韻》：「潴，水所停也。」「者」聲有聚義。「渚」為水中小州，「闍」是積土為臺，「都」為人所聚居之邑，故「潴」是水所停聚之地〔註16〕。潴在文獻中出現的很早，先秦就較多出現。《子華子》卷上：「山有猛虎，林樾弗除，江河納汙，眾流是潴。」晉《葬書》：「小流合大流乃漸遠而漸多，而至於會流總潴者，此水之大旺也。」《水經注》：「臨湖又有一城謂之潴城，水澤所聚謂之都，亦曰潴。」潴表示水流停聚在此形成的結果，即類似於我們今天說的池塘、蓄水池一類。

【池 沱 沼 潴 凼（氹）　溏】

池　護城河；水塘，積水的坑。

池古代多用來指護城河，「城池」二字常常連用。《子夏易傳》卷三：「王公設城池以險國也」。《管子》卷第二十一：「戰國脩其城池之功，故其國常失其地用，王國則以時行也。」護城河不用於灌溉，但常可以養魚，故有「城門失火殃及池魚」之語〔註17〕。也指一般的水塘，池塘。《孟子》卷九：「昔者有饋生魚於鄭子產，子產使校人畜之池，校人烹之。」《老子鬳齋口義》：「昔有某寺前一池，惡蛟處之，人皆不敢近。」也指專門修建的觀賞性池塘。《六韜・上賢》：「一曰臣有大作宮室池榭游觀倡樂者，傷王之德」《韓非子》卷五：「好

〔註16〕黃金貴《古代文化詞義集類辨考》，商務印書館，2016 年，257 頁。
〔註17〕黃金貴《古代文化詞義集類辨考》，商務印書館，2016 年，258 頁。

宮室臺榭陂池，事車服器玩好，罷露百姓，煎靡貨財者，可亡也。」池與潴很大的區別在於潴是自然形成的，池是人工挖鑿的。

沱　今別作池。

沱本義是長江的支流。《說文・水部》：「沱，江別流也。出崏山。東別為沱。從水，它聲。」沱由於與池古文字形相近而混用，在池塘的意義上是異體關係。沱字在方言中還表示水灣、水潭。《漢語方言大詞典》：「可以停船的水灣，多用於地名。西南官話。四川成都：朱家沱、石盤沱等。」四川雲陽：1935 年《雲陽縣志》：「水潭謂之沱。」四川成都還稱小潭為「沱沱」。

沼　水池。

《說文・水部》：「沼，池水，從水，召聲。」《說文繫傳》：「沼，池也，從水召聲。臣鍇按：《詩》『魚在于沼』。」《玉篇》：「沼，池沼也。」《龍龕手鑒》：「沼，池沼也。」沼表示水池，與池義近。《孟子》：「孟子見梁惠王，王立於沼上，顧鴻雁麋鹿，曰：『賢者亦樂此乎？』」趙岐注：「沼，池也。」古人有將二者按形制區分，《字彙》：「沼，池沼圓曰池，曲曰沼。」其實也不一定，《正字通》：「沼，池別名，或方或員無定形。鑿地鐘水一也。舊注圓曰池方曰沼，誤。與《韻會小補》同。又舊注音灼，引《小雅》『魚在于沼』。」上古「沼」一般用來表示比較小的水域。《文始真經》上卷一：「觀道者如觀水，以觀沼為未足。則之河之江之海，曰水至也。」後來也泛指池，不再拘泥大小和形狀。「池沼」常同義連用，泛指池塘。《晏子春秋》：「穿池沼則欲其深以廣也，為臺榭則欲其高且大也。」也作「沼池」，表示池塘。《管子》卷第二十三：「大夫立沼池，令以矩游爲樂。」

氹（凼）　水坑；水池子。一般用於漚肥或蓄水灌溉。

氹、凼是一對異體字，二字都產生很晚。《漢字源流字典》：「凼（氹），後起字。會意字。楷書凼，從水在凵中。異體作氹。如今規範化用凼。」從文獻記載來看當是方言用字，表示蓄水池。且是南方方言，廣東多用之。《中華大字典》：「氹，俗字，粵人以蓄水之地為氹。」《漢語方言大詞典》：「坑；水坑，水窪。西南官話。」清《廣東通志》：「蓄水之地為氹。」《清稗類鈔・經術類》：「凼，蓄水為池也。」本義為水坑，用來漚肥。

溏　水池。

溏字產生較晚。《說文》無。本義是指半流動的、半稠稀狀態的。在醫學古

籍中大量出現。後來與「池塘」的「塘」混用，也作「池溏」，而有了水池義。溫庭筠《才調集補注・春愁曲》：「覺後梨花委平綠，春風和雨吹池溏。」《中華字海》：同「塘」。水池；水坑。《字彙》：「溏，音唐，池溏。又淖也。」《類篇》：「溏，溏淖也。一曰池也。」《龍龕手鑒》：「溏，音唐，池也。」《玉篇》：「溏，池也。」宋本《廣韻》：「溏，池也。」

【汪 洼 潢 濊 汙（洿、污） 澗】

汪 池。

《說文・水部》：「汪，深廣也。從水，𡊮聲。」《玉篇》：「汪，水深廣也。」可知，汪本義為形容詞，形容水深、廣闊的樣子。比如古籍中常常出現「汪洋」。《楚辭・尊嘉》「臨淵兮汪洋，顧林兮忽荒。」「汪汪」疊用也表示水深廣貌，且引申為表示事物的廣大無邊。《弘明集》卷十一：「佛法汪汪，尤為明理。」汪也表示名詞水流停聚處，即池子、池塘等。《龍龕手鑒》：「汪，淳水也，又水深廣大也。」《左傳・桓公十五年》：「尸諸周氏之汪。杜預注：『汪，池也。』」現代北方方言中也還用汪表示水池。《漢語方言大詞典》：「汪，水坑；池塘。北京官話。冀魯官話。中原官話。江淮官話。西南官話。」

洼 深池。

《說文・水部》：「洼，深池也。從水，圭聲。」馬敘倫：「深池也或非本義，亦非本訓。或字出《字林》也。或曰洼、窪一字。」洼與窪現在是簡繁字關係，在古文中二者都存在，用法有時混同，但也不是異體字關係。洼表示較大的積水池。《莊子》卷一：「大木百圍之竅穴，似鼻、似口、似耳、似枅、似圈、似臼、似洼者、似污者。」《漢書》卷六：「六月，得寶鼎后土祠旁，秋，馬生渥洼水中。」

潢 水池，積水坑。

《說文・水部》：「潢，積水池。從水。黃聲。」《說文》釋為「積水池」。馬敘倫《說文解字六書疏證》卷二十一：「鈕樹玉曰：《韻會》引作積水也。《一切經音義》十五引作『久積水，大曰潢，小曰池。』十七引作『久積水池。』恐非。嚴可均曰：『《音義》十七引下又有大曰潢，小曰洿。』桂馥曰：《一切經音義》十一引『潢，池也，積水曰潢也，小曰洿，大曰潢。』倫按：積水池蓋本作積水也，池也兩訓。傳寫並省。積水也非本訓。」馬敘倫引各家之說，

分析得出《說文》「積水池」三字應為「積水也，池也」兩訓。以往字書多還是以《說文》之釋義為準。《字彙》：「潢，音黃，積水池。」《龍龕手鑒》：「潢，音黃，積水池也。」《玉篇》：「潢，後光切，潢汙也。《說文》曰『積水池也』。」其實，這兩訓意思密切相關，水聚集不流成積水，積多而成池。「潢」也是古方言用詞。《方言》第三：「氾、浼、潳、洼，污也。」晉郭璞注：「荊州呼潢也。」《方言疏證》：「潢，積水也。」古籍中「潢」「汙」常常一起出現。《左傳·隱公三年》：「潢、汙、行潦之水。」孔穎達疏：「行，道也；雨水謂之潦。言道上聚流者也。服虔云：『畜水謂之潢；水不流謂之汙；行潦，道路之水是也。』」後來「潢汙」連用，表示聚積不流之水，也作「潢污」。《漢書》卷二十四下：「且絕民用以實王府，猶塞川原為潢洿也。」師古曰：「潢洿，停水也」。南朝宋鮑照《拜侍郎上疏》：「潢汙流藻，充金鼎之實。」

澱 水窪。

《字彙》：「澱，都感切，音紞，水湛也。」《正字通》：「澱，俗港，字本作氵术。」《類篇》：「澱，都感切，水湛。」《集韻》：「澱，水湛。」文獻無用例。

汙（洿、污） 濁水池。一說小水坑。

《說文·水部》：「汙，薉也。一曰小池為汙。一曰涂也，從水，于聲。」《字彙》：「汙，汪湖切，音烏。《左傳》『潢、汙，行潦之水』。疏云：『畜水曰潢，水不流曰汙』。」《類篇》：「汙，又汪胡切，濁水不流。」「汙」指小池。《孟子》，卷六：「堯舜既沒，聖人之道衰，暴君代作，壞宮室以為汙池，民無所安息」。《荀子》卷五：「春耕夏耘秋收冬藏，四者不失時，故五穀不絕而百姓有餘食也。汙池淵沼川澤謹其時禁，故魚鼈優多而百姓有餘用也。」且往往指低窪處水積聚而成的池子。《漢書》卷二十九：「大川無防，小水得入。陂障卑下，以為汙澤。」師古曰：「停水曰汙。」也與「洿」同，指污穢、臟的。《荀子》卷十一：「入境觀其風俗，其百姓樸，其聲樂不流汙，其服不挑。」楊倞注：「流，邪淫也，汙，濁也，不流汙，言清雅也。」又指這兩個義項結合的濁水池。這個關係其實很好理解，低窪處的小水坑肯定很容易變污濁，就成了濁水池。

瀶 渾濁的積水。

《說文·水部》：「瀶，不流濁也。從水，圍聲。」段玉裁注：「謂薉濁不流

去也。」《字彙》:「灛,音韋,水濁不流也。」《玉篇》:「灛,音韋,濁不流皃。」宋本《廣韻》:「灛,水不流濁皃。」唐韓愈孟郊《城南聯句》:「巨細各乘運,湍灛亦騰聲。」

【潭 淵 泓】

潭 深水池。

《說文‧水部》:「潭,水,出武陵鐔成玉山,東入鬱林。從水,覃聲。」《說文》記載潭為水名。潭也表示形容詞深,也指深水池,深淵。《正字通》:「潭,音曇,《說文》水出武陵潭成玉山,東入鬱林。又水深處。又凡深者亦曰潭,韓愈詩『潭潭府中居』。又音淫,與淫通。」《龍龕手鑒》:「潭,大沼深清澄淨曰潭。又水名。」《字彙》:「潭,音曇,水深處。」潭表示深水池當是古南方方言。《楚辭‧九章‧哀郢》:「亂曰:長瀨湍流,泝江潭兮。」漢王逸注:「潭,淵也。楚人名淵曰潭。」《楚辭》洪興祖補注:「汨水水源出豫章艾縣界,西流注湘汸。湘西北去縣三十里,名為屈潭,屈原自沈處。」蓋楚辭楚語影響較大,至少在晉之前,潭的使用區域已經擴大,不僅僅局限在楚地。《搜神記》卷十八:「吳王伐樹作船,使童男女三十人牽挽之,船自飛下水,男女皆溺死,至今潭中時有唱喚督進之音也。」隋唐以後更是通行。現在閩語也指湖,如台灣的日月潭。《漢語方言大詞典》:「潭,凹陷的地方;坑。吳語。應鐘《甬言稽詁‧釋地》:《說文》:『窞,坎中小坎也。』俗稱窪陷曰『窞』,俗譌作潭。如蹄灣曰水潭,醨醢曰酒潭。」

淵 深潭;深池。

《說文‧水部》:「淵,回水也。從水,象形。左右岸也。中象水皃。𣶒淵或省水。𣶒古文從口水。」高田忠周《古籀篇》三:「《說文》『淵,回水也。從水,𣶒象形。左右岸也。中象水形。或省水作𣶒。古文作𣶒。蓋許氏有誤。𣶒是古文正形,|︱為左右岸,⿱即橫水之變,以象回水形也。」淵字產生很早,甲骨文有之,是象形字,古字為囦。根據字形,造字之初的意義是指迴旋的水。《字彙》:「淵,音駕,止水也,水盤旋處為淵。」也指深池,深潭。《玉篇》:「淵,水停又深也。」《周易》:「不利涉大川入于淵也。」《老子》:「道沖而用之,或不盈淵兮,似萬物之宗。」河上公注:「道,淵深不可知也,似為萬物之宗祖。」

泓　　潭。也泛指湖、塘。

　　《說文·水部》：「泓，下深皃。從水，弘聲。」「泓」最早是形容詞用法，指水深廣貌。名詞作潭水等用法出現比較晚。唐杜甫《劉九法曹鄭瑕邱石門宴集》詩：「晚來橫吹好，泓下亦龍吟。」唐元積《說劍》詩：「留斬泓下蛟，莫試街中狗。」

第三節　個案研究

個案一　漢語「澆灌」義詞彙類聚辨析及其發展演變研究

　　我們說的「澆灌」義主要是指讓水或其他液體自上落下或進入。具體有水量大小、落下形式以及自動還是他動等方面的差異。前面我們已經簡單分析了「澆灌」組各成員（注、淋、沃、澆、灌、浍、溉、淳）[註18]的語義差別和聯繫以及各自用法的不同。《說文》中澆、淋、淳等字都以「沃（渂）」來釋，我們可以把沃（渂）作為這組字的核心基礎詞。而《大字典》中的現代解釋則基本上以「澆灌」「灌溉」為主，後來一直到現代漢語，「沃（渂）」不再使用，「澆」和「灌」變成了這組中的核心成員。下面我們將這組動詞在各個時期的歷史演變和使用情況進行具體分析，主要考察它們在共時層面上的組合搭配情況，在歷時演變中的語義發展情況，進而總結出「澆灌」類動詞語義場的歷史演變特點。

　　我們分先秦、兩漢、魏晉南北朝、隋唐五代、宋金元、明、清七個時期對「澆灌」類動詞在各個時期的分佈情況進行考察。選取每個時期具有代表性的文獻共 43 部，由於不能涵蓋每個時期所有文獻，所以文章中的數據只限於所選文獻內統計。各個時期所選用代表文獻見表 1：

表 1　各時期考察的代表文獻

歷史時期	代表文獻
先秦	《詩經》《左傳》《論語》《孟子》《周禮》《呂氏春秋》
兩漢	《漢書》《韓詩外傳》《史記》《潛夫論》《東觀漢記》《論衡》
魏晉南北朝	《水經注》《三國志》《搜神記》《世說新語》《洛陽伽藍記》《顏氏家訓》

[註18] 由於浍、淳（沃義）在文獻中極罕見，不屬於典型成員，下文不再列入討論。

隋唐五代	《周書》《藝文類聚》《貞觀政要》《王梵志詩》《法苑珠林》《祖堂集》
宋金元	《新唐書》《新五代史》《夢溪筆談》《五燈會元》《朱子語類》《張協狀元》《劉知遠諸宮調》
明	《水滸傳》《西遊記》《金瓶梅》《醒世姻緣傳》《清平山堂話本》
清	《海上花列傳》《花月痕》《孽海花》《老殘遊記》《聊齋俚曲集》《紅樓夢》（前80回）《兒女英雄傳》

（一）不同時期「澆灌」類動詞語義場的共時考察

1. 先秦時期「澆灌」類動詞語義場的使用情況

我們首先從選取的先秦時期的代表文獻中，統計了每個字與表示「澆灌」類意義相關的文獻使用頻率，見表2 [註19]：

表2　先秦時期

	淋	沃	澆	灌	注	漑
《詩經》	0	0	0	0	4	1
《左傳》	0	2	0	0	0	0
《論語》	0	0	0	1	0	0
《周禮》	0	6	0	2	1	0
《呂氏春秋》	0	1	0	4	4	1
《孟子》	0	0	0	0	3	0
使用頻率合計	0	9	0	7	12	2

下面，我們具體分析這一組詞在先秦時期的用法和使用情況。

（1）淋

「淋」在我們所選的先秦文獻中沒有用例。在《戰國策》等文獻中有「淋雨」的用法，但此淋雨與我們今天所說的表示被雨淋了不同，而是表示大雨。如：

> 汝不如我，我者乃土也，使我逢疾風淋雨，壞沮，乃復歸土。
> （《戰國策·趙策·蘇秦說李兌》）

> 今汝非木之根，則木之枝耳，汝逢疾風淋雨，漂入漳、河，東流
> 至海，氾濫無所止。（《戰國策·趙策·蘇秦說李兌》）

可以看到，此兩例均「疾風淋雨」連用，表示大風大雨的天氣，沒有表示

[註19] 表格中的數據若無特殊說明則只統計表示與「澆灌」義類相關的用例。以下各表均同。

「澆」的意義。

（2）沃

「沃」在先秦文獻中出現頻率較高。除了表中統計的文獻用例，其他文獻中也有用例。「沃」在《詩經》中出現了 5 次，但均與「澆灌」義類無關。如：

桑之未落、其葉沃若。（《詩經・氓》）

天之沃沃、樂子之無知。（《詩經・隰有萇楚》）

我馬維駱、六轡沃若。（《詩經・皇皇者華》）

乘其四駱、六轡沃若。（《詩經・裳裳者華》）

隰桑有阿、其葉有沃。（《詩經・隰桑》）

第一二句中的「沃若」和「沃沃」都表示葉子潤澤的樣子；第三四句中「沃若」表示馬馴順的樣子；第五句中「沃」也同樣表示葉子潤澤貌。

先秦文獻中「沃」最常見的用法是古代禮節中的「澆水（洗手）」，即「沃盥」。「沃盥」這個儀式通常是在行禮前，下人服侍主人完成的。「沃」和「盥」實際上是兩個動作，「沃」表示從上往下澆水，「盥」則表示洗手，且下有容器承接洗過手的水，這是「盥」的本義，從字形中就可看出。孫詒讓《周禮正義》：「沃盥者，謂行禮時必澡手，使人奉匜盛水以澆沃之，而下以槃承其棄水也。」例如：

凡祼事，沃盥，大喪之渳，共其肆器。（《周禮・春官宗伯》）

凡吉凶之事，祖廟之中，沃盥，執燭。（《周禮・春官宗伯》）

進盥，少者奉盤，長者奉水，請沃盥，盥卒授巾。（《禮記・內則》）

秦伯納女五人，懷嬴與焉，奉匜沃盥，既而揮之。（《左傳・僖公二十三年》）

此用法「沃」「盥」之間還可以加賓語，如：

大祭祀，逆粢盛，送逆屍，沃屍盥，贊隋，贊徹，贊奠。（《周禮・春官宗伯》）

沃屍盥者一人，奉盤者東面，執匜者西面淳沃，執巾者在匜北。（《儀禮・特牲饋食禮》）

大祭祀、朝覲，沃王盥。(《周禮・夏官司馬》)

除了「從上往下澆水」這個用法，「沃」在先秦時期還有表示「浸泡」「淹」的用法。如：

清其灰而盞之，而揮之；而沃之，而盞之；而塗之，而宿之。

(《周禮・冬官考工記》)

淳熬：煎醢，加於陸稻上，沃之以膏曰淳熬。(《禮記・內則》)

東以弱齊強燕，決白馬之口以沃魏氏，是一舉而三晉亡，從者

敗也。(《韓非子・初見秦》)

前兩句中「沃」表示「浸泡」義，第三句中則是表示大水淹沒，實際上也是「浸泡」義的引申，浸泡的賓語從一般的小事物變成了城邦。

（3）澆

「澆」在我們選取的先秦文獻中沒有這個意義的相關用例。先秦文獻中「澆」字用例多為人名：《左傳》的八例「澆」均為人名；《楚辭・離騷》和《論語》中也有用例。

（4）灌

「灌」字先秦時期便已經有多種用法，文獻中出現的頻率就相對較高。

《詩經》中出現「灌」，但與我們此語義範疇無關。如：

集於灌木，其鳴喈喈。(《詩經・葛覃》)

修之平之，其灌其栵。(《詩經・皇矣》)

老夫灌灌，小子蹻蹻。(《詩經・板》)

前兩例中「灌木」「灌」是表示叢生的樹木。《爾雅・釋木》：「木族生為灌。」第三句中「灌灌」猶款款，表示情意懇切貌。毛傳：「灌灌，猶欵欵也。」

「灌」還表示古代祭祀時的一種儀式。如：

子曰：「禘自既灌而往者，吾不欲觀之矣。」(《論語・八佾》)

何晏注引孔安國曰：「灌者，酌鬱鬯灌於太祖以降神也。」

文獻中與我們所討論的「澆灌」義類相關的用法則更加多。如：

表示強行倒入，強迫使飲。如：

凡療獸病，灌而行之，以節之，以動其氣，觀其所發而養之。

(《周禮・天官塚宰》)

凡療獸瘍，灌而劀之，以發其惡，然後藥之、養之、食之。(《周禮·天官塚宰》)

表示澆灌。如：

今有燎者於此，一人奉水將灌之，一人摻火將益之，功皆未至，子何貴於二人？(《墨子·耕柱》)

表示灌注，注入。如：

時雨降矣，而猶浸灌，其於澤也，不亦勞乎！(《莊子·逍遙遊》)

秋水時至，百川灌河，涇流之大，兩涘渚崖之間，不辯牛馬。(《莊子·秋水》)

表示淹，淹沒。如：

知伯率三國之眾以攻趙襄主於晉陽，決水而灌之，三月城且拔矣。(《韓非子·初見秦》)

居軍下濕，水無所通，霖雨數至，可灌而沈。(《吳子·論將》)

可以看到，「灌」在先秦時就比較活躍，使用頻率已經相對較高。且用法上也比較靈活，有名詞用法，也有重疊而做形容詞的用法，做動詞時可以單獨使用，也可以帶賓語。

（5）注

「注」在這一組詞中是先秦文獻中使用頻率最高的。用法也比較集中，已經大量出現「灌注」類用法。如：

豐水東注，維禹之績。(《詩經·大雅·文王有聲》)

洞酌彼行潦、挹彼注茲、可以餴饎。(《詩經·大雅·洞酌》)

禹疏九河，瀹濟漯，而注諸海；決汝漢，排淮泗，而注之江，然後中國可得而食也。(《孟子·滕文公上》)

南為江、漢、淮、汝，東流之，注五湖之處，以利楚、荊、越與南夷之民。(《墨子·兼愛中》)

注焉而不滿，酌焉而不竭，而不知其所由來，此之謂葆光。(《莊子·齊物論》)

八弦九野之水，天漢之流，莫不注之，而無增無減焉。(《列子·湯問》)

平地注水，水流濕。均薪施火，火就燥。(《呂氏春秋·應同》)

這些例句中的「注」可以釋為「注入」「流入」「灌入」「倒入」等。這個用法是「注」的核心用法。先秦文獻中還出現「注」的其他用法，如：

表示聚集於某地或某處。如：

時田，則守罟。及弊田，令禽注於虞中。(《周禮·天官塚宰》)

這句後半句的意思是到停止田獵時，就命令把捕獲的野獸聚集到樹有虞旗的田獵處的中央。「注」在這裏表示集中放置的意思。

引申為放置，安置。如：

則君子注錯之當，而小人注錯之過也。(《荀子·榮辱》)

《荀子》裏面有幾處「注錯」，均是表示放置、安置，「錯」通「措」。

（6）溉

先秦時期「溉」字使用較少，與我們這裏用法相關的主要表示「灌溉」。如：

會韓人鄭國來閒秦，以作注溉渠，已而覺。(《諫逐客書》)

宋之丁氏，家無井而出溉汲，常一人居外。(《呂氏春秋·察傳》)

例句一「注溉」即表示灌溉，用作灌溉（農田）的河渠。例句二「溉汲」表示從井中汲水然後灌溉。

《詩經》中出現「溉」，但沒有用作表示「灌溉」義。如：

誰能亨魚、溉之釜鬵。(《詩經·檜風·匪風》)

此句中「溉」表示洗滌，濯洗。毛傳：「溉，滌也。」

洞酌彼行潦、挹彼注兹、可以濯溉。(《詩經·大雅·生民之什》)

此句中「溉」則表示一種祭祀器皿的名稱。王引之《經義述聞·毛詩下》：「溉當讀為『概』……《春官·鬯人》：『凡祭祀，社壝用大罍，禜門用瓢齎，廟用脩，凡山川四方用蜃，凡祼事用概，凡疈事用散。』鄭注曰：『脩、蜃、概、散，皆漆尊也。概，尊以朱帶者。』疏曰：『黑漆為尊，以朱帶落腹，故名概。概者，橫概之義。』是罍與概皆尊名。」再如《儀禮·士昏禮》：「某以得為外昏姻之數，某之子未得濯溉于祭祀，是以未敢見。」

通過綜合考察這一組詞在先秦文獻中的出現頻率和使用情況我們了解到：先秦時期「沃」「灌」「注」比較活躍，出現頻率高且用法多，都有 5 個甚至更多義項。「沃」「灌」「注」「溉」此時已具有「澆灌」類義或與之相關的用法，且均可帶賓語使用。

2. 兩漢時期「澆灌」類動詞語義場的使用情況

同樣的，我們從選取的兩漢時期的代表文獻中，統計了每個字與表示「澆灌」類意義相關的文獻使用頻率，見表 3：

表 3　兩漢時期

	淋	沃	澆	灌	注	溉
《漢書》	0	5	1	31	14	31
《韓詩外傳》	0	0	0	1	0	0
《史記》	0	1	0	31	6	13
《潛夫論》	0	0	0	3	0	0
《論衡》	0	9	0	11	5	3
《東觀漢記》	0	0	1	2	1	1
使用頻率合計	0	15	2	76	26	48

下面，我們具體分析這一組詞在兩漢時期的主要用法和使用情況。

（1）淋

兩漢時期「淋」字使用數量還是不多，並且幾乎還沒有典型的「澆灌」類義。這一時期「淋」字在很多醫學文獻中出現，表示一種病癥。如：

> 其病淋，目瞑目赤，氣鬱於上而熱。(《黃帝內經·素問·六元正紀大論》)

> 骨節變，肉痛血溢血泄，淋閟之病生矣。(《黃帝內經·素問·六元正紀大論》)

> 加溫針，則發熱甚；數下之，則淋甚。(《傷寒論·辨痙溼暍脈證》)

> 淋家不可發汗，發汗必便血。(《傷寒論·辨太陽病脈證並治》)

文獻中有「淋雨」，但此「淋雨」是延續先秦時期的用法，表示淫雨、大雨。如：

> 虹霓紛其朝霞兮，夕淫淫而淋雨。(《楚辭·嚴忌〈哀時命〉》)

文獻中還有「淋漓」一詞，表示長而美好貌，如：

> 冠崔嵬而切雲兮，劍淋漓而從橫。(《楚辭・嚴忌〈哀時命〉》)

王逸注：「淋漓，長貌也……劍則長好。」

（2）沃

兩漢時期「沃」字使用頻率較高，文獻檢索達到三百多例，用法也比較多。主要有兩大用法，一是表示土地肥美，另一個就是我們這裏要討論的表示澆、灌注類的。

與土地質量相關這個義項先秦已有萌芽，如：

> 粟土之次曰五沃，五沃之物，或赤、或青、或黃、或白、或黑、五沃五物各有異……是謂沃土……沃土之次曰五位，五位之物，五色雜英，各有異章。(《管子・地員》)

兩漢時期表示土地肥美開始大量出現，如：

> 司空司冬，以制度制地事，準揆山林，規表衍沃，畜水行，衰濯浸，以節四時之事。(《大戴禮記・千乘》)

例中「衍沃」一詞表示平坦肥美的土地，後泛指平原。「沃」作定語，常常用作「沃田」「沃野」等等。如：

> 以磐石為沃田，以桀暴為良民，夷垍坷為平均，化不賓為齊民，非太平而何？(《論衡・宣漢》)

> 田肥美，民殷富，戰車萬乘，奮擊百萬，沃野千里，蓄積饒多，地勢形便，此所謂天府，天下之雄國也。(《戰國策・秦策》)

> 夫關中左殽函，右隴蜀，沃野千里，南有巴蜀之饒，北有胡苑之利。(《史記・留侯世家》)

「沃」表土地肥美現代漢語中一般不單獨使用，而用作「肥沃」，「肥沃」一詞漢代文獻中已經開始出現，「肥」「沃」並列結構，「肥」在先秦時期已有表示土地肥沃的用法，如《荀子・富國》：「民富則田肥以易，田肥以易則出實百倍。」兩漢時期「肥」「沃」可並舉，也可連用成詞。如：

> 夫肥沃墝埆，土地之本性也。肥而沃者性美，樹稼豐茂；墝而埆者性惡，深耕細鋤，厚加糞壤，勉致人功，以助地力，其樹稼與彼肥沃者相似類也。(《論衡・率性》)

越地肥沃，其種甚嘉，可留使吾民植之。(《吳越春秋·勾踐十三年》)

此時期「沃」另一個重要用法，就是表示「澆」「灌」「澆（使之滅）」「灌注」等相關意義。

表示灌入。如：

胞痺者，少腹膀胱，按之內痛，若沃以湯，澀於小便，上為清涕。(《黃帝內經·素問》)

太宰予朱待飯於令尹子國。令尹子國啜羹而熱，投卮漿而沃之。(《淮南子·人閒訓》)

表示注入，兌入。如：

狄牙之調味也，酸則沃之以水，淡則加之以鹹，水火相變易，故膳無鹹淡之失也。今刑罰失實，不為異氣以變其過，而又為寒於寒，為溫於溫，此猶憎酸而沃之以鹹，惡淡而灌之以水也。(《論衡·譴告》)

表示澆蓋，澆灌（使之滅）。這個用法非常常見，通常表示使火滅，或者使溫度高的冷卻下來，也有比喻的用法。如：

使火燃，以水沃之，可謂水賊火。火適自滅，水適自覆，兩名各自敗，不為相賊。今男女之早夭，非水沃火之比，適自滅覆之類也。(《論衡·偶會》)

如秦山失火，沃以一杯之水；河決千里，塞以一掊之土，能勝之乎？(《論衡·謝時》)

夫水勢勝火，章華之臺燒，以升勺沃而救之，雖涸井而竭池，無奈之何也。(《淮南子·兵略訓》)

是故革堅則兵利，城成則衝生。若以湯沃沸，亂乃逾甚。(《淮南子·原道訓》)

且救趙之務，宜若奉漏甕沃焦釜也。(《史記·田敬仲完世家》)

火出炎四五丈，吏卒以水沃滅乃得入。(《漢書·外戚傳下》)

二月，霸橋災，數千人以水沃救，不滅。(《漢書·王莽傳下》)

這個用法文獻中有「沃雪」一詞，或「以湯沃雪」，意為用熱水澆在雪上，使雪融化，即比喻事情辦起來很容易。如：

> 若以水滅火，若以湯沃雪，何往而不遂！何之而不用達！（《淮南子·兵略訓》）

> 諸欲依廢漢火劉，皆沃灌雪除，殄滅無餘雜矣。（《漢書·王莽傳下》）

此用法一直沿用至後代。如枚乘《七發》：「小飯大歠，如湯沃雪。」李善注：「沃雪，言易也。」唐白居易《和新樓北園偶集》：「銷愁若沃雪，破悶如割瓜。」清陳其元《論和議書》：「機若建瓴，事同沃雪。」

除此常用用法之外，「沃」兩漢時期還有沿用先秦的用法，表（馬獸）馴順貌；表示啟發，竭誠忠告的用法等等。

（3）澆

「澆」在兩漢時期最常用的意義是表示薄，不厚，主要指社會風氣不好，浮薄。這個用法有大量文獻用例，如：

> 王者，有象君之德，燥不輕，濕不重，薄不澆，廉不傷，疵不掩，是以人君寶之。（《白虎通德論·文質》）

> 施及周室，澆醇散樸，離道以為偽，險德以為行，智巧萌生，狙學以擬聖，華誣以脅眾。（《文子·上禮》）

> 末世之為治，不積於養生之具，澆天下之醇，散天下之樸，滑亂萬民，以清為濁。（《文子·上禮》）

> 而長吏守丞畏丞相指，歸舍法令，各為私教，務相增加，澆淳散樸，並行偽貌，有名亡實，傾搖解怠，甚者為妖。（《漢書·循吏傳》）

> 籍梁懷董，名澆身毀。（《後漢書·蔡邕列傳下》）

> 於是百姓麋沸豪亂，暮行逐利，煩挐澆淺，法與義相非，行與利相反。雖十管仲，弗能治也。（《淮南子·齊俗訓》）

> 叔末澆訛，王道陵缺，而猶假仁以效己，憑義以濟功。（《後漢書·黨錮列傳》）

嬴末紛亂，燕人違難。雜華澆本，遂通有漢。眇眇偏譯，或從或畔。(《後漢書‧東夷列傳》)

例中「澆淳散樸」一詞《大詞典》有收錄，亦作「澆醇散樸」。謂使淳樸的社會風氣變得浮薄。「澆淳」亦作「澆湻」，謂浮薄的風氣破壞了淳厚的風氣。《文子》中用例可看，既有「澆淳散樸」的凝固用法，又有「澆天下之醇，散天下之樸」的說法。《漢書‧循吏傳‧黃霸》：「澆淳散樸，並行偽貌。」顏師古注：「不雜爲淳，以水澆之，則味漓薄。樸，大質也，割之，散也。」我們認為「澆」的「薄，不厚」義應當是從動詞用法「澆水（使變稀薄）」引申而來。由此義又有「澆淺」，謂風尚浮薄；「澆訛」，謂浮薄詐偽；「澆本」謂使原有淳厚的社會風氣變得浮薄；等相關搭配用法。

除了表示「薄」的用法，澆在此時也有與我們這裏所要討論的「澆灌」類相關的用法，使用頻率不高，且主要是一些專有用法，比如「澆饡」，用羹澆在飯上，也比喻濁亂。如：

時混混分澆饡，哀當世分莫知。覽往昔分俊彥，亦訹辱分係累。
(《楚辭‧傷時》)

再比如「澆酒」，指灑酒，多用於祭祀。相關用法還有「澆地」「澆黃土」等搭配。如：

代山之野，夜歷險阻；不逢危殆，利如澆酒。(《焦氏易林‧履之》)

犀角筋攪飲食，沫出及澆地墳起者，食之殺人。(《金匱要略‧果實菜穀禁忌並治》)

時上欲封諸舅，外問白太后，太后曰：「吾自念親屬皆無柱石之功，俗語曰：『時無豬，澆黃土。』」(《東觀漢記‧明德馬皇后》)

（4）灌

灌字在兩漢時期的意義多沿先秦的用法，使用頻率上大大增加。

指古代的一種祭祀儀式，斟酒澆地以求神降臨。此用法多出現在如《小戴禮記》等有關介紹古代禮儀、禮制的文獻中。

表示澆灌，給植物澆水使其生長。可以帶賓語也可以不帶賓語。如：

今有樹於此，而欲其美也，人時灌之，則惡之，而日伐其根，則必無活樹矣。(《呂氏春秋‧至忠》)

梁之邊亭劬力而數灌，其瓜美。楚窳而希灌，其瓜惡。(《賈誼新書·退讓》)

此用法兩漢文獻中賓語多與「園」搭配，如：

於陵仲子辭三公，為人灌園。(《新序·雜事三》)

竹帛所載，伯成子高委國而耕，於陵子辭位灌園。(《論衡·答佞》)

初，淖齒之殺湣王也，莒人求湣王子法章，得之太史嫩之家，為人灌園，嫩女憐而善遇之。(《史記·田單列傳》)

或賓語為城邑，如：

汾水可以灌安邑，絳水可以灌平陽。(《說苑·敬慎》)

「灌＋城邑」的用法還多表示引水淹沒城邑。如：

三國攻晉陽歲餘，引汾水灌其城，城不浸者三板。(《論衡·紀妖》)

二十二年，王賁攻魏，引河溝灌大梁，大梁城壞，其王請降，盡取其地。(《史記·秦始皇本紀》)

智伯帥三國之眾，以攻趙襄主於晉陽，決水灌之，三年，城且拔矣。(《戰國策·張儀說秦王》)

表示大範圍的澆灌，即灌溉。如：

寅丘無壑，泉原不溥，尋常之溪，灌千頃之澤。(《淮南子·說林訓》)

魏之行田百畝，鄴獨二百，西門豹灌以漳水，成為膏腴，則畝收一鍾。(《論衡·率性》)

此時期出現「灌溉」連用，或作「溉灌」。如：

物黃，人雖灌溉壅養，終不能青；發白，雖吞藥養性，終不能黑。(《論衡·道虛》)

汲井決陂，灌溉園田，物亦生長。(《論衡·自然》)

顧見空桑中有土，因殖種，以餘漿溉灌。(《風俗通義·怪神·李君神》)

湖者，言流瀆四面所猥也，川澤所仰以溉灌也。(《風俗通義‧山澤‧湖》)

此時期還出現「灌輸」連用，表示水流灌注輸入。如：

天下之物，無不通者，其灌輸之者大，而斟酌之者眾也。(《淮南子‧主術訓》)

以水銀為百川江河大海，機相灌輸，上具天文，下具地理。(《史記‧秦始皇本紀》)

另外，還有表示「澆鑄」義的用法，如：

爍一鼎之銅，以灌一錢之形，不能成一鼎，明矣。(《論衡‧奇怪》)

總體來說，兩漢時期「灌」的「澆灌」類義沿承先秦的用法，有所發展的是出現了一些相關的複音詞用法。在灌溉、澆灌義上，「灌」與「沃」相同，偶有並舉用法，如《淮南子‧兵略訓》：「夫水勢勝火，章華之臺燒，以升勺沃而救之，雖涸井而竭池，無奈之何也；舉壺榼盆盎而以灌之，其滅可立而待也。」但從整體文獻來看，由於此時期「沃」產生了「肥沃」意義並大量使用，而「灌」還衍生出一些複音詞，「灌」的使用頻率已經遠遠超過「沃」。

（5）注

兩漢時期文獻中「注」表示「注入」也是多沿先秦用法。如：

人之為德，其猶虛器歟！器虛則物注，滿則止焉。(《中論‧虛道》)

何者？以其泉不自中涌，而注之者從外來也。(《中論‧考偽》)

此用法在兩漢文獻中開始大量出現，一般都是在地理方面，江河等流入、注入。如：

河九折注於海，而流不絕者，昆侖之輸也。(《淮南子‧覽冥訓》)

于窴之西，則水皆西流，注西海；其東水東流，注鹽澤。(《史記‧大宛列傳》)

乃使水工鄭國間說秦，令鑿涇水，自中山西邸瓠口為渠，並北山，東注洛，三百餘里，欲以溉田，中作而覺。(《漢書‧溝洫志》)

河出昆侖，經中國，注勃海，是其地勢西北高而東南下也。(《漢
書‧溝洫志》)

此用法在北魏酈道元的《水經注》中數量達到頂峰，後一直沿用至今。

（6）溉

從文獻使用頻率統計來看，「溉」在兩漢時期也是使用頻率大幅上升。其用
法和意義主要是和「灌」的用法密切相關，相類似或相依附。

表示灌溉、澆灌（農田）。如：

譬若同陂而溉田，其受水均也。(《淮南子‧齊俗訓》)

西門豹引漳水溉鄴，以富魏之河內。(《史記‧河渠書》)

令鑿涇水自中山西邸瓠口為渠，並北山東注洛三百餘里，欲以
溉田。(《史記‧河渠書》)

渠就，用注填閼之水，溉澤鹵之地四萬餘頃，收皆畝一鍾。(《史
記‧河渠書》)

其後番係欲省底柱之漕，穿汾、河渠以為溉田。(《漢書‧食貨
志下》)

始皇之初，鄭國穿渠，引涇水溉田，沃野千里，民以富饒。(《漢
書‧地理志下》)

「灌」「溉」連用作「灌溉」或「溉灌」。例見「灌」字處，此略。

通過綜合考察這一組詞在兩漢文獻中的出現頻率和使用情況我們了解到：
除了「淋」依舊沒有「澆灑」類義的用例之外，其他幾個字的文獻用例數量都
有明顯增長。「沃」和「澆」各自都開始出現有兩個用法比較突出，而其中一個
是我們要討論的「澆灌」類義，此時還均佔下風。「灌」字依然保持著高頻和高
活躍度，所帶賓語數量增多，且出現複音詞組合「灌溉（或溉灌）」，從而也影
響了「溉」在此時期的使用頻率。

3. 魏晉南北朝「澆灌」類動詞語義場的使用情況

我們從魏晉南北朝時期的文獻中選出來代表文獻，統計了此時期每個字與
表示「澆灌」類意義相關的文獻使用頻率，見表4：

表4 魏晉南北朝時期

	淋	沃	澆	灌	注	溉
《水經注》	0	5	3	49	2020〔註20〕	47
《三國志》	0	2	1	30	3	6
《搜神記》	0	0	0	8	0	1
《世說新語》	0	0	1	0	3	0
《洛陽伽藍記》	0	1	0	0	2	0
《顏氏家訓》	0	2	0	0	1	0
使用頻率合計	0	10	5	87	2029	54

下面，我們具體分析這一組詞在魏晉南北朝時期的主要用法和使用情況。

（1）淋

「淋」在魏晉南北朝時期依然幾乎沒有單獨使用表示動詞水澆落的用法。除了沿用前代表示「淋病」的用例外，出現了一些表示與水落下的狀態有關的形容詞或副詞的複音詞。如「淋漉」表示流滴貌；「淋浪」表示流滴不止貌；「淋漓」表示沾濕或流滴貌；等。例句如：

感哲人之無偶，淚淋浪以灑袂。（晉·陶潛《感士不遇賦》）

岌嶪兮傾欹，飛泉兮激沫，散漫兮淋漓。（南朝梁·范縝《擬〈招隱士〉》）

（2）沃

此時期「沃」字意義還是基本沿前代，主要有兩大用法。一是指土地肥沃，比如《三國志》中有大量「沃野」的用法。另一個就是澆、灌義。如：

其後至魏襄王，以史起為鄴令，又堰漳水以灌鄴田，咸成沃壤，百姓歌之。（《水經注·濁漳水》）

火中有鼠，重百斤，毛長二尺餘，細如絲，色白，時時出火，以水逐而沃之則死，取其毛績以為布，謂之火浣布。（《水經注·瀁水》）

前兩例是指（土地）肥沃；後三例是澆、灌義，但還有差別：中間兩句是指澆水灌溉，最後一句則是指灌水使其淹。

考此時期文獻中有「沃酹」一詞，指的是以酒澆地而祭奠，成為一個固定用法。用例如：

〔註20〕由於《水經注》文獻內容的特殊性，此數據在比例上並不具有統計意義，特此說明。

俎沒之後，路有經由，不以斗酒只雞過相沃酹，車過三步，腹痛勿怨。(《後漢書‧李陳龐陳橋列傳》)

叔世衰亂，崇信巫史，至乃宮殿之內，戶牖之間，無不沃酹，甚矣其惑也。(《三國志‧文帝紀》)

這也是「沃」表示「澆灌」類義的相關引申用法。

（3）澆

魏晉南北朝時期文獻中，「澆」很重要的一個用法還是沿襲前代表示「澆薄」「澆淳散樸」的語義。如：

談者咸知高世之敦樸，而薄季俗之澆散，何獨重仲尼而輕老氏乎？(《抱朴子‧塞難》)

不使敦樸散於雕偽，不使一體澆於二端。(《抱朴子‧君道》)

既彌乖於本行，實有長於澆風。(《金樓子‧立言下》)

前兩句就是「澆淳散樸」的變形用法，第三句「澆風」謂浮薄的社會風氣。

除此之外，前面講到兩漢時期「澆」已經出現了表示液體從上往下淋灑的意義，但主要是在一些表示與祭祀有關的特有搭配中，如「澆饌」「澆酒」「澆地」等。此時期「澆」已經出現表示「澆灑」「灌溉」的用法，並且出現「澆灌」連用成詞。例見：

阮籍胸中壘塊，故須酒澆之。(《世說新語‧任誕》)

渠，魏尚書左僕射衛臻征蜀所開也，號成國渠，引以澆田。(《水經注‧渭水》)

龍怒，須臾水出，蕩其草穢，傍側之田，皆得澆灌。(《水經注‧夷水》)

皓每饗宴，無不竟日，坐席無能否率以七升為限，雖不悉入口，皆澆灌取盡。(《三國志‧韋曜傳》)

整體來說，表示「澆灌」類義的使用頻率還不算高，但已經由萌芽向增長的趨勢發展。

（4）灌

魏晉時期「灌」字用法基本上還是沿襲兩漢，表示「灌入」「用水沖、淹」「灌溉」等，如：

赤眉今在河東，但決水灌之，百萬之眾可使為魚。(《後漢書・光武帝上》) 三年春正月甲戌，修理太原舊溝渠，溉灌官私田。(《後漢書・孝安帝紀》)

豫章有石，以水灌之便熱，以鼎置其上，灼食則熱。(《金樓子・志怪》)

其瀆乘高，東北注入晉陽城，以周灌溉。(《水經注・晉水》)

凡所潤含，四五百里，所灌田萬有餘頃。(《水經注・鮑丘水》)

術走襄邑，追到太壽，決渠水灌城。(《三國志・魏書一・武帝紀》)

這種用法文獻多用「以……灌之」表達，也可以直接省作「灌＋賓語」。「灌」字後所帶賓語種類也增多，如灌＋城，灌＋田，灌＋油、膏等，賓語不同，表示的語義也有差別：前兩者默認是用水灌，賓語城和田是動作的作用對象，後者是灌入油，賓語是動作的使用材料。還有其他賓語如：

用巴沙汞置八寸銅盤中以土爐盛炭，倚三偶塹以枝盤，以硫黃水灌之，常令如泥，百日服之不死。(《抱朴子・金丹》)

或以附子蔥涕，合內耳中，或以蒸鯉魚腦灌之，皆愈也。(《抱朴子・雜應》)

寵馳往赴，募壯士數十人，折松為炬，灌以麻油，從上風放火，燒賊攻具。(《三國志・魏書二十六・滿寵》)

從表格統計的使用頻率，以及「灌」可帶眾多賓語的語法功能來看，此時期「灌」字已經大量廣泛使用，在表示「灌入、灌溉」義上居核心地位。

（5）注

兩漢時期「注」多表示江河流入海中，這個用法至今依然是地理文獻中的相關核心用法。在魏晉南北朝時期也不例外，尤其是在《水經注》中使用數量達到頂峰，詳見表4統計。「注」還有表示與「灌」相同的用法，如：

取大筒居爐上，銷鈆注大筒中，沒小筒中，去上半寸，取銷鉛為候，猛火炊之，三日三夜成，名曰紫粉。(《抱朴子・黃白》)

除此之外，此時期「注」還出現一種特殊用法，即「給書中或文中的字句做解釋」，如此時期的《顏氏家訓》《洛陽伽藍記》等文獻中的「注」全為此

義。此用法亦作「註」，也是「注」字相當重要的一個義項，由於不是我們所要討論的「澆灌」類義，故不詳表。

（6）溉

魏晉時期「溉」字的使用頻率還是比較高，除了與「灌」連用作「灌溉」或「溉灌」外，「溉」字也大量單獨使用表示澆灌田園。如：

> 而朝夕之用，不及累仞之井，灌田溉園，未若溝渠之沃。（《抱朴子·外篇·逸民》）

> 河水濁，清澄一石水，六斗泥，而民競引河溉田，令河不通利。（《水經注·河水》）

> 河水又北與枝津合，水受大河，東北逕富平城，所在分裂，以溉田圃，北流入河，今無水。（《水經注·河水》）

> 世以此水溉我良田，遂及百秭，故有雨溝之名焉。（《水經注·泗水》）

> 於是聚諸生，立學校，廣屯田，興治芍陂及茹陂、七門、吳塘諸塌以溉稻田，官民有畜。（《三國志·劉馥傳》）

總的來說，「溉」字的語義和用法比較單一，受文獻內容的影響很大，只有涉及到農業、水利等方面才會較多地出現，在使用範圍上很有限，遠不如「灌」字的使用場合廣泛。

通過綜合考察這一組詞在此時期文獻中的出現頻率和使用情況我們了解到：「淋」字開始出現在與液體下落、流滴等形貌有關的複音詞中，如「淋浪」「淋漉」「淋漓」等。「澆」字的從上往下淋灑液體義，從兩漢的多出現在特殊用法「澆饡」「澆酒」中到此時有所發展出現澆灑義，且出現複音詞「澆灌」。「灌」字的賓語範圍繼續擴展，為其廣泛使用奠定了基礎。「注」字義項和用法主要是河流注入湖海中，在此時期的《水經注》中使用數量達到頂峰。

4. 隋唐五代「澆灌」類動詞語義場的使用情況

我們從隋唐五代時期的文獻中選出來代表文獻，統計了此時期每個字與表示「澆灌」類意義相關的文獻使用頻率，見表5：

表5　隋唐五代時期

	淋	沃	澆	灌	注	溉
《周書》	0	1	13	19	3	3
《祖堂集》	1	0	0	2	3	0
《貞觀政要》	0	0	1	3	0	0
《王梵志詩》	0	0	1	0	0	0
《法苑珠林》	3	4	10	90	22	7
使用頻率合計	4	5	25	114	28	10

下面，我們具體分析這一組詞在隋唐五代的主要用法和使用情況。

（1）淋

此時期從文獻用例上看，「淋」字還是存在在複音詞中居多，如「淋淋」「淋漓」「淋澡」「淋滲」「淋漉」等。淋單獨使用較少，但也出現了單獨使用且表示「澆、灑」類義，如：

　　晝則以醇酒淋其骨髓，夜則以房室輸其血氣。（《意林·仲長統昌言十卷》）

（2）沃

到此時期，沃的用法基本上還是之前出現的幾種用法。表示「澆灌」類義的多指澆水（使之滅），如：

　　其水上即有火焰於水中出，欲滅以水沃之，其焰轉熾。（《法苑珠林》第十六）

但是需要注意的是，文獻中表示「澆、灌」義的用法數量已經大大下降，表示「（土地）肥沃」義的用法所佔比例遠遠大於「澆灌」類義。

（3）澆

到此時期考察文獻用例，「澆」的用法基本上還是分為兩大類。一類是表示液體淋下，寬泛地講，澆灌、灌溉義也可以算作這一類。如：

　　何必裸露形體，澆灌衢路，鼓舞跳躍而索寒也。（《通典·樂六·四方樂》）

　　掘至泉水不盡根底，乃縱火焚之，又以甘蔗澆之，令其爛，絕其本也。（《法苑珠林》第二十九）

喚舍利弗脫衣樹下，以水澆洗身得輕涼。(《法苑珠林》第三十三)

夫人即遣人以熱乳澆之，樹枯葉落。(《法苑珠林》第三十七)

太子慈心，水中有山，以堰斷水，褰衣而度，即心念言，水當澆灌殺諸人畜，即還顧謂水言，復流如故。(《法苑珠林》第八十)

另一類就是表示社會風氣浮薄，這個意義有很多相關表達，除了典型的「澆淳散樸」，還有如「澆暮」謂世道浮薄衰暮；「澆風」謂浮薄的社會風氣；「澆季」指道德風俗浮薄的末世；等等。像《貞觀政要》中「澆」字基本上都是存在在「澆淳、澆風、澆競、澆訛、澆薄」等這些詞中。

需要注意的是，此時期表示「澆灌」類義的文獻數量明顯增多，已經和「澆薄」義使用數量不分伯仲，這個義項已成為其主要的核心用法。

（4）灌

魏晉時「灌」字已經大量廣泛使用，到此時期在我們統計的使用頻率上更是達到了頂峰。其「澆灌」類義的幾種用法也基本沿襲前代，如：

十一月，遣儀同李虎與李弼、趙貴等討曹泥於靈州，虎引河灌之。(《周書·帝紀第一·文帝上》)

高岳起堰，引洧水以灌城，自潁川以北皆為陂澤，救兵不得至。(《周書·帝紀第二·文帝下》)

二年春正月壬寅初於蒲州開河渠，同州開龍首渠，以廣灌漑。(《周書·帝紀第五·武帝上》)

城外又縛松於竿，灌油加火，規以燒布，並欲焚樓。(《周書·列傳第二十三》)

另外，此時期的佛教文獻中「灌」出現了比較特殊的用法。如《法苑珠林》中大量出現「灌頂」「灌佛」「灌佛頂」等用法，如：

諸佛出世皆用千鍾灌頂之上，輪王出世亦千鍾灌。(《法苑珠林》第十)

我見過去佛初成道時，咸升金剛壇，金瓶盛水用灌佛頂成就法王位。(《法苑珠林》第十)

每至四月八日，勒躬自詣寺灌佛，為兒發願。（《法苑珠林》第六十一）

據《漢語大詞典》，「灌佛」是佛教的一種儀式，又稱浴佛，用各種名貴香料所浸之水灌洗佛像。相傳農曆四月八日為釋迦牟尼的生日，每逢該日佛教信徒舉行這種儀式。「灌頂」是梵語的意譯。原為古印度帝王即位的儀式。佛教密宗效此法，凡弟子入門或繼承阿闍梨位時，必須先經本師以水或醍醐灌灑頭頂。「灌」謂灌持，表示諸佛的護念、慈悲；「頂」謂頭頂，代表佛行的崇高。

後代還有「醍醐灌頂」的說法。「醍醐」本義是指從酥酪中提製出的油，是最上品。《大般涅槃經·聖行品》：「譬如從牛出乳，從乳出酪，從酪出生酥，從生酥出熟酥，從熟酥出醍醐。醍醐最上。」佛教用以比喻佛性。《大般涅槃經·聖行品》：「從佛出生十二部經，從十二部經出修多羅，從修多羅出方等經，從方等經出般若波羅蜜，從般若波羅蜜出大涅槃，猶如醍醐。言醍醐者，喻於佛性。」「醍醐灌頂」就是用醍醐灌人之頂，喻以智慧灌輸於人，使人徹悟。

（5）注

此時期「注」字除了用作表示「注入」「灌入」等，還有兩個主要用法：一是表示大雨傾瀉的樣子；一個是表示目光、意念等的集中。

表示大雨傾瀉的樣子，如：

須臾，風雲興，玄氣四合，大雨注傾。（《藝文類聚·天部下·雨》）

每至曲終歌闋，亂以眾契，上下奔騖，鹿奮猛厲，波騰雨注，飄飛電逝。（《藝文類聚·樂部·琵琶》）

表示目光、意念的集中，往往有「注望」「注睛」「注意」「注心」等搭配。如「注望」表示矚望、期望；「注心」表示集中心意，傾心。這種用法其實還是表示「傾注」「灌注」的引申，從把液體等注入，引申為表示把目光、意念等注入集中。

（6）溉

此時期「溉」字使用不算活躍，表中統計的使用頻率有明顯下降，佔絕對分量的文獻還是《藝文類聚》這樣的類書，包含的基本上還是前代文獻資料。其餘文獻也基本都是「灌溉」的用法，如：

二年春正月壬寅初於蒲州開河渠，同州開龍首渠，以廣灌溉。
（《周書》卷五）

大光明乎天，燈燭何施矣？雨濡乎地，溉灌何用焉？（《意林》
卷六）

以千甕香湯溉灌菩提樹，倍復嚴好增長茂盛。（《法苑珠林》第
三十七）

所種之物盡變為瓠，長者見怪隨時溉灌。（《法苑珠林》卷五十
六）

也有少量「溉」單獨使用的，如：

翻車先生居在京師，城內有地作園，而患無水可溉，乃作翻車，
令童兒轉之，其功百倍。（《意林》卷五）

譬如農夫，先治畦隴，次下種子，後以糞水而覆溉之。（《法苑
珠林》第九）

通過綜合考察這一組詞在隋唐五代文獻中的出現頻率和使用情況我們了
解到：此時期總體來說發展還是沿襲前代，比較穩定。「淋」還是在複音詞中
使用較多，但也開始出現單獨使用表示澆、灑義。「灌」的使用頻率達到了頂
峰，並出現在佛經文獻中，如「灌佛」「灌頂」等用法。「注」依舊是表示「灌
入」，但由液體擴展到目光、意念等事物，如出現「注心」「注意」「注望」「注
睛」等用法。

5. 宋金元「澆灌」類動詞語義場的使用情況

我們從宋、金、元代的文獻中選出來代表文獻，統計了此時期每個字與表
示「澆灌」類意義相關的文獻使用頻率，見表6：

表6　宋金元時期

	淋	沃	澆	灌	注	溉
《新唐書》	2	4	0	39	24	126
《新五代史》	0	2	0	0	0	1
《夢溪筆談》	0	1	0	1	8	1
《五燈會元》	7	2	9	8	16	1
《朱子語類》	6	5	8	66	13	16

《張協狀元》	1	0	1	0	0	0
《劉知遠諸宮調》	0	1	2	1	4	0
使用頻率合計	16	15	20	115	65	145

下面，我們具體分析這一組詞在宋金元時期的主要用法和使用情況。

（1）淋

此時期「淋」字的語義發展依然沿襲前代，文獻中依然是複音詞居多，如「淋漓」「淋瀝」「淋淋」等：

中宗時，成王千里家有血點地，及盦箱上有血淋瀝，腥聞數步。（《新唐書·志第二十四·五行一》）

師曰：「六月雨淋淋，寬其萬姓心。」（《五燈會元》卷十五）

凡以畢漉魚肉，其汁水淋漓而下若雨然，畢星名義蓋取此。（《朱子語類·尚書二·洪範》）

「淋」單獨使用表示「澆」，即液體自上而下落下。如：

爾父提十二州地歸朝廷為功臣。然以張汶故，自謂不潔淋頭，卒羞死。郎今日乃欲反邪？（《新唐書·忠義列傳》

時有僧出，方禮拜，師曰：「晴乾不肯去，直待雨淋頭。」（《五燈會元》卷第七）

還出現了「淋」的一個較為特殊的用法，即表示「過濾」義，如：

如笮酒相似，第一番淋了，第二番又淋了，第三番又淋了。（《朱子語類·朱子六·論取士》）

「笮酒」是製作酒的過程中的一個環節，即用茅或絹帛等過濾酒中殘渣。

（2）沃

到宋代，在文獻體量普遍增大的情況下，「沃」的用例依然沒有什麼明顯增加，且用法也基本是沿用前代。用作「澆灌」類義的如：

想酢生液，雖未澆腸沃胃，要且使人慶快。（《五燈會元》卷第十九）

表示澆水（使之融化或滅）：

我今為汝掃狐疑，如湯沃雪，火銷冰。（《五燈會元》卷第二十）

臥帳中，諸將強之，重師遽起，悉取軍中氈毯沃以水，蒙之火

上，率精卒以短兵突入。(《新五代史·梁臣傳》第十)

所「澆」之物除了水，也可以有其他如油：

> 莊宗以巨栰積薪沃油，順流縱火焚梁艦，梁兵解去。(《新五代
> 史·雜傳》)

再如《朱子語類》中4例都是「沃盥」，沿襲先秦用法。

(3) 澆

宋金元時期從表格統計數據來看，「澆」字表示「澆灌」類義的使用頻率又有所下降，實際上是這一時期載我們選取的幾部文獻中「澆」字出現的整體數量有所下降，但表示「澆灌」類義所占的比例卻大大增加，已經遠遠超過「浮薄」「澆薄」的使用頻率。如在我們所選取的文獻中，與「澆薄」相關的只有「澆詭」一詞，謂澆薄欺詐：

> 三代之後，澆詭日滋。(《新唐書·魏徵列傳》)

> 若人漸澆詭，不復返樸，今當為鬼為魅，尚安得而化哉！(《新
> 唐書·魏徵列傳》)

而表示澆水、灌溉義的文獻數量則遠遠多於此，如：

> 披莎側立千峰外，引水澆蔬五老前。(《五燈會元》卷第十一)

> 不善灌者，忙急而治之，擔一擔之水，澆滿園之蔬。(《朱子語
> 類·讀書法上》)

> 如一盆花，得些水澆灌，便敷榮；若摧抑他，便枯悴。(《朱子語
> 類·盡心上》)

> 勝花娘子病得利害，服藥一似水潑石中，湯澆雪上。(《張協狀
> 元》)

(4) 灌

此時期「灌」字依然保持著居高不下的使用頻率。「灌」的詞義仍沿襲前代，並有所發展。如《朱子語類》以說理見長，其中很多用法都引申出比喻義，如：

> 譬如一泓水，聖人自然流出，灌溉百物，其他人須是推出來灌
> 溉。(《朱子語類·論語九》)

如今讀書，須是加沈潛之功，將義理去澆灌胸腹，漸漸蕩滌去

那許多淺近鄙陋之見，方會見識高明。(《朱子語類・朱子一》)

唐五代時期佛經中的「灌頂」用法延續，並出現了發展，如：

金錦撥破腦，頂上灌醍醐。(《五燈會元》卷第十三)

可以看到此時「醍醐灌頂」還沒有凝固成詞。

科技類文獻《夢溪筆談》中還有「灌鋼」的說法，如：

世間鍛鐵所謂鋼鐵者，用柔鐵屈盤之，乃以生鐵陷其間，泥封

煉之，鍛令相入，謂之「團鋼」，亦謂之「灌鋼」。(《夢溪筆談》)

「灌鋼」是我國古代勞動人民創造的一種獨特的低溫煉鋼法所煉成的鋼。

又稱團鋼。

總體來看，促成「灌」字使用頻率高的原因有多方面，就「灌」字自身內

部來說：從所搭配事物和使用範圍來看，用法非常廣泛；從所處文獻性質來看，

涵蓋面廣且雅俗皆表。除此之外，還與其他詞語的使用情況相關。

（5）注

此時期「注」表示「灌入」義的使用頻率還是比較高，且用法比較靈活多

樣。

有時相當於「澆下」，如：

注水激輪，令其自轉，一晝夜而天運周。(《新唐書・天文志》)

有時相當於「倒入」，如：

尚食酌玄酒三注於尊，尚寢設席於室內之西，東向。(《新唐書・

禮樂志》)

拔秦州，取富人倒懸，以酢注鼻，或杙其隱，以求財。(《新唐

書・薛李二劉高徐列傳》)

有時相當於「灌入」，如：

引新河水注之，清波彌漫數里，頗類江鄉矣。(《夢溪筆談・雜

誌》一)

都水丞侯叔獻時蒞其役，相視其上數十里有一古城，急發汴堤

注水入古城中，下流遂涸，急使人治堤陷。(《夢溪筆談・權智》)

表示江河等流入的用法使用也比較廣泛，且有的時候已經沒有特意表示

「注入」「流入」的意思了，而是表示普通的「流」。如：

> 千江競注，萬派爭流，若也素善行舟，便諳水脈，可以優遊性
> 海，笑傲煙波。(《五燈會元》卷第十九)

> 蓋堯甚以為微，必不是未有江河而然。滔天之水，如何掘以注
> 海？(《朱子語類》)

（6）溉

據表6的統計，「溉」在此時期的使用頻率達到了頂峰，其中《新唐書》中的《地理》部分的用例佔了絕對比重。《新唐書》中有大量「溉田」，如：

> 東南十五里有羅文渠，引小毄穀水，支分溉田。(《新唐書·地
> 理志》)

> 北四里有通靈陂，開元七年，刺史姜師度引洛堰河以溉田百餘
> 頃。(《新唐書·地理志》)

> 貞觀七年開延化渠，引烏水入庫狄澤，溉田二百頃。(《新唐書·
> 地理志》)

「溉田」就是指灌溉田畝，也可用「溉……田」，如：

> 奏復懷州古秦渠枋口堰，以溉濟源、河內、溫、武陟四縣田五
> 千頃。(《新唐書·溫皇甫二李薑崔列傳》)

另外就是「灌溉」的大量使用，此時期在我們所選文獻中主要是《朱子語類》中多次出現，如：

> 少間灌溉既足，則泥水相和，而物得其潤，自然生長。(《朱子
> 語類·讀書法》上)

> 苗固不可揠，若灌溉耘治，豈可不盡力？(《朱子語類·公孫丑》
> 上)

> 水能潤物，而灌溉必用人；火能爆物，而薪爨必用人。(《朱子
> 語類·中庸三》)

雖然此時期「溉」字從數據統計上來看，使用頻率還是相當高的。而且實際上我們這裏只統計了每個字「澆灌」類義的使用頻率，而「溉」字的這個使用頻率幾乎相當於它的全部義項使用頻率，這還是說明「溉」字的義項較單一，使用範圍窄。

通過綜合考察這一組詞在宋金元文獻中的出現頻率和使用情況我們了解到：這一時期各字在文獻中的使用發展比較平緩，基本上沿襲前代。其中「澆」字的兩個義項「（社會風氣）浮薄」和「澆灌」義在從兩漢經過隋唐的長期博弈中，到此時期「澆灌」義的用例超過了表示「（社會風氣）浮薄」的使用頻率。「溉」在《新唐書・地理志》中大量出現「灌田」使其在此時的使用頻率達到頂峰。

6. 明代「澆灌」類動詞語義場的使用情況

我們從明代的文獻中選出來代表文獻，統計了此時期每個字與表示「澆灌」類意義相關的文獻使用頻率，見表7：

表7　明代

	淋	沃	澆	灌	注	溉
《水滸傳》	13	0	12	20	0	0
《西遊記》	12	0	12	12	3	0
《金瓶梅》	12	1	8	44	3	1
《醒世姻緣傳》	12	0	14	34	2	0
使用頻率合計	49	1	46	110	8	1

下面，我們具體分析這一組詞在明代的主要用法和使用情況。

（1）淋

明代文獻中，長篇小說數量增多，「淋」字的用例數量也明顯增多。用法主要還是集中在用在複音詞中和單獨使用表示液體澆下兩大用法上，沒有產生其他特殊的新的用法。複音詞如「血淋淋」「汗淋淋」等；單獨使用的如：

> 原來是日久年深，上邊被雨淋白，下邊是土氣上的銅青。（《西遊記》第八十回）

> 大雨淋了許多時，不肯回去，今又在這裏住札，強要賭賽，卻不苦了官軍！（《三國演義》卷二十）

> 你看把婆子身上衣服都淋濕了，到明日就教大官人賠我！（《金瓶梅》卷二）

可以看到，此時期「淋」字的用法已和現代漢語的幾個常用用法一樣了。

（2）沃

到明代，我們所選的代表文獻中已經基本上沒有表示「澆灌」類義的「沃」了。我們所選文獻中的一例也是弱相關：

> 此物出於西域，非人間可有，沃肺融心，實上方之佳味。（《金瓶梅》卷十四）

此例中「沃肺融心」可以理解為灌通相融，或者說滋潤、滋養更為妥帖。

（3）澆

到此時期，我們選取的文獻中，已經沒有表示社會風氣浮薄的用例了。文獻用例幾乎全是表示將液體從上往下淋、灑等用法。如：

> 那個水不許犯五行之器，須用玉器舀出，扶起樹來，從頭澆下，自然根皮相合，葉長芽生，枝青果出。（《西遊記》第二十六回）

> 你原來在這裏澆花兒哩！怎的還不梳頭去？（《金瓶梅》卷六）

> 把湖中的水引決將去，灌稻池、灌旱地、澆菜園、供廚井，竟自成了個極樂的世界。（《醒世姻緣傳》第二十四回）

> 將這賤人剪髮齊眉，蓬頭赤腳，罰去山頭挑水，澆灌花本，一日與他三頓淡飯。（《清平山堂話本·陳巡檢梅嶺失妻記》）

除此之外還有幾處沿用古代表示灑酒於地、祭奠用法的例子，如：

> 武松一面就靈前，一手揪著婦人，一手澆奠了酒。（《金瓶梅》卷十八）

> 澆了奠酒，只顧把祝文宣念。（《金瓶梅》卷十五）

此時期小說中還出現「澆手」或「澆澆手」的用法，謂用酒菜犒勞別人。如：

> 不是老身路岐相煩，難得這位娘子在這裏，官人好做個主人，替老身與娘子澆手。（《水滸傳》第二四回）

> 一向累他辛苦了，主翁特地與他澆手，要灌得爛醉方住。（《初刻拍案驚奇》卷十八）

（4）灌

「灌」字在明代小說文獻中前代常用的「澆灌」「灌溉」的使用數量驟降，導致用法單一的「溉」字使用頻率極低。此時期文獻中主要是「灌酒」「灌藥」

「灌耳」等搭配。「灌酒」「灌藥」表示「強行使喝下」，如：

  武大再呷第二口時，被這婆娘就勢只一灌，一盞藥都灌下喉嚨去了。(《金瓶梅》)

  五姐，你灌了他些薑湯兒沒有？(《金瓶梅》卷四)

  我如今且將紂王灌醉了，扶去濃睡，我自好與彼行事，何愁此事不成？(《封神演義》第十九回)

  燃燈將一粒丹藥用水研化，灌入武王口內，有兩個時辰，武王睜睛觀看，方知回生。(《封神演義》第五十一回)

「灌耳」表示（聲音、話語等）進入耳中，「如雷灌耳」則是指聲音巨大，像雷聲一般震耳欲聾；也引申指名聲大、名聲響亮，如：

  妾在深閨，聞將軍之名，如轟雷灌耳，以為當世一人而已。(《三國演義》之二)

  久聞大夫高名，如雷灌耳。恨雲山遙遠，不得聽教。(《三國演義》之十二)

「如雷灌耳」亦作「如雷貫耳」，現代漢語一般寫作後者。

（5）注

據表格，明代所選文獻中「注」表示「澆灌」類的使用頻率驟降，主要還是表示「倒入」「灌入」，如：

  底下有五個大缸，都注著滿缸清水，水上浮著楊柳枝。(《西遊記》第四十五回)

  不一時把浴盆掇到房中，注了湯。二人下床來，同浴蘭湯，共效魚水之歡。(《金瓶梅》第二十九回)

考察文獻用例，此時期文獻中「注」主要有以下幾種用法：

指用於斟注的小壺，主要用於斟酒。也可用作量詞。唐李匡乂《資暇集·注子偏提》：「元和初，酌酒猶用樽杓……居無何，稍用注子，其形若罌，而蓋、觜、柄皆具。大和九年後中貴人惡其名同鄭注，乃去柄安系，若茗瓶而小異，目之曰偏提。」如：

  覺道有些癢麻上來，卻又篩了一碗，喫鏇了大半鏇傾在注子裏，爬上樓來。(《水滸傳》第二十一回)

表示預示、預先決定（不可避免），即我們常說的「注定」。幾部代表性小說文獻中都有大量用例，如：

張青孫二娘看了，兩個喝采道：「卻不是前生注定！」（《水滸傳》第三十一回）

不想原來緣法注定，今日得遇及時雨尊顏。（《水滸傳》第三十五回）

腳踏一雙粉底靴，登雲促霧；懷揣一本生死簿，注定存亡。（《西遊記》第十回）

表示記載、登記，如：

你等阻當我，卻怎地數百年前已註（注）我姓字在此？（《水滸傳》楔子）

另有個簿子，悟空親自檢閱，直到那「魂」字一千三百五十號上方注著孫悟空名字。（《西遊記》第三回）

仙名永注長生籙，不墮輪回萬古傳。（《西遊記》第四回）

我們查檢《大字典》《大詞典》會發現，「注」的義項非常之多，除了我們這裏所討論的與「澆灌」類相關的一些義項和其他文獻中的高頻義項，還有非常多其他的用法，涵蓋了動詞、名詞、量詞等，還有大量通假用法，可以說是非常活躍的一個詞，由於篇幅有限，我們在此不在詳細展開討論。

（6）溉

明代「溉」字使用頻率驟降，在我們所選的文獻中只剩一例，還是「灌溉」連用：

譬如種五穀的，初長時也得時時灌溉，纔望個秋收。（《金瓶梅》第五十三回）

此時期文獻中表示給田園澆水多用「澆」「澆灌」等表達，例詳見澆、灌字部分。已經幾乎沒有「溉」字單獨使用表示「澆灌」「灌溉」了。

通過綜合考察這一組詞在明代文獻中的出現頻率和使用情況我們了解到：明代開始長篇小說文獻增多，且語言上多呈現通俗、白話等特點，這種文獻性質影響到了諸如「淋」「沃」「溉」等的使用頻率驟升或驟降。「沃」和「溉」這種文言性比較強的到此時幾乎不再單獨使用表示澆灌類義。而「淋」長期以來

一直是在複音詞中出現，此時期又出現「血淋淋」「汗淋淋」等通俗表達，使得其使用頻率大幅度增長。

7. 清代「澆灌」類動詞語義場的使用情況

我們從清代的文獻中選出來代表文獻，統計了此時期每個字與表示「澆灌」類意義相關的文獻使用頻率，見表8：

表8 清代

	淋	沃	澆	灌	注	溉
《海上花列傳》	4	0	3	5	1	0
《花月痕》	3	2	6	8	3	2
《孽海花》	1	0	2	7	0	0
《老殘遊記》	0	0	0	6	2	0
《聊齋俚曲集》	3	0	0	23	0	0
《紅樓夢》	6	0	9	34	0	7
《兒女英雄傳》	5	0	7	14	0	0
使用頻率合計	22	2	27	97	6	9

下面，我們具體分析這一組詞在清代的主要用法和使用情況。

（1）淋

綜觀「淋」字的詞彙發展歷程，一直是比較穩定的，幾個主要用法在較早時期俱已出現，且在後期的發展過程中沒有產生很多其他新的用法，語義上也基本沒有新的引申義產生而形成新的義項。從宋明開始已經趨於現代漢語的用法。到清代也同樣沿襲。如：

> 引的寶釵躡手躡腳的，一直跟到池邊滴翠亭上，香汗淋漓，嬌喘細細。（《紅樓夢》第二十七回）

> 說著，便順著遊廊到門前往外一瞧，只見寶玉淋得雨打雞一般。（《紅樓夢》第三十回）

> 當夜萬籟俱寂，月色初上，照著階下革囊裏血淋淋的人頭。（《儒林外史》第十二回）

（2）沃

清代文獻中也是同樣的情況，「沃」用作表示「澆灌」已經基本不使用，表中統計的文例也是舊代用法的衍生：

> 豈知天上軍來，若風掃葉；漢家兵到，如日沃霜。(《花月痕》第
> 四回)

> 如太陽之沃雪，所過皆銷；譬大旱之望雲，崇朝而雨。(《花月
> 痕》第五十回)

兩漢時期文獻中有「以湯沃雪」的說法，表示用熱水澆在雪上，雪就會迅速融化，形容事情解決起來很簡單。此處的「如日沃霜」是指陽光照射霜或雪，使之融化，表示一種秋風掃落葉的氣勢，所到之處，掃平一切。「沃」本身沒有照射義，這裏應是蕩滌義的引申用法。

（3）澆

其實在明代小說中，「澆」字已經大量使用，表示將液體從上向下淋灑，到清代繼續沿用。明清時期產生大量通俗小說、市井文學文獻，「澆」也多在通俗語料中使用，口語性非常強，常常在很多表達很形象的文句中出現。如：

> 還有東府裏你珍大哥哥的爺爺，那纔是火上澆油的性子，說聲
> 惱了，什麼兒子，竟是審賊！(《紅樓夢》第四十五回)

> 寶玉見了這般景況，心中像澆了一盆冷水一般，只瞅著竹子發
> 了一回獃。(《紅樓夢》第五十七回)

> 子富聽了，如一瓢冷水兜頭澆下。(《海上花列傳》第八回)

若與同時期「沃」的用法相對比，可以明顯看到「沃」的文言色彩強，像「如日沃霜」這樣的用法。

小說《花月痕》中有多處有「借酒澆愁」的用法，如：

> 看花憶夢驚春過，借酒澆愁帶淚傾。(《花月痕》第三回)

綜上，可以清晰第看到「澆」的用法發展脈絡：「澆」的語義發展一直是表示「浮薄」和「液體自上而下淋灑」兩條主線。前期表示「浮薄」的使用頻率高，文獻數量占優勢，從魏晉開始，表示「液體自上而下淋灑」，也即我們這裏的「澆灌」類義，就開始出現發展勢頭，經過隋唐，到宋元時期，表示「澆灌」類義的文獻使用所佔比例已經超過「浮薄」的用法。再到明清時期，文獻中除了引古的用法，已經幾乎沒有表示「浮薄」的用法了，「澆灌」類義的用法可以說一家獨大，且所處的文例都呈現很強的口語化、俗語化性質。

（4）灌

到清代文獻中，「灌」字的使用比較均衡，幾乎前代出現的所有搭配的用法都有體現。如：

由是，一人傳十，十人傳百，都說大觀園中有了妖怪，唬得那些看園的人也不修花補樹，灌溉果蔬。（《紅樓夢》第一百二回）

雙玉覺得淑人未必肯喫，趁勢捏鼻一灌，竟灌了大半杯。（《海上花列傳》第六十三回）

金大人昨夜被你們灌醉了，今日正害著酒病哩！（《孽海花》第八回）

又似乎菊笑變了一條靈幻的金蛇，溫膩的滿勢力，蜿蜒地把自己灌頂醍醐似地軟化了全身，要動也動不得。（《孽海花》第三十一回）

寶玉聽了，如醍醐灌頂，「噯喲」了一聲，方笑道：「怪道我們家廟說是鐵檻寺呢，原來有這一說！姐姐就請，讓我去寫回帖。」（《紅樓夢》第六十三回）

又誰料知己傾談，忘了隔牆有耳，全灌進了楊雲衢的耳中。（《孽海花》第三十三回）

因「灌」後經常與「酒」或「醉」等連用表示喝酒或者喝醉，所以有時即使只用「灌」在一定的語境下也可以表示喝酒，不需要加賓語「酒」了，如：

解子沒好氣說：「你只顧灌，明日不走路麼？」鴻漸說：「不睡亦可。」（《聊齋俚曲集》）

除了液體和聲音，可「灌入」的事物還出現了氣體，再發展到氣味，如：

那煤堆旁邊就是個溺窩子，太陽一曬，還帶是一陣陣的往屋裏灌那臊轟轟的氣味！（《兒女英雄傳》第三十二回）

老爺轉過身來才合他對了面兒，便覺那陣酒蒜味兒往鼻子裏直灌，不算外還夾雜著熱撲撲的一股子狐臭氣。（《兒女英雄傳》第三十八回）

這個用法在《大詞典》中釋作「指氣體沖入或充塞」，書證用的是現代作品，可提前書證。

（5）注

明清以後，文獻中表示典型的「灌入」「注入」等的用法還在使用，但數量已經比較少了，如：

宋天禧中，陳堯佐知並州，因汾水屢漲，築堤周五里，引汾水注之，旁植柳萬株。（《花月痕》第六回）

四面玻璃，就中注水，養大金魚百數，游泳其中。（《花月痕》第四十二回）

蒼頭進前，取水瓶，將茶壺注滿，將清水注入茶瓶，即退出去。（《老殘遊記》卷十）

我們認為是因為文獻文體和語言風格的影響，明清文獻多通俗小說，而用「注入」表示將液體倒入相對偏文言，尤其到現代漢語，口語中已經基本上不用將水「注入」的說法，而「注水」也已經有了新的含義。

清代小說文獻中「注」基本上就是「注定（或作註定）」「注視」「注目」「注意」等的用法。

（6）溉

與明代文獻類似，此時文獻中「溉」的使用頻率極低，也幾乎沒有「溉」字單獨使用表示「澆灌」，文例多是「灌溉」連用的複音詞，如：

今夫水掘之平地，雖費千人之勞，其流不敵溪曲，其用不過灌溉。（《花月痕》第三十五回）

便叫林喜挪在槐蔭下，教他們天天灌溉。（《花月痕》第三十八回）

由是，一人傳十，十人傳百，都說大觀園中有了妖怪，嚇得那些看園的人也不修花補樹，灌溉果蔬。（《紅樓夢》第一百二回）

明清基本一脈相承，基本上語義和用法都沿襲，沒有明顯發展。有一些如「淋」字的用法已經和現代漢語相差無幾。

（二）「澆灌」類動詞的歷時考察

通過前文對這一組「澆灌」類動詞成員在各個時期的語義和用法的描寫，我們看到，「澆灌」類動詞從先秦到明清有很多變化，每一個成員的發展演變都是一個漫長的過程。下面我們從縱向角度對這一組的每個成員逐一分析其語義

和用法的歷史演變特點，並分析其原因。

1. 淋

「淋」字的「澆灌」類義的出現時間應當是這組字中最晚的。據我們表格中所選文獻的統計，直到魏晉都沒有出現單獨使用表示液體從上往下「澆」「灑」義，在此之前多是出現在一些與水下落、流滴有關的形容詞複音詞中，如「淋浪」「淋漓」「淋漉」等等。到隋唐時期的文獻中「淋」才開始較多地出現單獨使用表示澆、灑義的用法。綜觀「淋」字的詞彙發展歷程，一直是比較穩定的，在後期的發展過程中也沒有產生很多其他新的用法，語義上也基本沒有新的引申義產生而形成新的義項。到明清開始，小說文獻的增多，一些口語性很強的「血淋淋」「汗淋淋」等說法開始大量出現增加了「淋」的使用頻率，此時期「淋」也基本上與現代漢語用法相差無幾了。

2. 沃

「沃」字發展比較特殊。「沃」在先秦時本是表示一種洗手禮節「沃盥」，即從上往下澆水（洗手）的動作，也即早期其「澆灌」類義產生和使用是主要用法。自漢代起，「沃」字與「肥」連用或單獨使用表示土壤品質好，這一用法一躍變成「沃」的主要用法，且在之後的魏晉、隋唐、宋明直到現代漢語中，「沃」的肥沃義的使用頻率都始終大於其「澆灌」義。到明清時期，白話俗語的大量使用，更是使得「沃」字表示灌溉類義的使用頻率驟降，到現代漢語中，已經沒有「沃」字單獨使用表示「澆灌」義了。

3. 澆

「澆」字的「澆灌」類義出現的也比較晚，先秦時期我們所選文獻中沒有該用法，基本上「澆」是用作人名的。到兩漢時，才出現與之相關的「澆饡」「澆酒」等用法，「澆」字單獨使用表示「澆灌」還幾乎沒有，此時文獻中大量出現表示「（社會風氣）浮薄」的用法。自此往後「澆」發展脈絡比較清晰：一直是表示「（社會風氣）浮薄」和「液體自上而下淋灑」兩條主線。前期表示「浮薄」的使用頻率高，文獻數量占優勢。從魏晉開始，表示「液體自上而下淋灑」，也即我們這裏的「澆灌」類義，就開始出現發展勢頭。經過隋唐，「澆灌」義基本上和「浮薄」義使用持平。再到宋元時期，表示「澆灌」類義的文獻使用所佔比例已經超過「浮薄」的用法。再到明清時期，文獻中除了引古的用法，已

經幾乎沒有表示「浮薄」的用法了,「澆灌」類義的用法可以說一家獨大,持續至今。且所在的文例都呈現很強的口語化、俗語化特點。

4. 灌

「灌」字從先秦開始就表現比較活躍,義項多,使用範圍廣。與「澆灌」類義相關的「澆灌」「灌入」「強行倒入」「強迫使飲」「淹沒」等用法均已出現。自兩漢開始就呈現極旺的發展趨勢,經過魏晉的發展,其所帶賓語種類之多為其後期的廣泛使用奠定了基礎。到隋唐文獻中,由於佛教文獻中也大量使用如「灌頂」「灌佛」的用法,使其總用量達到頂峰。「灌」字多義項和語法搭配靈活使其在該組字中無論是從使用頻率還是使用範圍上看,都是一直居於核心地位。

5. 注

縱觀「注」字的發展歷程,其「澆灌」類義項還是比較純粹的,主要是表示「灌入」,小則注入容器中,大則注入「江河湖海」中。這種用法在魏晉時期的《水經注》中達到頂峰,且一直沿用至今。隋唐時期該用法有所發展,注入之物由液體等客觀物質擴大為目光、意念等虛化事物也可使用,如「注晴」「注意」「注心」等。到明清,「注」多用來表示「(命運)注定」義,文獻中表示「灌入」基本上都用「灌」而不用「注」,到現代漢語中,已經基本沒有單獨使用「注」表示「灌注」,像「注水」一般也只用在農業或科技文獻中。

6. 溉

「溉」字也算是比較特殊的一個字,其「灌溉」義從先秦就已經出現,但基本上都是與其他相關詞連用,如「注溉」「溉汲」等。到兩漢時期,複音詞「灌溉」就出現,從此文獻中「灌」「溉」單獨使用或「灌溉」連用都可表示澆灌義。但「溉」單獨使用時的賓語非常局限,往往是「+田」,遠不如「灌」的賓語豐富,因此「溉」單獨使用一直沒有活躍發展起來,其使用頻率多半要依附複音詞「灌溉」的使用。明清開始,受文獻語言風格的影響,「溉」字幾乎不再單獨使用。

(三)「澆灌」類動詞演變特點分析

1. 既有由單音化向複音化轉變的趨勢又有從複音詞中脫胎的發展

漢語詞彙發展的一般趨勢是由單音詞向複音詞發展。體現在我們這裏表現

為同組詞之間內部組合能力強，如本組內形成複音詞的有澆淋、澆注、澆沃、澆灌、澆溉、注溉、沃灌、灌注、灌溉、溉灌等。這其中使用活躍的詞如「澆」和「灌」幾乎和組內每個詞都能進行組合。近代漢語中產生的大量複合詞都是採用這種構詞模式形成同義複合詞。這種情況和同義連用發展成複音詞有關。同義複合詞絕大多數是單義的，而組成同義複合詞的語素在古代漢語中絕大多數是多義的。當意義複雜的多義單音詞以某個相同的意義組合在一起，兩個語素之間互相制約補充，排除了各自的多義性，意義就變得單一明確了〔註 21〕。實際上這種組合起到了對單音詞多種意義的選擇使用，使含混變為確切。〔註 22〕

其中還有一些詞則是最先在複音詞中使用，慢慢才發展出可以單獨使用表示該用法，如「淋」「溉」等。「淋」字一開始就出現在「淋漓」「淋浪」等連綿詞中，後來才出現單獨使用作動詞的用法。「溉」也是先用在「注溉」等複音詞中，後來才發展為能單獨使用並帶賓語的用法。這種情況也體現出一種漢語詞彙的發展模式，由複音詞中攜帶意義後發展脫胎於複音詞中獨立使用。

2. 同組詞內部發展呈現非強即弱關係

由於組內成員都有共同的義素，在表達某些意義時常常可以替代，或者某些用法可以互換，這就造成了語法上的對立關係，會表現出關係越密切的兩個詞在歷時的發展中越呈現彼強我弱的關係，如最典型的「灌」和「溉」。「灌溉」在澆灌義上同義連用為「灌溉」，但「灌」在文獻中的使用情況，無論是自身義項還是所帶賓語種類都遠比「溉」豐富得多，因此發展情況非常活躍，這就和「溉」形成鮮明對比，直到現代漢語中，「溉」字單獨使用的情況已經幾乎沒有了。

「灌」的生命力明顯旺盛有這樣幾方面原因：首先「灌」在先秦時期就已經發展出較多義項。在之後的發展中又體現出語法組合方面的活躍，不僅可以和其他單音詞組成同義複合詞，還表現為所帶賓語的種類廣泛，如幾乎可帶一切液體類，賓語也由客觀物質擴展到虛化事物，也可帶有特殊用法的事物。這為「灌」在文獻中的廣泛使用奠定了基礎，幾乎可以不受文獻體裁或文獻語言文白雅俗的影響，這就保證了其持久的生命力。

〔註21〕徐時儀《近代漢語詞彙學》，廣州：暨南大學出版社，2013 年，第 209 頁。
〔註22〕趙克勤《古代漢語詞彙學》，北京：商務印書館，1994 年，第 33 頁。

3. 漢語文白演變對詞彙的影響巨大

據我們前文的表格統計，這組詞中的「沃」「注」「溉」在明清時期使用頻率上出現驟降。這與明清時期白話發展成熟有關。從宋元話本到《紅樓夢》，在文學史上是文學發展的過程，在漢語白話發展上則是白話由始附屬於文言到終於取而代之的發展過程〔註23〕。明清小說注目現實世界，反映市井社會的生活，注重寫實，「語多近俚，意存勸諷」〔註24〕。明清出現大量長篇小說，這些小說從文學到語言都是有特色的，語言已經從半文半白到口語化、方言化。所以文言色彩強的單音詞若組成複合詞的能力不強則會被其他詞語代替，如「沃」和「溉」。「沃」的義項基本上就是表示土壤質量好和澆灌兩個用法，第一個用法在組合成「肥沃」後一直活躍至今，後者本身就是脫胎於古代禮儀色彩強的「沃盥」用法，隨著社會的發展，語言的演變後期則完全被「澆」「灌」等代替而廢。「溉」就更加明顯，本身意義就極為單一，除了組成「灌溉」或「溉灌」使用，其單獨使用能力非常有限以致被「灌」代替，到現代漢語中幾乎不再單獨使用「溉」。「注」的情況略不相同，「注」本身義項極為繁多，生命力旺盛，只表示「注入」義的用法偏文言，除了地理類文獻中長期沿用表示注入到江河湖海中，其他表示注入容器類的多被「灌入」替代。

（四）餘　論

綜觀漢語史，表示「澆灌」類的單音詞遠不止本文所述的這組詞。語言史的發展變化規律也紛繁複雜，這裏所述不及萬一。單就該組內成員的共時特點、歷時發展變化所體現的語言史特點也還有很多，如詞彙發展所帶賓語往往會由實擴展到虛，並進而引起詞義的引申和發展；同義詞組內成員使用頻率受其他成員的活躍程度影響很大；自身的義項多寡和語法組合的活躍程度都會影響詞彙的生命力；除了語言風格的影響，社會文化、禮儀禮制的改變或消失等都會影響詞彙的使用；等等。

個案二　動詞「注」的灌注義發展及其成因

動詞「注」本義是水或其他液體從一個容器中灌入另一個容器中。魏晉以後，尤其隋唐時期該用法有所發展，注入之物由液體等客觀物質擴大為目光、

〔註23〕徐時儀《漢語白話史》，北京：北京大學出版社，2015年，249頁。
〔註24〕《初刻拍案驚奇》序。

意念等虛化事物，從實物到非實物是一個虛化的過程，與隱喻認知有關。所注之物從具體實物發展到非實體之物，體現了動作「注」所引發的空間位移從可觸摸的物理空間引申到了不可觸摸的社會空間。

（一）動詞「注」的詞義發展

注，甲金文未有確定字形，秦簡文字形體作▤（《睡虎地秦簡文字編》），《說文》小篆作▤。《說文‧水部》：「注，灌也。從水，主聲。」注表示灌入；傾瀉。《字彙》：「注，灌注，水流射也。」《正字通》：「《增韻》：『灌注，水流射也。』」《玉篇》：「注，灌也，寫也。」「注」這個動作的具體形態是從一個容器中舀水灌入另一個容器中，即注入。

「注」的灌注義在先秦時期已經較多出現了，如：

（1）洞酌彼行潦、挹彼注茲、可以餴饎。（《詩經‧大雅‧洞酌》）

（2）豐水東注，維禹之績。（《詩經‧大雅‧文王有聲》）

（3）禹疏九河，瀹濟漯，而注諸海；決汝漢，排淮泗，而注之江，然後中國可得而食也。（《孟子‧滕文公上》）

（4）南為江、漢、淮、汝，東流之，注五湖之處，以利荊、楚、干、越與南夷之民。（《墨子‧兼愛中》）

（5）注焉而不滿，酌焉而不竭，而不知其所由來，此之謂葆光。（《莊子‧齊物論》）

（6）平地注水，水流濕。均薪施火，火就燥。（《呂氏春秋‧應同》）

細析之，以上例句中的「注」具體可以釋為「注入」「倒入」「流入」「灌入」等。這個用法是「注」的核心用法。先秦文獻中還出現「注」的其他用法，如：

表示聚集於某地或某處。如：

（7）時田，則守罟。及弊田，令禽注於虞中。（《周禮‧天官塚宰》）

「及弊田，令禽注於虞中」的意思是到停止田獵時，就命令把捕獲的野獸聚集到樹有虞旗的田獵處的中央。「注」在這裏表示集中放置的意思。

引申為放置，安置。如：

（8）則君子注錯之當，而小人注錯之過也。（《荀子‧榮辱》）

《荀子》裏面有幾處「注錯」，均是表示放置、安置，「錯」通「措」。

兩漢時期文獻中「注」表示「注入」也是多沿先秦用法。如：

（9）人之為德，其猶虛器歟！器虛則物注，滿則止焉。（《中論·虛道》）

（10）何者？以其泉不自中涌，而注之者從外來也。（《中論·考偽》）

此用法在兩漢文獻中開始大量出現，多集中在地理方面，表示江河等流入、注入另一水域。如：

（11）河九折注於海，而不絕者，昆侖之輸也。（《淮南子·覽冥訓》）

（12）於填之西，則水皆西流，注西海；其東水東流，注鹽澤。鹽澤潛行地下，其南則河源出焉。多玉石，河注中國。（《史記·大宛列傳》）

（13）河出昆侖，經中國，注勃海，是其地勢西北高而東南下也。（《漢書·溝洫志》）

此用法在北魏酈道元的《水經注》中數量達到頂峰〔註25〕，後一直沿用，至今依然是地理文獻中的相關核心用法。

除此之外，魏晉南北朝時期「注」還出現一種特殊用法，即「給書中或文中的字句做解釋」，如此時期的《顏氏家訓》《洛陽伽藍記》等文獻中的「注」全為此義。此用法亦作「註」，也是「注」字相當重要的一個義項，由於不是我們所要討論的「澆灌」類義，故不詳表。

在詞義的發展過程中，「注」字除了依然用作表示水等液體注入、灌入，還有一個重要用法是表示目光、意念等的集中，表示目光的集中有「注目」「注望」「注睛」〔註26〕「注眼」「注眸」「注盼」等，謂集中目光看；表示意念、思想的集中有「注意」「注心」「注想」「注念」「注思」等搭配，謂把心神集中在某一方面；其他還有「注耳」表示傾耳（聽）等。如：

「注目」「注睛」等表示集中目光看。

〔註25〕據筆者統計，「注」在《水經注》中使用頻率在 2000 次以上。
〔註26〕《大詞典》未收錄「注睛」，似可補。

（14）夫能使天下傾耳注目者，當權者是矣。（《三國志‧魏書十九‧陳思王植傳》）

（15）西門慶注目停視，比初見時節越發齊整，不覺心搖目蕩，不能禁止。（《金瓶梅》）

（16）狗得食不啖，唯注睛舐唇視奴。（晉‧陶潛《搜神後記》）

（17）繞塔身上並是諸佛菩薩金剛聖僧雜類等像，狀極微細，瞬目注睛，乃有百千像現，面目手足鹹具備焉。（唐‧釋道世《法苑珠林》）

「注望」還引申表示矚望、期望。如：

（18）百姓之命，縣於執事。自華及夷，顒顒注望。（《三國志‧蜀志‧許靖傳》）

（19）俄而元德太子薨，朝野注望，咸以暕當嗣。（《北史‧隋齊王暕傳》）

「注意」謂表示把心神集中在某一方面。

（20）《易》之爲術，幽明遠矣，非通人達才孰能注意焉。（《史記‧田敬仲完世家》）

（21）盤中脆戟不自定，四座親賓注意看。（五代‧王定保《唐摭言‧海叙不遇》）

「注心」表示集中心意，傾心。

（22）至於注心皇極，結情紫闥，神明知之矣。（三國魏‧曹植《求通親表》）

（23）聞子密緯真氣，注心三清，勤苦至矣。（《太平广記》卷五八引前蜀‧杜光庭《集仙泉‧魏夫人》）

「注意」又引申為表示留意；重視；關注。如：

（24）天下安，注意相；天下危，注意將。（《史記‧酈生陸賈列傳》）

（25）按經文以謂諸有三年者皆當緦，如注意舉此三者，明唯斬者耳。（《通典‧禮》六十二）

宋金元時期「注」表示「灌入」義的使用頻率還是比較高，且用法比較靈

活多樣。

有時相當於「澆下」，如：

（26）注水激輪，令其自轉，一晝夜而天運周。（《新唐書·天文志》）

有時相當於「倒入」，如：

（27）尚食酌玄酒三注於尊，尚寢設席於室內之西，東向。（《新唐書·禮樂志》）

（28）拔秦州，取富人倒懸，以酢注鼻，或杙其隱，以求財。（《新唐書·薛李二劉高徐列傳》）

有時相當於「灌入」，如：

（29）引新河水注之，清波彌漫數里，頗類江鄉矣。（《夢溪筆談·雜誌》）

（30）都水丞侯叔獻時涖其役，相視其上數十里有一古城，急發汴堤注水入古城中，下流遂涸，急使人治堤陷。（《夢溪筆談·權智》）

表示江河等流入的用法使用也比較廣泛，且有的時候已經沒有特意表示「注入」「流入」的意思了，而是表示普通的「流」。如：

（31）看！看！千江競注，萬派爭流。若也素善行舟，便諳水脈，可以優遊性海，笑傲煙波。（《五燈會元》卷第十九）

到了明代，文獻中「注」表示「澆灌」類的使用頻率驟降，此時期文獻中「注」主要有以下幾種用法：

注子，指用於斟注的小壺，主要用於斟酒。也可用作量詞。唐李匡乂《資暇集·注子偏提》：「元和初，酌酒猶用樽杓……居無何，稍用注子，其形若罌，而蓋、觜、柄皆具。大和九年後中貴人惡其名同鄭注，乃去柄安系，若茗瓶而小異，目之曰偏提。」如：

（32）覺道有些癢麻上來，卻又篩了一碗酒，鏇了大半鏇傾在注子裏，爬上樓來。（《水滸傳》第二十回）

（33）說猶未了，早暖了一注子酒來。（《水滸傳》第二十三回）

表示預示、預先決定（不可避免），即我們常說的「注定」（又寫作「註

定」)。幾部代表性小說文獻中都有大量用例,如:

（34）張青孫二娘看了,兩個喝采道:「卻不是前生注定！」
(《水滸傳》第三十回)

（35）不想原來緣法注定,今日得遇尊顏。(《水滸傳》第三十
四回)

（36）腳踏一雙粉底靴,登雲促霧;懷揣一本生死簿,注定存
亡。(《西遊記》)

（37）自那龍未生之前,南斗星死簿上已注定該遭殺於人曹之
手,我等早已知之。(《西遊記》)

表示記載、登記,如:

（38）你等阻當我,卻怎地數百年前已注我姓字在此?(《水滸
傳》楔子)

（39）另有個簿子,悟空親自檢閱,直到那「魂」字一千三百五
十號上,方注著孫悟空名字,乃「天產石猴,該壽三百四十二歲,
善終。(《西遊記》)

（40）仙名永注長生籙,不墮輪回萬古傳。(《西遊記》)

我們查檢《大字典》《大詞典》會發現,「注」的義項非常之多,除了我們
這裏所討論的與「澆灌」類相關的一些義項和其他文獻中的高頻義項,還有非
常多其他的用法,涵蓋了動詞、名詞、量詞等,還有大量通假用法,可以說是
非常活躍的一個詞,由於篇幅有限,我們在此不再詳細展開討論。

明清以後,文獻中表示典型的液體「灌入」「注入」等的用法還在使用,但
數量已經比較少了,主要原因我們認為是因為文獻文體和語言風格的影響,明
清文獻多通俗小說,而用「注入」表示將液體倒入相對偏文言,尤其到現代漢
語,口語中已經基本上不用將水「注入」的說法,清代小說文獻中「注」基本
上就是「注定（或作註定）」「注視」「注目」「注意」等的用法。

縱觀「注」字的發展歷程,其「澆灌」類義項還是比較純粹的,主要是表
示「灌入」,小則注入容器中,大則注入「江河湖海」中。這種用法在魏晉時
期的《水經注》中達到頂峰,且一直沿用至今。隋唐時期該用法有所發展,注
入之物由液體等客觀物質擴大為目光、意念等虛化事物也可使用,如「注晴」

「注意」「注心」等。到明清，「注」多用來表示「（命運）注定」義，文獻中表示「灌入」基本上都用「灌」而不用「注」，到現代漢語中，已經基本沒有單獨使用「注」表示「灌注」。

（二）動詞「注」詞義發展的原因分析

綜觀上文所述的「注」的澆灌、注入義的歷時發展情況，我們認為其所涉及的「（意念、目光等）集中」「放置、安置」「登記、記載」「投擲」「用於斟注的小壺」等義項均是從表示液體傾注、灌注用法的引申以及再引申。集中體現了漢語詞彙詞義演變及發展的幾種模式，圖示如下：

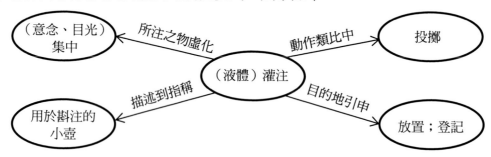

這裏我們主要想討論傾注、灌注之物從水等實物液體引申擴大到目光、意念、思想等非實物上的動因。通過前文的歷時考察可知，在灌注這個意義上動詞「注」的所注之物可總結為：A 實物（a 自流水、b 其他液體、c 其他事物）、B 非實物（d 目光、e 意念、f 名字）。需要注意的是，「所注之物」實際上不是語義的受事論元而是主謂短語「注」的施事論元。

這兩大類的用法有相同點也有不同點。相同點是所注之物最終都發生了空間位移，從一處到了另一處。不同之處具體來看，當所注之物為江河湖海的水時，基本上我們認為是無人干涉的自動行為，如例句（4），這時一般用法是：S_1＋注＋受事論元。其中 S_1 為江河湖海之水，在句中有時也可以省略，而受事論元也為其他江河湖海或地域，一般不能省略。當所注之物為生活中的水、酒等液體時，如例句（26）（27）（28），一般用法是：S_1＋注（隱含 S_2）＋受事論元。這時一般情況下是有人干涉的行為，其中 S_1 是指大句的主語人物，有時也可省略或隱含，S_2 則是指所注之物，表示被人所注入，一般不緊跟在「注」後面，受事論元一般是可以承裝或吸收液體的容器或事物。在第二大類中，即當所注之物為非實物時，一般是目光、意念、思想等，這些事物默認為人（有時也有獸類）所有，即均是有人干涉，如例句（16）至（23），這時一般用法是：

S_1＋注＋S_2＋受事論元。其中 S_1 是大句的主語，即人等控制元，有時可以省略，S_2 則是動詞注的施事論元，受事論元是其他被投放的目的地（物）。〔註27〕表格表示如下：

所注之物	有無人干涉	具體分類	用　法
A 實物	無人干涉	a 自流水〔註28〕	S_1＋注＋受事論元
	有人干涉	b 其他液體、c 其他事物	S_1＋注（隱含 S_2）＋受事論元
B 非實物	有人干涉	d 目光、e 意念、f 名字	S_1＋注＋S_2＋受事論元

我們都知道，古代漢語以單音詞為主，隨著社會的發展，人與自然以及人與人的關係的發展而相應地發生變化，它們從具體到抽象，從簡單到複雜，不斷地豐富。從實物到非實物是一個虛化的過程，與隱喻認知有關。根據認知語言學的觀點，隱喻是從一個概念域向另一個概念域的結構映射。隱喻的本質是一種跨越不同概念領域間的映像關係，這種介於兩個概念領域裏實體間的對應使得人們能夠運用來源域裏的知識結構來彰顯目的域裏的知識結構，從而借某一類事物來瞭解另一事物。所注之物從具體實物發展到非實體之物，體現了動作「注」所引發的空間位移從可觸摸的物理空間引申到了不可觸摸的社會空間。在從物理空間到社會空間的虛化過程中，所注之物都發生了位移變化，但發生在不同的認知域內。

（三）餘　論

我們考察《漢語大字典》水部字，類似動詞「注」的語義發展情況的詞還有「沿」「涉」「洗」等。「沿」本義表示順流而下，《說文·水部》：「沿，緣水而下也。」後來語義發展，先是擴大賓語範圍，從順著水邊到順著其他事物或物體的邊，再虛化到表示承襲、因循。「涉」本義是徒步過水，後來語義發展表示經歷、度過，再到關連、牽涉。「洗」從表示用水或其他溶劑滌除附著在物體上面的污垢，引申到洗禮，洗雪、除去。除了動詞，還有許多名詞的語義也是經歷了同理的發展，如「波」「潮」「派」等。「波」「潮」本來是指江、河、湖、海等起伏的水面，後來可以表示潮流、風氣，像潮水那樣洶涌起伏的事物。「派」本義是指水的支流，後來泛指分支，再引申表示流派等。

〔註27〕分析方法參考董正存《詞義演變中手部動作到口部動作的轉義》，《中國語文》2009 年第 2 期。董正存《動詞「提」產生演說義的過程及動因》，《漢語學報》2012 年第 2 期。

〔註28〕有時若有人治水，則也與有人干涉的情況相同，如例句（3）。

這中間都體現了隱喻認知的功能，隱喻是人類認知和發展的產物，是人類重要的認知模式。語言作為人類思維的物質載體，大量的隱喻存在足以說明隱喻是人類認知和理解世界的一種基本方式。由於空間、動態、處所、性狀等的相似性，隱喻使得人們在利用一種概念表達另一種概念時，關聯了不同的概念域或認知範疇，從而客觀上造成了語素意義的引申，這種關聯是客觀事物在人的認知領域裏的聯想。需要注意的是，詞義的發展是一個長期的、漸變的過程，往往在新的意義出現時舊的意義不會馬上消亡，比如當動詞所帶的賓語範圍擴大或者發展到其他認知範疇時，原來的用法往往會同時共存，直到社會生活發展到不再需要舊有說法為止。

個案三　「潮」義大觀

「潮」字產生較晚但詞義豐富。「潮」由本義引申出許多相關用法，並且還派生出許多雙音節詞和多音節詞。這既符合詞語隨時代的發展而發展的客觀情況，也體現了潮字強大的生命力。「潮」除了由本義和本義引申的其他較主流的用法外，還有一些特殊用法，這些用法多出現在方言用法中，有些使用範圍比較大，有些則用法很局限，帶有極大的地方色彩。

語言系統中，詞彙是最能反映社會發展變化的要素。社會的不斷發展，新詞新語不斷產生。隨著網絡交際的發展，舊詞賦新義的情況也越來越多見。其中，有的是受方言的影響，有的是受日語等外來語的影響，有的是受網民求新的心理影響等等。〔註29〕例如，「潮」這個詞近些年就產生出了「流行、時尚」的語義用法，一般用來形容一個人的穿衣打扮等很時髦，緊跟時尚的步伐。那麼「潮」這個詞到底有哪些義項，它們之間又有什麼內在的聯繫呢？

（一）

「潮」字甲金文未見，小篆寫作🐚。《說文解字》釋：「水朝宗于海。從水朝省。臣鉉等曰：『隸書不省，直遙切。』」「潮」字篆書本作「淖」是現在的楷書寫法去掉「月」。意思是指江河流向大海。徐鉉解說隸書則不省「月」。那麼為什麼會加上「月」呢？也許從《說文解字注》中段玉裁的解說我們能看出一些聯繫。《說文解字注》：「水朝宗于海也。《禹貢》荊州、江漢朝宗于海。鄭

〔註29〕朱琳《說「潮」》，《現代語文》2008 年第 5 期。

以《周禮》春見曰朝、夏見曰宗釋之。古說則謂潮也。《論衡・書虛》辨子胥
驅水爲濤事曰：天地之性。上古有之。經江漢朝宗于海。唐虞之前也。又曰：
濤之起也。隨月盛衰。小大、滿損不齊同。虞翻注《易》習坎有孚曰。水行往
來。朝宗于海。不失其時。如月行天。注行險而不失其信曰。水性有常。消息
與月相應。皆與許說合。……從水朝省。會意。隸不省，直遙切。」段注對說
文「潮」字的解釋內容頗爲豐富。裏面講到「潮」這種江海景觀是與月相變化
息息相關的。可見，古人對「潮」這種現象的認識已經與今人無太大差異。所
以，由上所說我們可以看到，「淖」的本義是動詞，指江河流向海。也指海水
因受太陽和月亮的引力而定時漲落的現象，隸書加「月」作「潮」。

　　《說文解字注》中還提到了「潮」與「濤」是異體字。曰：「按：說文無濤
篆，蓋濤即潮之異體。濤古當音稠。潮者輈聲，即舟聲。」《文選注》引《倉頡
篇》：「濤，大波也。蓋潮者古文濤者，秦字。」枚乘《七發》「觀濤」即為「觀
潮」。《說文・水部》新附：「濤，大波也。從水，壽聲。」可見「濤」字產生較
晚。值得注意的是，「濤」字與「潮」意思相同，即指海水定期漲落的時候讀作
cháo 而不是 tāo。《集韻・尤韻》：「濤，潮也。」清朱駿聲《說文通訓定聲・孚
部》：「潮，字亦作濤。」

　　對於「水朝宗于海」的「淖」，我們不得不提到「朝」字。《說文》：「朝，
旦也。從倝，舟聲。」其實，「朝」字產生很早，甲骨文便有如「𪩲」「𩁟」「𦣻」。
字義也很明顯，並非從倝從舟。林義光《文源》：「不從倝，亦不從舟，象日在
艸中，旁有水形。」羅振玉《增訂殷虛書契考釋》：「此朝暮之朝字，日已出蓱
中，而月猶未沒，是朝也。古金文省從　，後世篆文從倝，舟聲，形失而義晦
矣。」由此，我們可以看出，「朝」字所從的　，應該本來是日在中間，上下
為屮的字形，後來省作上下為十的形體。金文中還有「𩱐」「𩃀」「𣵠」等字
形，可見，「月」旁已經譌作了「水」或「舟」，就有了後來的異體字「輈」「朝」
等以及「潮」。由於字形相近相同，字音、詞義和用法也有所交叉。「朝」除了
作朝暮的 zhāo，也可用來表示前面所說的「水朝宗于海」的 cháo。《書・禹貢》：
「江漢朝宗於海。」孔穎達疏：「鄭云：江水、漢水其流湍疾，又合為一，共
赴海也，猶諸侯之同心尊天子而朝事之。」《韓非子・顯學》：「是故力多則人
朝，力寡則朝於人。」「朝」也同「潮」。《管子・輕重乙》：「天下之朝夕可定
乎？」郭沫若等集校：「朝夕猶潮汐，喻言起伏。」《漢書・枚乘傳》：「遊曲臺，

臨上路，不如朝夕之池。」顏師古注引蘇林曰：「吳以海水朝夕為池也。」

（二）

古文獻中出現的與「潮」的本義有關的用法，有直接作單音節詞的，更多的是構成雙音節詞。構成的雙音節詞中按「潮」字在詞語中的結構作用有如下幾種類型：

1. 作定語。典型的如：

潮水　海洋及沿海江河中受潮汐影響而定期漲落的水流。

潮戶　海上船戶。因朝夕與潮水周旋，故稱。

潮位　受潮汐影響而漲落的水位。

潮波　潮水的波濤。

潮候　定期而至的潮水的漲落。

潮痕　潮退後留下的痕跡。

潮期　潮汛。

潮鼓　舊時海上船戶於潮來時所擊的鼓。擊之以助威、鎮邪。

潮頭　潮水的浪峰。

潮雞　一種潮來即啼的雞。又名伺潮雞、石雞。

（2）作狀語。「潮」在複音詞中作狀語多是表示比喻義，即「像潮水一樣」的事物，或是表示有起伏，或是表示有周期等等。如：

潮涌　如潮水般地涌流。

潮動　如潮水般涌動。

潮搐　定時發生的抽搐。

潮熱　中醫學謂發熱起伏如潮水漲退有時的病症。

潮蕩　潮水般的起伏。

（3）其他。「潮」字組合的複音詞，用其本義的多數是作定語或狀語，也有一些其他情況，但數量較少。如：

並列：潮汐　在月球和太陽引力的作用下，海洋水面周期性的漲落現象。在白晝的稱潮，夜間的稱汐，總稱「潮汐」。

同義連用：潮濤　猶潮水。

由潮的本義進一步擴大使用範圍或者說通過比喻引申出另一個用法，即用來形容或表示像潮水一般洶涌起伏的事物。這個用法在現代漢語中產生了一

批詞語，如思潮、工潮、學潮等等。這體現了「潮」字的構詞能力強的能產性。

「潮」與水密不可分，因此發展出了「含有水分」的意思，即「濕、潮濕」。「潮濕」即是指「含有比正常狀态下較多的水分」；「潮氣」是「含水分的空气」；「潮悶」是「潮濕悶熱」；「潮解」是指「某些易溶于水的固體，因吸收空气中的水分而溶解的現象」；「潮膩」是指「空氣濕度大，給人以發黏的感覺」；另外還有「潮絲絲」「潮黏黏」「潮乎乎」等後加疊詞綴構成的形容詞。

除了名詞和形容詞的用法，「潮」還用作動詞表示「涌起，泛起」。這個用法也跟潮的本義密切相關，是由水涌起、泛起進一步擴大為其他事物。作「涌起」如元鄭廷玉《忍字記》第一折：「只見他齁嘍嘍的冷涎潮，他可早血流出七竅。」元喬吉《水仙子·贈姑蘇朱阿嬌會玉真李氏樓》曲：「歌觸的心情動，酒潮的臉暈紅。」清蒲松齡《聊齋誌異·湯公》：「凡自童稚以及瑣屑久忘之事，都隨心血來，一一潮過。」「泛起」還指兩頰泛起。如「潮面」是指「（某种气色）涌上面部」。元王從叔《秋蕊香》詞：「薄薄羅衣乍暖，紅入酒痕潮面。」「潮紅」是指「面部泛起紅色」。宋范成大《園丁折花七品各賦一絕·崇寧紅》：「曉起粧光沁粉，晚來醉面潮紅。」

以上這些義項是與「潮」的本義距離最近的幾種用法，除此之外，潮字還有不少其他用法。指「一晝夜」。如宋趙彥衛《雲麓漫鈔》卷二：「自明州定海縣招寶山泛海東南行，兩潮至昌國縣。」元張昱《贈寓客還瓜洲》：「把酒臨風聽棹聲，河邊官柳綠相迎。幾潮路到瓜洲渡，隔岸山連鐵甕城。」「潮」用作專名的時候，還是「潮州」或「潮河」的省稱。如「潮勇」是指「潮州招募的士兵」；「潮劇」是指流行於潮州一帶的戲曲劇種，形成於明代中葉，當時稱「潮調」。

在方言中，「潮」字也是一個意義非常豐富的詞。北京官話中有表示「成色低劣」的用法，如「潮金」「潮銀」。西南官話和北京官話中都有表示「技術低劣」的用法，如「手藝潮」「眼力潮」等。湖北崇陽也有表示「質量差」的用法，如清同治五年《崇陽縣志》：「兩物相比，高曰石，低曰潮。」在東北官話和冀魯官話中，「潮」還有形容「魯莽且反應遲鈍；有點傻」的用法。如「潮巴」指「傻子；癡呆人」。「潮蛋」指「傻子」。東北方言中還用「潮了巴唧的」形容人有點發傻的樣子。西南官話中「潮」還用作量詞，往往用於較多的人、物前。如郭沫若《水平線下·到宜興去》：「夫子都是江北人……見茶食的搶茶食，見

豆渣的搶豆渣，他們就好像一潮餓鬼。」

　　梳理了這麼多「潮」的義項，我們還注意到，近些年在現代漢語中使用日趨頻繁的「潮」產生了一個新的義項，即表示「新潮，時髦」。這個用法在網絡中以及年輕人中間非常廣泛。我們常常能見到諸如「潮人」「潮牌」「國潮」等詞語，還有可以前加副詞構成「很潮」等用法。我們認為，這個義項的產生有多方面的原因。首先，「潮」本身是「潮水」「潮流」，是指江河流向大海，表示一種趨向，由「水」的趨向不難擴大到「事物」的趨向。其次，「潮」由潮汐這種自然現象也引申可表示類似潮汐這種有規律、有週期的事物，這也與事物的流行情況相類似，意義上有相通之處。最後，二十世紀八十年代，「弄潮兒」這一詞語被賦予了「有勇敢進取精神的人」這一時代新義，使得這個詞開始活躍起來，這對「潮」產生「新潮」的義項作了語義鋪墊。

　　根據前文所分析的內容，「潮」的本義以及相關用法和方言用法等義項間的關係可圖示如下：

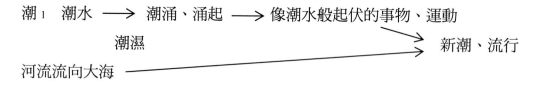

潮1　潮水 ⟶ 潮涌、涌起 ⟶ 像潮水般起伏的事物、運動
　　　　　潮濕　　　　　　　　　　　　　　　　　　　　新潮、流行
河流流向大海

潮2（方）量詞
潮3（方）成色或技術低劣 ⟶ 癡傻
潮4　專名

　　綜上可知，「潮」字產生較晚但詞義豐富。「潮」由本義引申出許多相關用法，並且還派生出許多雙音節詞和多音節詞。這既符合詞語隨時代的發展而發展的客觀情況，也體現了潮字強大的生命力。「潮」除了由本義和本義引申的其他較主流的用法外，還有一些特殊用法，這些用法多出現在方言用法中，有些使用範圍比較大，有些則用法很局限，帶有極大的地方色彩。在這些方言用法中，有一些用法跟潮字的字形、本義幾乎找不到任何相關性，所以我們不排除有些「潮」字只是拿來作記音功能的，因此，我們在構擬潮字的意義圖的時候，將它們按照同形詞處理，分成了幾種不同的潮，或更有利於釐清「潮」的詞義發展脈絡。

結　語

　　《漢語大字典》是在現代辭書編纂理論指導下編寫出來的一部新型字典，堪稱我國語文辭書編纂的標誌性典範，在一定程度上反映了我國辭書編纂的學術水準和文化軟實力。《漢語大字典》注重形音義的密切配合，充分體現了「字典存字釋字」的特點，其編纂方針為源流並重、古今兼收，盡可能歷史地、正確地反映漢字形音義的發展〔註1〕。在字形方面，在楷書單字字頭下，收錄了能夠反映形體演變關係的、有代表性的古文字字形，包括甲骨文、金文、小篆和隸書形體，並簡要說明其結構的演變。在字音方面，採取上古音、中古音、現代音三段注音法，收列中古反切，標注上古韻部，並盡可能地注出現代漢語拼音，反映漢字字音的歷史演變和發展。在字義方面，收釋本義、引申義和反映字際關係的通假義等，不僅注意收列常用字的常用義，而且注意收錄常用字的生僻義和生僻字的義項，還適當地收錄了複音詞中的詞素義。做到了釋義準確，義項齊備，例證豐富典範，全面地歷史地反映了字義的來源和流變。

　　編辭書是遺憾的事業，永遠沒有可以圓滿畫上句號的一天〔註2〕。一部辭書，只要它還有使用的價值，修訂工作可以說是永不停息的。尤其是大型語文辭書，其修訂工作的難度不亞於編纂工作，可以說處處是難關，關關有陷阱，考慮不周就會顧此失彼。辭書的修訂又是一個必須統一又無法避免不統一的

〔註1〕徐時儀《漢語語文辭書發展史》，上海辭書出版社，2016年，366頁。
〔註2〕汪維輝《探索辭書「動態修訂」新模式》，《辭書研究》，2019（04）。

工作，或多或少，或深或淺，差異繁多。修訂工作既要刊謬正誤、去除硬傷，又要與時俱進、深化釋義，可謂「正入萬山圈子裏，一山放過一山攔」。

正是由於《漢語大字典》有如此的學術價值和社會地位，對其不斷地修訂和完善又是具有重要意義又極具挑戰的事情。抱著能為這份事業貢獻綿薄之力的願景，本書所做的主要工作可總結如下：

（一）梳理《大字典》的研究現狀，指出不足的研究方向和思路

《漢語大字典》從出版到 1999 年開始正式修訂，再到 2010 年第二版出版，至今將近三十年。這三十年內對《漢語大字典》的研究數量頗多，研究所涉及的角度也很豐富。其中關注最多的還是關於本體的研究，具體可以細分為聲訓注音商榷、字頭、字形的收錄和古文字字形商補、釋義的指瑕和訓釋方式的研究、書證的辨誤、字際關係的考證、疑難字的考釋、《異體字表》研究、綜合性訓詁等等。第二版面世後，學界大都以最新版代替了舊版為研究材料繼續研究，所以其實研究的方向基本沒變，可以看作是對《漢語大字典》研究的繼續和深入。總的來說，其中某些方面比如疑難字的研究等成果頗豐，但是比較系統地結合詞典學和訓詁學的研究還很少見。

《漢語大字典》由於體量巨大，憑一人之力或者在短時間內很難做到系統地透徹地研究，多數文章還只是選取其中某些個案具體字詞再結合相關理論進行考察，對某整部或某整卷的較為系統、較為整體的研究還是比較缺乏。個案的研究可以化整為零，但是理論的、系統的、規律性的研究必須再聚零為整才有理論意義。

（二）系統、全面地整部比較新舊兩版《漢語大字典》，揭示新版修訂工作的成績和不足

我們將新舊兩版《漢語大字典》水部字整部進行了逐字比較，並按照收字、注音、釋義、書證等幾大項將比較結果進行了歸納和總結。通過比較可知新版《大字典》較第一版在各個方面都有較大完善。

首先是收字有所增加。就整部字典而言，由原來的 54678 個字頭增加到60370 個。具體到水部字，增加了 59 個類推簡化字字頭和 133 個新收字。

其次是字形處理得更規範統一。按照新版凡例，新版字形以中華人民共和國文化部和中國文字改革委員會公佈的《印刷通用漢字字形表》為依據，採用新字形。個別使用新字形會產生混淆的保留舊字形；對訛字保留原形體，不作

字形整理。解決了首版新舊字形混用的問題，同時刪掉了個別不恰當的古文字形體。由於字頭字形的改變也相應地調整了字頭編排順序。

釋義方面，第二版秉著詞義具有概括性、歷史性、社會性、準確性等要求對詞義進行了完善。有的增加義項，包括增加新按語和增加條目互見；還有對專名義項進行及時更新，包括行政區劃的名稱更新和科學名詞的定義的更新等；當然也刪減了某些不恰當的義項；還有吸收了學界新的研究成果對舊有義項進行重編輯的等等。這些都使得新版《大字典》在質量上有了不小的提升。

例證方面，針對第一版存在的書證欠妥、書證有誤、引文失誤、引書格式不統一等疏漏，新版主要對其中的硬傷性、體例性、明顯存在的疏誤問題進行了修訂。首先更加規範書證，包括規範補正朝代、作者名以及某些引證內容，改正了第一版書證中出現的脫、衍、誤等硬傷；其次補充書證，增補更具有代表性的書證，根據佛經材科、文字學新研究成果等增補新書證，書證不豐的盡量避免自造例句；同時也刪減掉了一些不準確不恰當的書證，更方便讀者理解。

這幾個方面是新版《大字典》所做的主要修訂工作，同時也是它相對於舊版而言的優點和成就。但是不可避免地，二版還是存在很多問題：就字頭來說，增加了很多新字，並且採用了新字形，但是有部分相應的字頭順序調整得不一致。釋義方面，二版同樣存在釋義方面的疏漏，仍需仔細斟酌。書證方面新版雖然修正了很多硬傷錯誤，但還是存在引文斷句不當等問題，且首見書方面也需要繼續更新和完善。

（三）首次選取一整部對「大型語文辭書雙子星」《大字典》《大詞典》進行全面對比，宏觀和微觀相結合探討大型語文辭書修訂和漢語史發展相關問題

我們選取《漢語大字典》「水部」字整部進行分析，並將其與姊妹篇《漢語大詞典》水部進行對照比較，試圖立足詞典學和詞彙學雙重視角進行考察，為大型辭書的修訂和漢語史的研究添磚加瓦。

宏觀上，在詞典學和辭書編纂理論的指導下，我們將此二典從收字、音項、義項、書證等各方面進行了全面對比。《漢語大字典》（第二版）「水（氵）」部字共收錄字頭 2148 個（包含簡化字、類推簡化字），《漢語大詞典》「水（氵）」部字共有字頭 904 個（第五卷並第六卷續）。《大詞典》所收的 904 個字頭基本上《大字典》都有收錄，除了以下字：涺、湼（《大字典》有湼。）、湘、湻、

浚、灣、滾、瀯、灂。〔註3〕我們在逐字頭比較後發現,《大字典》《大詞典》有所不同的共涉及 519 個字頭,占《大詞典》水部字字頭的 57%。包括音項的設置不同、義項的設置不同、義項的分合不同、方言的標注不同、字際關係的溝通不同、相同義項歸在不同的音項下等問題。

在分類梳理了這些情況之後,我們還結合實例進行了深入探討,從微觀上展示具體問題之所在,為今後的修訂工作提供靶點。如第三章第四節,舉例探討了當前存在的音義不對應情況,辭書釋義要求每個音項和義項對應要準確,同時涉及到對韻書又音的取捨等問題,二典在義項音項的確立及詞語讀音的選擇等方面還有待篩查和完善。再比如第三章第五節,討論了水部字中比較特殊的四個字例,這四個字在《大字典》和《大詞典》中都有收錄,但是無論是在讀音還是釋義上差別都非常大,幾乎沒有相同的地方。在仔細對比和深入研究後發現,二典所取皆有所依,似不能偏廢,但對讀者來說,規範性和指導性是辭書的最顯著特點,辭書編纂者應盡量平衡取捨,最大限度地提高精確性。

《大字典》與《大詞典》所共收的單字字頭釋義差異還有很多其他情況,由于篇幅的限制,還有兩部分內容見於附錄一和附錄二。形成這些差異的原因從大的方面來說分為三種情況,一是兩部工具書各自體例制約造成的客觀不同,二是辭典工作者難免的工作疏漏,三是任何時期學界都會貯存很多尚未有定論的問題。對於我們來說,亟待解決的是第二種情況,並且要一直努力推進第三種情況的研究。

(四)立足詞彙學視角研究水部字代表性範疇類聚,宏觀分類構建「水族」詞彙研究關係網與多角度個案展示相結合,由面到點剖析「水族」詞群

漢字中以「水(氵、氺)」為構形部首的單字佔有相當的數量。第二版《漢語大字典》水部字所收單字字頭 2148 個(其中包括繁簡字 73 個、全同異體字 651 組和類推簡化字 56 個),若去掉與詞義數量影響無關的字頭,則還剩 1368 個。這些水部字基本上都顯示出與「水」有關的詞義屬性。其中又可以按具體的詞義分為表示江河湖海或地名專稱的名詞;表示水流的通稱或水流的停聚處的名詞;表示與水相連的陸地或水邊的相關事物的名詞;表示具體的某種液體的名詞;表示與天氣有關的氣象或氣候的名詞;表示與水相關的動作(主要是

〔註3〕據伍宗文《大型語文辭書修訂漫談》(《四川大學學報(哲學社會科學版)》,1997 年第 1 期),整本《大字典》中,未收錄《大詞典》所收字頭有 440 個。

他動，與水自流狀態相區別）的動詞；表示描摹水的形狀和態貌的形容詞；表示模擬與水相關的聲音的擬聲詞以及其他等等。

　　這每一類大的範疇中又可再細分出許多子範疇的小類。我們將水部字（詞）按詞義範疇類聚分類並關照了一些代表性的名詞和動詞範疇，在進行基礎比較後又選取了三例個案，從詞彙研究的不同方法論角度展示了範疇類聚詞群如何進行共時的和歷時的角度相結合的研究，包括詞義發展演變研究以及隱喻認知對詞彙的發展影響研究等。對這些範疇內的單字進行辨析不僅有助於我們對水部字的整體範疇有宏觀上的認識，還能幫助我們釐清水部字內部的單字個體之間的聯繫和差異，豐富漢語史的研究，反過來也將對《漢語大字典》收字、釋義準確、義項排列邏輯、字際關係溝通等方面起到補充和指導作用。

　　「水」的拓展研究內容相當豐富。大致可分為如下五類：1. 關於「水」的文化闡釋；2. 關於水澤類詞語的地理分佈研究；3. 關於「水」的隱喻研究；4. 關於「水」的詞源和考辨研究；5. 關於「水」語義場研究。大型語文辭書所提供給我們的不僅是知識寶庫，更是語料寶庫。我們首次從詞典學、詞彙學、文字學等多維角度出發進行探索，所做工作是艱苦的，所得成果也是喜人的。希望我們的工作能夠拋磚引玉，為時彥與後生進行更多更深入的研究墊路。

　　《漢語大字典》是一個逐漸完善與時俱進的大工程，往往要經過一代又一代人的努力，一版又一版的修訂才能達到精品之「典」。在本文的寫作工作進行到尾聲的時候，正遇上《漢語大詞典》第二版第一冊出版的喜訊，我們看到了我國辭書工作者把辭書事業的發展與發揚、傳承祖國的優秀文化結合起來，努力使我國的大型辭書水平與不斷增長的綜合國力相匹配，為提高全民族的綜合文化素養與國家文化軟實力所做的辛勤工作。我們應當向所有戰鬥在一線以及幕後的辭書工作者致敬！當然，本書尚存在較多研究不足和相當廣闊的後續研究空間，我們會秉承辭書人的信念，在今後的研究中持續完善和補充。

參考文獻

一、工具書類

1. 漢語大字典編輯委員會編纂，漢語大字典〔M〕，四川辭書出版社；崇文書局，2010。
2. 何九盈、王寧、董琨，辭源（第三版）〔M〕，商務印書館，2015。
3. 羅竹風，漢語大詞典〔M〕，漢語大詞典出版社，1986～1994。
4. 許寶華、宮田一郎，漢語方言大詞典〔M〕，中華書局，1999。
5. 中國社會科學院語言研究所詞典編輯室，現代漢語詞典（第 7 版）〔M〕，商務印書館，2009。

二、著作類

1. 程娟，辭彙專題研究〔M〕，北京語言大學出版社，2004。
2. 鄧福祿、韓小荊，字典考正〔M〕，湖北人民出版社，2007。
3. 馮英，漢語義類詞群的語義範疇及隱喻認知研究（一）〔M〕，北京語言大學出版社，2009。
4. 符淮青，詞的釋義〔M〕，北京出版社，1986。
5. 符淮青，漢語詞彙學史〔M〕，外研社，2012。
6. 郭良夫，辭彙與詞典〔M〕，商務印書館，1990。
7. 郭錫良等，古代漢語（上冊）〔M〕，商務印書館，1999。
8. 黃金貴，古代文化詞義集類辨考〔M〕，商務印書館，2016。
9. 江藍生，近代漢語灘源〔M〕，商務印書館，2000。

10. 蔣禮鴻，敦煌變文字義通釋〔M〕，浙江大學出版社，2016。

11. 拉迪斯拉夫·茲古斯塔，詞典學概論〔M〕，商務印書館，1983。

12. 李爾鋼，詞義與辭典釋義〔M〕，上海辭書出版社，2006。

13. 李宗江，漢語常用詞演變研究〔M〕，漢語大詞典出版社，1999。

14. 毛遠明著，語文辭書補正〔M〕，成都：巴蜀書社，2002。

15. 戚雨村等，語言學百科詞典〔M〕，上海辭書出版社，1993。

16. 蘇寶榮，詞義研究與辭書釋義〔M〕，商務印書館，2000。

17. 蘇寶榮，詞彙學與辭書研究〔M〕，商務印書館，2008。

18. 王鳳陽，古辭辨（增訂版）〔M〕，中華書局，2011。

19. 王力，漢語辭彙史〔M〕，商務印書館，1993。

20. 王力，漢語史稿（中）〔M〕，中華書局，1980。

21. 汪維輝，東漢——隋常用詞演變研究（增訂本）〔M〕，商務印書館，2017。

22. 王雲路、王誠，漢語辭彙核心義研究〔M〕，北京大學出版社，2014。

23. 徐時儀，近代漢語詞彙學〔M〕，暨南大學出版社，2013。

24. 徐時儀，漢語語文辭書發展史〔M〕，上海辭書出版社，2016。

25. 許咸漢，漢語詞彙學引論〔M〕，商務印書館，1992。

26. 許咸漢，漢語詞彙學導論〔M〕，北京大學出版社，2008。

27. 楊寶忠著，疑難字考釋與研究〔M〕，中華書局，2005。

28. 楊寶忠著，疑難字續考〔M〕，中華書局，2011。

29. 楊寶忠，疑難字三考〔M〕，中華書局，2018。

30. 楊超，簡明實用詞典學〔M〕，中國文史出版社，2006。

31. 楊柳橋，荀子詁譯〔M〕，齊魯書社，2009。

32. 楊正業編，漢語大字典難字考〔M〕，成都：四川辭書出版社，2004。

33. 詹人鳳，現代漢語語義學〔M〕，商務印書館，1997。

34. 張芳，液體核心詞研究〔M〕，中國社會科學出版社，2017。

35. 張能甫，現代漢語單音詞歷史層次研究〔M〕，人民出版社，2015。

36. 張書岩，異體字研究〔M〕，商務印書館，2004。

37. 張涌泉，敦煌俗字研究〔M〕，上海教育出版社，1996。

38. 張涌泉，漢語俗字叢考〔M〕，北京：中華書局，2000。

39. 張涌泉，漢語俗字研究（增訂本）〔M〕，商務印書館，2010。

40. 趙振鐸，字典論〔M〕，上海辭書出版社，2012。

41. 周福娟、湯定軍，指稱轉喻：辭彙語義的認知途徑〔M〕，廈門大學出版社，2012。

42. 周薦，漢語辭彙結構論（增訂版）〔M〕，人民教育出版社，2014。

43. 周志鋒著，大字典論稿〔M〕，杭州：浙江教育出版社，1998。

44. 朱城著，《漢語大字典》釋義論稿〔M〕，廣州：暨南大學出版社，2015。

三、論文類

1. 蔡夢麒，《漢語大字典》引《說文解字》注音辨正〔J〕，古漢語研究，2005（3）。

2. 蔡夢麒，從《廣韻》看《漢語大字典的注音缺失〔J〕，華東師範大學學報，2006（3）。

3. 陳燦，《漢語大字典》、《漢語大詞典》補苴四則〔J〕，古漢語研究，2007（3）。

4. 陳春風，《漢語大字典》與《漢語大詞典》的字形規範研究〔D〕，河北師範大學碩士，2004，陳家寧，《龍龕手鑑》研究及評價簡述〔J〕，中國文字研究，2007（2）。

5. 成於思，《漢語大字典》義項問題初探〔J〕，辭書研究，1980（3）。

6. 儲定耕，簡論《漢語大字典》和《康熙字典》〔J〕，西華師範大學學報，1987（1）。

7. 芻邑，《漢語大字典》的義項理論與實踐〔J〕，辭書研究，1990（5）。

8. 鄧福祿，新版《漢語大字典》釋義指瑕〔J〕，語言科學，2011（3）。

9. 董志翹，《辭源》（修訂本）書證芻議〔J〕，辭書研究，1990（4）。

10. 馮利華，道書俗字與《漢語大字典》補訂〔J〕，古漢語研究，2008（2）。

11. 馮書華，《漢語大字典》的字頭編排〔J〕，辭書研究，1987（1）。

12. 高小方，《漢語大字典》音義指瑕〔J〕，古漢語研究，1996（3）。

13. 黃奇逸，釋沃丁・盤庚〔J〕，考古與文物，1987（1）。

14. 黃孝德，從《康熙字典》到《漢語大字典》〔J〕，辭書研究，1990（5）。

15. 黃仁壽，談《漢語大字典》編纂中對按語的使用〔J〕，四川師範大學學報（社會科學版），1991（4）。

16. 賈文豐，《漢語大字典》誤失拾零〔J〕，現代語文（語言研究版），2006（2）。

17. 江藍生，一次全面深入的修訂——《漢語大詞典》第二版第一冊管窺〔J〕，辭書研究，2019（04）。

18. 江在山，周志鋒，《吳騷合編》僻字拾零：兼補《漢語大字典》（第二版）收字疏漏〔J〕，現代語文（語言研究版），2011（2）。

19. 江在山，周志鋒，《漢語大字典》第二版校勘札記〔J〕，現代語文（語言研究版），2011（6）。

20. 江在山，周志鋒，新版《漢語大字典》義項商補十則〔J〕，現代語文（語言研究版），2011（6）。

21. 雷華，王祝英，大國大典　盛世豐碑——《漢語大字典》編纂、修訂、出版歷程側記〔J〕，辭書研究，2011（5）。

22. 李麗，《漢語大字典》引《說文解字》釋義方式及失誤之商榷〔J〕，漢字文化，2010（6）。

23. 梁春勝，《漢語大字典》第二版疑難字例釋〔J〕，辭書研究，2013（6）。

24. 梁春勝，《漢語大字典》第二版虛假義項例析〔J〕，辭書研究，2016（1）。

25. 李格非，趙振鐸，《漢語大字典》的編寫工作〔J〕，辭書研究，1980（3）。

26. 李婷玉，《漢語大字典》《漢語大詞典》「竹」部存在的問題〔J〕，西南科技大學學報（哲學社會科學版），2009（5）。

27. 劉海燕，《漢語大字典》《漢語大詞典》中的古今字問題管窺〔D〕，內蒙古師範大學碩士，2007。

28. 劉美霞，《漢語大字典·異體字表》所收籀文隸定字考察〔J〕，現代語文（語言研究版），2016（7）。

29. 劉永耕，「渾」「混」之別與異形詞的整理〔J〕，語言文字週報，2007（5）。

30. 劉志基，陳婷珠，《漢語大字典》古文字字形收錄缺失拾零〔J〕，辭書研究，2008（4）。

31. 魯六，《漢語大字典》義項問題獻疑〔J〕，漢字文化，2005（1）。

32. 陸錫興，漢字規範與大型歷史語文辭書的收字立目問題〔J〕，辭書研究，2010（5）。

33. 麻愛民，《漢語大字典》《漢語大詞典》個體量詞編纂疏誤〔J〕，南昌大學學報（人文社會科學版），2011（1）。

34. 馬汝惠，漢語辭書中的兩姊妹──《漢語大字典》與《漢語大詞典》〔J〕，青島教育學院（綜合版），1994（3）。

35. 毛遠明，讀《漢語大字典》管見〔J〕，中國語文，1997（6）。

36. 彭達池，陳培楚，《漢語大字典》（第2版）广部字義項商補〔J〕，現代語文（語言研究版），2011（12）。

37. 芮寧生，《漢語大字典》漏收的字〔J〕，辭書研究，1999（6）。

38. 單周堯，《漢語大字典》古文字釋義辨正〔J〕，中國語文，2000（4）。

39. 沈懷興，汪陽傑，《漢語大字典》（第2版）誤釋雙音詞舉例〔J〕，現代語文（語言研究），2014（4）。

40. 沈澍農，《漢語大字典》體例的不足〔J〕，辭書研究，2008（4）。

41. 蘇寶榮，《漢語大字典》的編排缺陷〔J〕，古漢語研究，1991（4）。

42. 蘇培成，略議《漢語大字典》的修訂〔J〕，辭書研究，2008（5）。

43. 蘇培成，「細節是魔鬼」──談《漢語大字典》第二版的修訂〔J〕，辭書研究，2011（5）。

44. 孫德宣，《漢語大字典》（第一卷）評介〔J〕，辭書研究，1987（4）。

45. 萬森，《漢語大字典》第二版同義對釋研究〔J〕，辭書研究，2016（4）。

46. 王昌東，對《漢語大字典》「殳」部字歸部的建議〔J〕，漢字文化，2008（3）。

47. 王寧，《通用規範漢字表》與辭書編纂〔J〕，辭書研究，2014（3）。

48. 王微音，試評《漢語大字典》的部首排檢法〔J〕，麗水師專學報，1990（3）。

49. 王若江，談《漢語大字典》在運用傳統訓詁資料方面的問題〔J〕，古漢語研究，1995（4）。

50. 汪少華，從《考工記》看《漢語大字典》的義項漏略〔J〕，古漢語研究，1996（2）。

51. 汪維輝，《漢語大字典》的功臣：讀周志鋒著《大字典論稿》〔J〕，古漢語研究，

2001（1）。

52. 汪維輝，探索辭書「動態修訂」新模式〔J〕，辭書研究，2019（04）。

53. 汪耀楠，「義項分合」說質疑〔J〕，辭書研究，1984，04。

54. 汪耀楠，《漢語大字典》對清以來訓詁成果的利用〔J〕，辭書研究，1987（1）。

55. 王穎，淺議《漢語大字典》及《漢語大詞典》中「至」字義項的分合問題〔J〕，漢字文化，2011（6）。

56. 魏鋼強，《漢語大字典》反切注音存在的問題〔J〕，中國語文，2001（3）。

57. 魏淨，由《比雅》的釋義看《漢語大字典》和《漢語大詞典》的釋義疏忽〔J〕，攀枝花學院學報，2017（5）。

58. 溫美姬，從客方言古語詞看《漢語大字典》《漢語大詞典》之疏漏〔J〕，嘉應學院學報（哲學社會科學），2009（4）。

59. 吳翠翠，《漢語大字典》（第二版）訛誤舉例〔J〕，漢字文化，2016（1）。

60. 伍宗文，《漢語大字典》的「通」〔J〕，辭書研究，1987（1）。

61. 伍宗文，《大型語文辭書修訂漫談》〔J〕，四川大學學報（哲學社會科學版），1997（1）。

62. 夏淥，文字形義學的新發展——關於《漢語大字典》字形部分的初步評估〔J〕，辭書研究，1990（5）。

63. 夏南強，《漢語大字典》部首法試評〔J〕，辭書研究，1995（5）。

64. 向熹，《漢語大字典》小議〔J〕，古漢語研究，1990（1）。

65. 辛平，關於《漢語大字典》「蚌」「鮮」的注音〔J〕，漢語學報，2005（2）。

66. 鄒先覺，《漢語大字典》的名物字釋義〔J〕，辭書研究，1987（1）。

67. 楊寶忠，《漢語大字典·補遺》不釋、誤釋字考釋〔J〕，古漢語研究，1992（3）。

68. 楊寶忠，楊濤，談談大型字書錯誤遞增現象〔J〕，古漢語研究，2018（2）。

69. 楊寶忠，袁如詩，《漢語大字典》收錄《龍龕》疑難字考辨〔J〕，古漢語研究，2016（4）。

70. 楊正業，簡論《古俗字略》——兼及《漢語大字典》疑難字〔J〕，辭書研究，2003（5）。

71. 楊宗義，《漢語大字典》的整體性和系統性〔J〕，辭書研究，1990（5）。

72. 尹潔，論多義詞義項的設立〔J〕，辭書研究，2015（4）。

73. 于廣元，《漢語大字典》究竟收了多少字？〔J〕，語文建設，1992（3）。

74. 章瓊，《漢語大字典》字形歷時認同指瑕〔J〕，古漢語研究，2000（4）。

75. 張標，《漢語大字典》《漢語大詞典》編排訓釋中的若干問題〔J〕，河北師範大學學報（社會科學版），1996（7）。

76. 張龍飛，周志鋒，《漢語大字典》失收俗字字形補遺：以《法苑珠林》俗字為例〔J〕，現代語文（語言研究版），2014（6）。

77. 張猛，《漢語大字典》所收單字的若干數據〔J〕，語文建設，1991（5）。

78. 張孝純，《漢語大字典》一、二卷的義項排列〔J〕，辭書研究，1989（4）。

79. 張在德，《漢語大字典》的釋義〔J〕，辭書研究，1983（2）。

80. 張在德，《漢語大字典》的特點〔J〕，辭書研究，1987（1）。

81. 張再興，王贊，《漢語大字典》收《說文》小篆計量研究〔J〕，辭書研究，2008（4）。

82. 趙振鐸，關於《漢語大字典》的編寫工作〔J〕，辭書研究，1979（1）。

83. 趙學清，從虛詞研究的歷史看《漢語大字典》的創新〔J〕，辭書研究，1990（5）。

84. 鄭賢章，從疑難字看新版《漢語大字典》的缺失〔J〕，中國語文，2013（5）。

85. 鄭曉冰，《漢語大字典》一二版比較研究〔D〕，福建師範大學碩士，2015。

86. 鄭振峰，淺談《漢語大字典》對甲骨文字的利用與不足〔J〕，漢字文化，2004（2）。

87. 周阿根，《漢語大字典》釋義及其歷史貢獻檢視〔J〕，辭書研究，2005（1）。

88. 周炳森，《漢語大字典》編寫器物字的要求和作法〔J〕，辭書研究，1987（1）。

89. 周鳳玲，《漢語大字典》古今字標識指瑕〔J〕，漢字文化，2009（1）。

90. 周丫，《漢語大字典》第二版形同而音義不同字的研究〔J〕，漢字文化，2017（11）。

91. 周志鋒，方言詞彙研究在大型語文辭書編纂中的作用〔J〕，辭書研究，1992（5）。

92. 朱晨，吳紅松，《漢語大字典》引古文字形體辨誤十則〔J〕，漢字文化，2011（1）。

93. 左大成，《漢語大字典》的收字問題〔J〕，辭書研究，1987（1）。

附錄一 《大字典》《大詞典》方言標注不同

　　說明：此內容列舉出兩部辭書中對方言義項的收錄和「方言」標注情況的不同。按語中列出《漢語方言大詞典》[註1]的相關內容以供參考。

1. 水

　　⑲方言。猶「不成功」、「敗了」。屈興歧《伐木人傳》第十六章：「李占才歎了口氣說：『我這個月，水啦。』」（《大字典》有而《大詞典》無）

　　⑳方言。猶「不負責」、「馬虎」。劉禾《常用東北方言詞淺釋》：「這個辦事的太水了！事情沒辦妥，還損壞了一輛車子。」（《大字典》有而《大詞典》無）

　　按：《漢語方言大詞典》（981）：水：⑭〈形〉馬馬虎虎；不了了之。西南官話。四川成都：最水的小夥子好些也一本正經了。貴州沿河：他做事水的很。

2. 氹

　　氹² gān　方言。蓄水池。清鈕琇《觚賸·語字之異》：「粵中語少正音，書多俗字。如……蓄水之地爲氹，音泔。」歐陽山《苦鬥》六二：「舢板上的人劃得高興，大聲唱歌，大聲笑樂，不提防來到了一個叫做『水鬼氹』的大漩渦

─────────
〔註1〕許寶華，〔日〕宮田一郎，《漢語方言大詞典》，中華書局，1999 年。

前面，情況十分危險。」（《大詞典》有而《大字典》無）

按：《大字典》可以增補。《漢語方言大詞典》（1525）：氹：①〈名〉坑；水坑，水窪。㊀西南官話。四川成都。鄢國培《漩流》二十六章（二）：「朱家富有時看見楊寶瑜要踩進積水氹，忙伸手拉楊寶瑜一把。」四川南川。㊁湘語。湖南衡陽。㊂客話。廣東從化呂田。㊃粵語。廣東。清同治甲子年《廣東通志》：「蓄水之地為氹。」徐珂《清稗類鈔·方言類》：「蓄水之地為氹。」

3. 汆

（一）tǔn

②用油炸。徐珂《清稗類鈔·飲食類》：「豬肉皮略泡，入沸油汆之。」劉復《手攀楊柳望情哥詞·梔子花開十六辦》：「情阿哥哥問我『吃格啥個菜？』『我末吃格油汆黃豆茶淘飯。』」（《大字典》未標注「方言」）

汆¹ tǔn ②方言。用油炸。徐珂《清稗類鈔·飲食·汆豬肉皮》：「豬肉皮略泡，入沸油汆之，至色黃皮鬆，乃起鍋。」（《大詞典》）

（二）qiú

人浮水上。清陶方琦《字林考逸補本·水部》引《字林撮要》：「汆，人在水上為汆。」宋周去非《嶺外代答》卷四：「廣西俗字甚多，如矬音矮，則不長也……汆音泅，言人在水上也。」（《大字典》未標注「方言」）

汆² qiú 方言。人浮水上。宋周去非《嶺外代答·俗字》：「廣西俗字甚多，如矬音矮，則不長也……汆音泅，言人在水上也。」（《大詞典》）

按：《漢語方言大詞典》（2119）：汆：⑧〈動〉用油炸。吳語。上海：油汆花生米。

4. 沍

沍¹ hù ④方言。焐。《兒女英雄傳》第十三回：「安太太只得接過來遞給一個丫鬟，摸了摸，那錢還是沍的滾熱的。」（《大詞典》有而《大字典》無）

按：《漢語方言大詞典》（2889）：沍【沍熱了】〈動〉用熱水或熱的器物把食物、飲料、衣被弄熱。北京官話。北京：中藥湯劑不能吃涼的，必須用開水沍才能服用。

5. 汽

②方言。猶蒸。周立波《山鄉巨變》上二五：「汽在飯上的，除開平常的白

菜和擦菜子以外，還有碗腊肉。」（《大詞典》有而《大字典》無）

按：《漢語方言大詞典》（2898）汽：〈動〉噓，蒸汽的熱量熏著人體。西南官話。湖北武漢：揭鍋蓋汽了水。【汽水肉】〈名〉蒸熟的肉末。西南官話。【汽包兒】〈名〉貼鍋蒸熟的圓形餅。西南官話。【汽饅頭】〈動〉餾饅頭。西南官話。【汽水包子】〈名〉貼鍋加水烤熟的包子。西南官話。

6. 沈

⑰方言。謂聽覺失靈。老舍《四世同堂》十六：「四大媽的眼神兒差點事，可是耳朵並不沉。」河北梆子《佘塘關》第四場：「親公，山王耳沉了，未曾聽見。」（《大詞典》有而《大字典》無）

按：《漢語方言大詞典》（2926）：沉：〈形〉重聽；聾。㊀東北官話。東北：最近耳朵有點沉。㊁中原官話。江蘇徐州、河南洛陽：他耳道有點兒沉。【沉耳朵】〈名〉聾耳朵。中原官話。江蘇贛榆。

7. 沁

⑦低垂。《西遊記》第八一回：「呆子笑道：『這是昨夜見沒錢的飯多吃了幾碗，倒沁著頭睡，傷食了。』」（《大字典》未標注「方言」）

③方言。頭向下垂。《西遊記》第八一回：「呆子笑道：『這是昨夜見沒錢的飯多吃了幾碗，倒沁著頭睡，傷食了。』」（《大詞典》）

按：《漢語方言大詞典》（2927）：沁：〈動〉頭向下垂；低著頭。㊀東北官話。東北：你幹嘛老沁著頭。一天沁著個腦袋不知想些什麼。㊁西南官話。湖北武漢：把頭沁下些。【沁沁著】〈動〉頭低垂著。東北官話。東北：腦袋沁沁著也不出聲兒。

④方言。向水裏放。（《大詞典》有而《大字典》無，沒有書證）

按：《漢語方言大詞典》（2927）：沁：〈動〉把頭部按入水中嗆。東北官話。東北：沁了幾下，他就摸不著東西南北了。【沁蒙子】〈動〉一下把整個身子鑽入水底。中原官話。河南洛陽。

8. 沾

⑧方言。行。（1）可以。秧歌劇《秦洛正》第三場：「這回該我說話啦，不沾！再也不能聽你的啦！」（2）能幹。周而復《白求恩大夫》九：「這些年青小夥子，著實的勇敢，給咱們這地面打鬼子，可沾哩！」（《大詞典》有而《大字

典》無）

　　按：《漢語方言大詞典》（3629）：沾：〈動〉行；好；可以。一東北官話。東北。趙新《縣官不如現管》：「你快點說句響話，咱們在一個組，沾不？」二北京官話。北京：不沾。三冀魯官話。河北石家莊、井陘。1934年《井陘縣志料》：「邑俗謂作任何事，能勝其任曰沾，反之曰不沾；沾不沾猶言行不行，可以不可以。」四中原官話。山東陽谷、梁山、鄆城。歌謠：責任制，真正沾，大人小孩有衣穿。河南沈丘、安徽阜陽、江蘇徐州：讀書寫字我不行，燒飯做菜你不沾。

9. 泡

　　泡^1　pào　⑦方言。指到老虎灶或開水房打開水。夏衍《上海屋簷下》第一幕：「（施小寶）悠然地開了後門，出去泡水了。」汪仲賢《好兒子》：「泡了兩個銅元開水——洗臉，煮粥，洗衣服。」（《大詞典》有而《大字典》無）

　　按：《漢語方言大詞典》（3653）：泡：〈動〉去水灶打開水。吳語。上海。《歇浦潮》第四九回：「適才我出去，門口巡捕不放我走，你可提一把鉛壺，充作～出去。」江蘇蘇州。評彈《玉蜻蜓》第二六回：「他和另一個傭人雙全忙得團團轉，又是～，又是買夜點心。」

　　⑧方言。相持下去。曹禺《日出》第二幕：「來吧！唱吧！你嗨唉吧！我跟你算泡上啦。」梁斌《紅旗譜》三四：「朱老忠笑眯眯說：『他吃不了，咱跟他泡啦！』」（《大詞典》有而《大字典》無）

　　按：《漢語方言大詞典》（3653）：泡：⑨〈動〉久纏。北京官話。北京：他要是不應，就跟他～。⑩〈動〉僵持。中原官話。江蘇徐州：就這麼～下去，看他怎麼辦！

　　（一）pāo　②虛而鬆軟。如：泡棗；這塊木料發泡。清梁同書《直語補證·泡》：「凡物虛大謂之泡。」清楊賓《柳邊紀略》卷三：「關東人呼參曰貨，又曰根子，肉紅而大者曰紅根，半皮半肉者曰糙重，空皮曰泡。視泡之多寡，定貨之成色。」（《大字典》未標注「方言」）

　　泡^2　pāo　①方言。虛而鬆軟。清梁同書《直語補證·泡》：「凡物虛大謂之泡。」張天翼《夏夜夢》：「她媽媽只穿著一件緊身背心，短褲也繃得緊緊的，那坯胖身子就泡得像個魚膘。」《收穫》1984年第3期：「雯雯以前不吃肥肉，可現在連肥得起泡的肉都吃了。」（《大詞典》）

按：《漢語方言大詞典》（3653）：泡：〈形〉虛而鬆軟；不堅硬。㊀北京官話。北京：這種木頭～得厲害。㊁中原官話。新疆吐魯番：這土～底呢，汽車開不過去。陝西商縣張家塬：這木頭～得很。江蘇宿遷：這辣蘿蔔太～了。㊂藍銀官話。新疆烏魯木齊。㊃江淮官話。湖北廣濟：地挖～了。安徽安慶：面發～起來了。《方言》第二：「泡，盛也。……江淮之間曰～。」郭璞注：「泡，肥洪張貌。」㊄西南官話。四川成都：饅頭做得好～呦。四川民諺：「風霜打，太陽曝。硬石骨子也變～。」貴州清鎮：饅頭發～了。貴州沿河：這洋芋片炸得好～噢。雲南昆明：我不是胖，是～。雲南昭通。姜亮夫《昭通方言疏證·釋地》：「昭人謂水沫曰泡。凡內空而大如有水或氣充之盛洪大亦曰～。」湖北武漢：這饃饃蒸得～。～冬瓜。湖北隨州。㊅吳語。㊆湘語。湖南長沙：包子蒸得蠻～。棉絮曬～噠。㊇粵語。廣東廣州。

10. 泚

⑤方言。指因風的作用而水分蒸發。《第一屆全國曲藝會演作品選集·五千一》：「深翻土，二尺多厚地發宣，說宣不很宣，稍微有點宣，很宣了恐怕颱風把地泚乾。」（《大詞典》有而《大字典》無）

按：《漢語方言大詞典》上無此義項。

11. 涇

⑤方言。溝渠。清朱駿聲《說文通訓定聲·鼎韻》：「涇，今吾蘇溝瀆多名涇者，如采蓮涇之類。」宋王安石《寄吳氏女子》：「芰荷美花實，彌漫爭溝涇。」清魏源《東南七郡水利略敘》：「江所不能遽泄者，則亞而為浦，為港，為渠，為瀆，為洪、涇、浜、漊，凡千有奇，如人之有腸胱脈絡，以達尾閭乎？」葉聖陶《一課》：「一條小船，在涇上慢慢地劃著，這一定是神仙的樂趣。」（《大詞典》未標注「方言」）

涇[1] jīng ②溝瀆，浜。清朱駿聲《說文通訓定聲·鼎韻》：「今吾蘇溝瀆多名涇者，如采蓮涇之類。」葉聖陶《隔膜·一課》：「一條小船，在涇上慢慢地劃著，這一定是神仙的樂趣。」（《大詞典》）

按：《漢語方言大詞典》上無此字。

12. 涅

⑥呆；愣。《紅樓夢》第十回：「那兩日，到了下半日就懶怠動了，話也懶

怠說了，神也發涅了。」(《大字典》未標注「方言」)

⑧方言。指神情呆滯。《紅樓夢》第十回：「到了下半月就懶怠動了，話也懶怠說了，神也發涅了。」(《大詞典》)

按：書證引文有出入。《漢語方言大詞典》(5102)：無此義項。

13. 浪

（二）làng

⑬方言。敞開，亮出來。(《大字典》有而《大詞典》無)

⑭方言。極。韓起祥《劉巧團圓》：「我女兒一見就喜浪了。」(《大字典》有而《大詞典》無)

按：《漢語方言大詞典》(5126)無此義項。

14. 淐

③方言。傾注。章炳麟《新方言·釋言》：「今浙江謂傾水為淐水。音正作他昆切。此傾注之疏名也。」(《大字典》有而《大詞典》無)

按：《漢語方言大詞典》(5129)：淐：〈動〉傾瀉。吳語。浙江定海。1919年《定海縣志》：「俗謂水傾瀉曰～，如言大水～過。」

15. 淴

③方言。洗澡。葉聖陶《一桶水》：「有些人跑上土堆，去澆阿掌的身體，嘴裏喊著：『給你淴個浴！』」田漢《麗人行》第十三場：「你先睡，我還要淴個浴。」參見「淴浴」。【淴浴】方言。洗澡。田漢《麗人行》第十九場：「那麼我伺候你去淴浴吧。」周而復《上海的早晨》第四部六：「兩天沒淴浴，身上有點發癢。」(《大詞典》有而《大字典》無)

按：《漢語方言大詞典》(5769)：【淴浴】吳語。上海。〈動〉洗澡。《吳歌甲集》：「姑娘～娘拖背。」【淴浴盆】〈名〉澡盆。吳語。江蘇蘇州。【淴浴桶】〈名〉澡盆。吳語。江蘇蘇州。【淴淴浴】〈動〉洗澡。吳語。江蘇蘇州。

16. 涼

涼² liàng ③方言。猶冷落，撇在一邊。周立波《暴風驟雨》第一部二：「這時他躺在炕上，光顧抽大煙，把一個老實巴腳的老田頭涼在一邊。」(《大詞典》有而《大字典》無)

按：《漢語方言大詞典》（5083）：涼：〈動〉把人丟在一旁；使受冷落。㊀東北官話。東北。周立波《暴風驟雨》：「光顧抽大煙，把一個老實巴腳的老田頭～在一邊。」㊁北京官話。北京。《傳統相聲匯集》（三）：「一定是看書又入迷啦，把新娘子一個人給～那兒啦。」㊂湘語。湖南長沙：莫把客人～噠一邊。

17. 淤

⑤方言。溢出。《人民日報》1972.9.4：「鍋也冒白泡，米湯淤了一鍋臺。」（《大詞典》有而《大字典》無）

按：《漢語方言大詞典》（5769）：無此義項。

18. 涮

②方言。沖刷；沖蝕。浩然《金光大道》第一部：「咱窮得叮當響，小命貼在缸沿上，說不定哪天讓瓢子蹲掉，讓水涮走。」（《大字典》有而《大詞典》無）

⑤方言。訕笑；戲弄。馮志《敵後武工隊》第六章四：「小狗跟著大狗叫，警備隊員們也隨和隊長不三不四地叫罵起來：『你是涮著爺們玩！』」（《大字典》有而《大詞典》無）

按：《漢語方言大詞典》（5776）：【涮人】〈動〉耍弄、欺騙人。北京官話。北京：電影票都給你買了，你怎麼～沒去呀？咱們可不過～的，說來可一定來。鄧友梅《那五》：「那五一聽，這不是～嗎？」

19. 淸

（二）qìng 同「凊」。冷。《類篇·水部》：「淸，冷也。吳人謂之凊。凊亦作淸。」《世說新語·排調》：「劉真長始見王丞相，時盛暑之月，丞相以腹熨彈棊局，曰：『何乃淸？』」劉孝標注：「吳人以冷爲淸。」宋程大昌《演繁露·淸》：「今鄉俗狀涼冷之狀者曰冷淸淸。」（《大字典》未標注「方言」）

淸² qìng 方言。冷。南朝宋劉義慶《世說新語·排調》：「劉真長始見王丞相，時盛暑之月，丞相以腹熨彈棊局，曰：『何乃淸！』劉既出，人問見王公云何，劉曰：『未見他異，唯聞作吳語耳。』」劉孝標注：「吳人以冷爲淸。」宋程大昌《演繁露·淸》：「今鄉俗狀涼冷之狀者曰冷淸淸，即真長之謂吳語也乎？」（《大詞典》未溝通字際關係）

按：《漢語方言大詞典》（6296）：淸：〈形〉冷。一古吳語。南朝劉義慶

《世說新語・排調》：「時盛暑之月，丞相以腹熨彈棊局，曰：『何乃渹！』」南朝梁劉峻注：「吳人以冷爲渹。」宋程大昌《演繁露》六：「今鄉俗狀涼冷之狀者曰冷～～。」二閩語。福建建州。

20. 滋

⑧方言。噴射；閃爍。如：往外滋水；點線滋火。（《大字典》）

⑨噴射。如：這水管子向外滋水。參見「滋穴」。【滋穴】謂噴涌泉水的洞穴。《列子・湯問》：「山名壺領，狀若甔甀，頂有口，狀若員環，名曰滋穴，有水涌出，名曰神瀵。」張湛注引郭璞曰：「今河東汾陰，有水中如車輪許大，潰沸涌出，其深無底，名曰瀵。」（《大詞典》未標注「方言」）

⑪方言。快活；高興。峻青《海嘯》第二章：「危險的偷渡，對於他來說，不但不感到緊張，卻反而心裏滋的不行。」峻青《海嘯》第二章：「小於和小馬都是第一次坐汽車，剛上車的時候還覺得挺新鮮，挺滋，現在卻被顛得頭昏腦脹，恨不能跳下車來。」（《大詞典》有而《大字典》無）

按：《漢語方言大詞典》（6300）：〈動〉噴射；冒；滲出，漏出。㊀北京官話。1985 年 5 月 30 日《北京晚報》：「別玩～水槍啦，別打水仗啦！」《鐘鼓樓》：「有時他會禁不住把饅頭機瀉下的饅頭，撿起來捏得濕面～出每一條指縫。」

方言中有「滋樂」等表示快樂、高興。河南桐柏。曹衍玉《曹衍玉講述的故事》：「姑娘～著給他結親了。」

21. 溻

①濕。《玉篇・水部》：「溻，溼也。」（《大字典》）

②方言。汗水浸濕（衣服、被褥等）。如：天太熱，我的衣服都溻了。（《大字典》）

濕。前蜀貫休《讀玄宗幸蜀記》詩：「泣溻乾坤色，飄零日月旗。」郭澄清《大刀記》第十五章：「看，你這衣裳全溻透了，還糊了這麼些泥嘎巴。」【溻濕】浸濕。楊朔《分水嶺》：「白天走路，爬山，汗又直冒，軍衣溻濕一次又一次，淨是一圈一圈的白漬。」《人民文學》1981 年第 12 期：「詩人早半蹲到臺口，伸出一大卷汗水溻濕的詩稿。」（《大詞典》）

按：《大詞典》直接處理為一個義項，沒有再分。《漢語方言大詞典》（6690）：

〈動〉（衣物）濕透；（衣服因濕透）粘（在身上）。㊀東北官話。東北：看你跑得把棉襖都～透了。㊁北京官話。北京：汗出得全身～了。《兒女英雄傳》第十一回：「那條褲子濕漉漉的～在身上，可叫人怎麼受呢？」㊂冀魯官話。㊃膠遼官話。㊄中原官話。㊅晉語。㊆蘭銀官話。

22. 滂

④方言。漂浮。淮劇《藍橋會》第二場：「水深到頸項，身體往上滂，把妹妹望，死活抱住藍橋椿。」（《大詞典》有而《大字典》無）

按：《漢語方言大詞典》（6708）：無此義項。

23. 漕

（二）cào　方言。蜀江險地名。《正字通‧水部》：「漕，俗謂水如轉轂曰漕。今蜀江險地名野豬漕。」（《大字典》有而《大詞典》無）

按：《漢語方言大詞典》（6923）：漕：〈名〉地段（多用於地名）。吳語。浙江寧波：馬牙槽～、莫家～。

24. 漚

（一）òu　③方言。燒柴草時燃燒不充分。明李實《蜀語》：「草伏火中未然曰漚。」（《大字典》）

漚¹　òu　③燒柴草時燃燒不充分。明李實《蜀語》：「草伏火中未然曰漚。」（《大詞典》未標注「方言」）

漚¹　òu　⑤方言。拖延；延擱。康濯《東方紅》第十章：「我看這辯論還可以漚一漚，先抓緊突擊麥收。」草明《乘風破浪》五：「百噸吊車和大罐周轉不過來，鋼水只好漚在爐膛裏。」（《大詞典》有而《大字典》無）

按：《漢語方言大詞典》（2888）：漚：④〈動〉柴火、垃圾等堆在一起，不見火焰地燃。西南官話。四川成都：她便走去屋角，把～的蚊香草，扇了幾下，使煙子起大一點。明李實《蜀語》：「草伏火中未然曰～。」

⑤〈動〉拖延。中原官話。河南洛陽：別～時間了，快走吧！李準《不能走那條路》：「～兩天也不要緊，反正有我哩！」

25. 潶

③方言。指瀑布。（《大字典》有而《大詞典》無）

按：《漢語方言大詞典》無此字。

26. 澆

澆[4] xiāo 方言。湖南長沙等地呼布帛薄而不堅為澆。楊樹達《積微居小學金石論叢・長沙方言續考・澆》：「今長沙謂布帛薄不堅緻曰澆，音如囂。」（《大詞典》有而《大字典》無）

按：《漢語方言大詞典》（4383）：無此義項。

27. 潮

⑨方言。因飢餓或吃了不適宜的東西而感到胃內翻騰難受。《中國歌謠資料・肚裏餓》：「肚裏餓，心裏潮。瓜州買米鎮江淘。」（《大詞典》有而《大字典》無）

按：《漢語方言大詞典》（7151）：無此義項。

28. 潭

③方言。坑。葉聖陶《苦菜》：「待我先爬成幾畦，打好了潭，你就可以下菜秧了。」（《大字典》有而《大詞典》無）

按：《漢語方言大詞典》（7154）：潭：〈名〉凹陷的地方；坑。吳語。上海：場浪上挖了幾個～～。江蘇蘇州：評彈《真情假意・真情假意》：「一對眼烏珠兩個～，一面孔肉百腳，叫我怎麼辦？」浙江寧波：應鐘《甬言稽詁・釋地》：「《說文》：『窞，坎中小坎也。』俗稱窪陷曰『窞』，俗譌作～。如蹄泞曰水～，醴醹曰酒～。」

29. 潲

②方言。往後掙挫。魏巍《東方》第一部第十五章：「沒想到騾子搞生產太久了，一見炮就往後潲，怎麼也套不上去。」（《大詞典》有而《大字典》無）

按：《漢語方言大詞典》（7155）：無此義項。

30. 濾

②方言。液體沖射而出。巴人《牛市》：「他於是用刀子向牛的喉頭刺進去，看它一溜鮮血直濾出來。」（《大詞典》有而《大字典》無）

按：《漢語方言大詞典》（7425）：無此義項。

附錄二 《大字典》《大詞典》字際關係溝通不同

　　說明：此內容為兩部辭書中在義項中標示的字際關係不同的情況，包括異體字和通假的不同認定，如「同」和「通」的不同，古今字的認定不同等等；還包括所溝通的字的不同。只標《大字典》或《大詞典》表示兩部辭書都有這個義項但其中一個點明了字際關係。若標只有其中一部辭書有，另一部沒有，則表示另一部這個義項也沒有。

　　1. 丞

　　（一）zhěng《集韻》蒸上聲，上拯章。

　　①同「抍（拯）」。《玉篇·手部》：「丞，《聲類》云：抍字。」《字彙·水部》：「丞，與拯同。」清桂馥《札樸·溫經·拯》：「《（易）明夷》：『用拯馬壯。』鄭（玄）注：『拯，承也。』……案：字本作抍，與承聲義相近。魏晉人因造丞字，隋唐人改作拯。」（《大詞典》沒有）

　　（二）chéng《集韻》辰陵切，平蒸禪。

　　①同「承」。《集韻·蒸韻》：「承，《說文》：『奉也，受也。』或作丞。」（《大詞典》沒有）

　　2. 求

　　qiú　㊀《廣韻》巨鳩切，平尤羣。幽部。

⑪通「仇」。匹；配。《書・康誥》:「我時其惟殷先哲王德，用康乂民作求。」《詩・大雅・下武》:「王配于京，世德作求。」王國維《與友人論詩書中成語書二》:「求者，仇之假借字。仇，匹也。作求，猶《書》言作匹作配，《詩》言作對也。《康誥》言與殷先王之德能安治民者為仇匹，《大雅》言與先世之有德者為仇匹，故同用此語。鄭箋訓求為終者亦失之。」

㊀《集韻》恭于切，平虞見。同「蚗」。蟲名。《集韻・虞韻》:「蚗，肌蚗，蟲名。或省。」(《大字典》有《大詞典》無)

⑮通「賕」。賄賂。《管子・法禁》:「削上以附下，枉法以求於民者，聖人之禁也。」郭沫若等集校:「求，假為『賕』。」(《大詞典》有《大字典》無)

⑯通「糾」。(1)討伐，征討。《詩・大雅・江漢》:「匪安匪游，淮夷來求。」馬瑞辰通釋:「求與鳩、糾古同聲通用……糾者繩治之名，與討同義。」《左傳・宣公十二年》:「率師以來，唯敵是求。」(2)糾纏。參見「求竭」。【求竭】錯雜糾纏貌。《莊子・在宥》:「天下好知，而百姓求竭矣。」姚維銳《古書疑義舉例增補・二聲相近二義相通而字亦相通例》:「『求竭』，雙聲語……『求竭』即『膠葛』，今作『糾葛』……《廣雅》『膠葛』又訓作『驅馳』，是有行列紛糅之意，此『求竭』亦同義。」一說，謂營求而喪其所有。見清王夫之《莊子解・在宥》。(《大詞典》有《大字典》無)

3. 氾

氾¹ fàn 同「汎¹」。直接處理為異體字。(《大詞典》)

4. 汙

⑭同「杇」。塗飾，粉刷。參見「汙墁」。【汙墁】亦作「污墁」。亦作「污鏝」。塗飾，粉刷。唐鄭處誨《明皇雜錄》卷下:「虢國中堂既成，召匠汙鏝。」前蜀杜光庭《漢州王宗夔尚書宅醮詞》:「污墁云畢，土木告周。」(《大詞典》有《大字典》沒有)

⑨同「洿」。濁水池。一說小水坑。《說文・水部》:「汙，小池為汙。」王筠句讀:「此義與洿同。」《集韻・模韻》:「洿，《說文》:『濁水不流也。』或從于。」《詩・小雅・十月之交》:「徹我牆屋，田卒汙萊。」孔穎達疏:「汙者，池停水之名。」《晉書・周訪傳》:「前岡見一牛眠于山汙中。」唐薛能《秋雨》:「有形皆靃霖，無地不汙瀦。」《元史・河渠志》:「黃河涸，露舊水泊汙池，多為勢家

所據，忽潰泛溢，水無所歸，遂致為害。」(《大字典》)

⑬通「洿」。停積不流的小水；小水坑。《左傳·隱公三年》：「潢汙行潦之水，可薦於鬼神，可羞於王公。」孔穎達疏引服虔曰：「水不流謂之汙。」《國語·周語下》：「絕民用以實王府，猶塞川原而爲潢汙也，其竭也無日矣。」韋昭注：「大曰潢，小曰汙。」《荀子·王制》：「汙池淵沼川澤，謹其時禁。」楊倞注：「汙，淳水之處。」《亢倉子·全道》：「夫尋常之汙，巨魚無所還其體，而鯢鰌爲之制。」(《大詞典》)

⑮用同「兀」。禿，剪短。蔣禮鴻《敦煌變文字義通釋·釋事為》：「《劉知遠諸宮調》第十二，中呂調醉落托曲：『兄嫂堪恨如狼虎，把青絲剪了盡皆汙。』又白：『欲帶（戴）金冠，爭奈髮污眉齊！』金元北音沒有入聲，『兀』音與『污』相近，『污』就是『兀』。」(《大詞典》有《大字典》無)

5. 汔

①同「汽」。

1 水乾涸。《集韻·迄韻》：「汔，《說文》：『水涸也。』」按：《說文·水部》作「汽」。《易·未濟》：「小狐汔濟，濡其尾，無攸利。」孔穎達疏：「汔者，將盡之名。」

2 流淚。《集韻·迄韻》：「汔，泣下。」按：《說文·水部》作「汽」。(《大詞典》無此義項)

3 副詞。表示將近。(《大字典》)

③同「迄」，至；終。《集韻·迄韻》：「汔，幾也。」《易·井》：「汔至亦未繘井，羸其瓶。」孔穎達疏：「汔，幾也，幾，近也。」《詩·大雅·民勞》：「民亦勞止，汔可小康。」鄭玄箋：「汔，幾也。」明趙南星《高邑縣志序》：「雖無蓄積，汔可無饑。」(《大字典》)

按：《大詞典》在「乾涸」義項下用了《易·井》：「汔至亦未繘井，羸其瓶，兇。」這個書證。並引李鏡池通義：「汔，《說文》：『水涸也。』」這與《大字典》相歧。

6. 汋

同「勺」。《集韻·藥韻》：「勺，《說文》：『挹取也。』或從水、勺。一曰樂名。」1 挹取。《穀梁傳·僖公八年》：「乞者，處其所而請與也，蓋汋之也。」

范甯集解：「汋血而與之。」2 刺探。《周禮·秋官·士師》：「掌士之八成：一曰邦汋。」鄭玄注引鄭司農曰：「汋，讀如酌酒尊中之酌。國汋者，斟汋盜取國家密事，若今時刺探尚書事。」3 古樂名。《荀子·禮論》：「故鐘鼓管磬，琴瑟竽笙，《韶》、《夏》、《護》、《武》、《汋》、《桓》、《箾（簡）》、《象》，是君子之所以爲憚詭其所喜樂之文也。」楊倞注：「武、汋、桓，皆《周頌》篇名。」按：《詩·周頌》作「酌」。孔穎達疏：「酌，《左傳（宣公十二年）》作『汋』，古今字耳。」（《大字典》）

汋² zhuó ①通「酌」。（1）挹取。《穀梁傳·僖公八年》：「以向之逃歸乞之也……乞者，處其所而請與也，蓋汋之也。」按，《公羊傳》作「蓋酌之也」。（2）求取；刺探。《周禮·秋官·士師》：「一曰邦汋。」鄭玄注引鄭司農曰：「汋，讀如酌酒尊中之酌。國汋者，斟汋盜取國家密事，若今時刺探尚書事。」孫詒讓正義：「段玉裁云：『斟汋猶斟酌也。』……蓋斟酌有求取之義，故盜取國家密事者，謂之邦汋云。」《新唐書·崔湜傳》：「時桓彥範等當國，畏武三思慝構，引湜使陰汋其姦。」②古樂名。《荀子·禮論》：「故鐘鼓管磬，琴瑟竽笙，《韶》、《夏》、《護》、《武》、《汋》、《桓》、《簡象》，是君子之所以爲憚詭其所喜樂之文也。」參見「汋2樂」。（《大詞典》）

按：兩部辭書在這個用法下義項相同，但所通之字不同。「古樂名」這個義項的處理也不同。

7. 汎

⑲同「泝」。「盤」的古文。盤回。《管子·乘馬》：「汎山，其木可以爲棺，可以爲車。」于省吾《双劍誃諸子新証·管子一》：「按『汎』同『泝』，古『盤』字。《小問》：『意者君乘駿馬而泝桓，迎日而馳乎。』注：『泝，古盤字。』注說是也。『汎』，亦省作『凡』。《墨子·辭過》：『凡回於天地之間。』《節葬下》：『壟雖凡山陵。』『凡』均應讀作『盤』。從『凡』從『舟』，古文形同，詳《墨子新證》。盤山謂山之盤迴者，上言『蔓山』，謂山之蔓延者，相對爲之。」（《大詞典》有《大字典》無）

8. 汍

（二）huán 《玉篇》胡端切。同「洹」。水名。在今河南省。《玉篇·水部》：「洹，水出汲郡隆慮縣。汍，同洹。」（《大字典》有《大詞典》無）

9. 汲

⑥用同「急」。參見「汲汲1」、「汲汲忙忙」。【汲汲】1. 心情急切貌。《禮記·問喪》：「其往送也，望望然，汲汲然，如有追而弗及也。」孔穎達疏：「汲汲然者，促急之情也。」宋歐陽修《試筆·繫辭說》：「予之言，久當見信於人矣，何必汲汲較是非於一世哉。」李大釗《青春》：「吾族青年所當信誓旦旦，以昭示於世者，不在齗齗辯證白首中國之不死，乃在汲汲孕育青春中國之再生。引申為急切追求。《莊子·盜跖》：「子之道狂狂汲汲，詐巧虛偽事也。」《漢書·揚雄傳上》：「不汲汲於富貴，不戚戚於貧賤。」林紓《上郭春婾侍郎辭特科不赴書》：「紓七上春官，汲汲一第，豈惡爭之人哉？」【汲汲忙忙】急迫繁忙。漢王充《論衡·書解》：「使著作之人，總眾事之凡，典國境之職，汲汲忙忙，何暇著作？」（《大詞典》有《大字典》無）

⑦用同「岌」。參見「汲汲3」。」【汲汲】3. 形容十分危險。康有為《大同書》甲部第二章：「今北京、東粵歲遘其災，以為天行之常也，大地固有之矣，吾久居其地而亦汲汲危之矣，奈何！」魯迅《二心集·做古文和做好人的秘訣》：「所以我的經驗是：毀或無妨，譽倒可怕，有時候是極其『汲汲乎殆哉』的。」（《大詞典》有《大字典》無）

⑧通「及」。及時；趁著。馬王堆漢墓帛書《戰國縱橫家書·觸龍見趙太后》：「今媼尊長安之位，而封之膏腴之地，多予之重器，而不汲今令有功于國，山陵堋，長安君何以自託于趙？」（《大詞典》有《大字典》無）

10. 汪

（三）hóng 同「泓」。水深廣貌。《集韻·耕韻》：「汪，水皃。」《字彙補·水部》：「汪，與泓同。水貌。」（《大字典》有《大詞典》無）

按：水貌釋為水深廣貌似有牽強。

11. 沛

⑪通「柿」。削木削下的薄片，俗稱刨花。《墨子·經說下》：「沛從削，非巧也。」孫詒讓閒詁：「張云『沛當作杮，木之見削而下者。』按：張校是也。《說文·木部》云：『杮，削木札樸也。』隸變作柿。言木柿從所削，不足為巧也。」（《大字典》有《大詞典》無）

12. 沔

④通「瀰」。盈滿。《集韻·紙韻》:「彌（瀰），水盛皃。或作沔。」清朱駿聲《說文通訓定聲·坤部》:「沔，叚借為瀰……沔、瀰雙聲。」《詩·小雅·沔水》:「沔彼流水，朝宗於海。」毛傳:「沔，水流滿也。」唐李白《送黃鐘之鄱陽謁張使君序》:「湖水演沔，朂哉是行。」（《大字典》有《大詞典》無）

13. 沌

（三）chún 同「純」。純粹。《集韻·諄韻》:「沌，粹也。通作純。」唐道宣《詠懷詩五首》之四:「慨矣玄風濕，皎皎離染沌。」（《大字典》有《大詞典》無）

14. 沙

⑥丹砂。《楚辭·招魂》:「紅壁沙版，玄玉梁些。」王逸注:「沙，丹沙也。」（《大詞典》）

⑯同「砂」。《文選·左思〈蜀都賦〉》:「丹沙赩熾出其坂，蜜房郁毓被其阜。」劉逵注:「涪陵、丹興二縣出丹砂。」參見「沙版①」、「沙堂」。（《大字典》）

⑰通「躧」。拖鞋。馬王堆漢墓帛書《戰國縱橫家書·謂燕王章》:「反宋，歸楚淮北，燕趙之所利也。並立三王，燕趙之所願也。夫實得所利，尊得所願，燕趙之棄齊，說（脫）沙也。」注:「沙字與躧字音同通用。躧，拖鞋。」（《大詞典》有《大字典》無）

⑱通「鈔」。亦作「沙羅」。一種打擊樂器，行軍時又作為盥洗用具。宋袁文《甕牖閑評》卷四:「鈔鑼二字，字書云:鈔，素何切；鑼與羅同音。當喚為沙羅也。而今人竟用沙羅者，無他意，姑取一邊耳。」宋陳鵠《耆舊續聞》卷四:「子厚獨鞭馬前去，曰:『我自有道理。』既近，取銅沙鑼於石上擷響，虎即驚竄。」《宋史·蠻夷傳一·西南溪峒諸蠻上》:「雍熙元年，黔南言溪峒夷獠疾病，擊銅鼓、沙鑼以祀神鬼，詔釋其銅禁。」清吳任臣《十國春秋·吳一》:「及亦時時抵王內室，常遇王起盥漱，右手擎沙鑼，可百餘兩，實水其中以洗項。」參閱宋趙彥衛《雲麓漫鈔》卷九。（《大詞典》有《大字典》無）

15. 汩

（二）yù ①同「矞（昱）」。水流。《玉篇·水部》:「汩，水流也。」《廣

韻‧質韻》:「屍,《說文》曰:『水流也。』汨,屍同。」(《大字典》有《大詞典》無)

汨² yù ④語助詞。用同「聿」。清方文《贈姚有僕進士》詩:「古人懷所思,欣慕爲執鞭。汨予幸同時,馳情麗雲天。」又《單質生見訪僧舍並惠〈三忠集〉畬此》詩:「流覽未及終,風徽宛可見。汨餘有同心,參差淚如霰。」(《大詞典》有《大字典》無)

16. 沖

⑩通「僮(童)」。幼小。清朱駿聲《說文通訓定聲‧豐部》:「沖,叚借為僮。」《書‧盤庚下》:「肆予沖人,非廢厥謀,弔由靈。」孔傳:「沖、童。童人,謙也。」孔穎達疏:「沖、童聲相近,皆是幼小之名。自稱童人,言己幼小無知,故為謙也。」《新唐書‧王播傳》:「帝沖闇,不內其言。」《資治通鑒‧陳宣帝太建十二年》:「昉見靜帝幼沖……謀引堅輔政。」胡三省注:「沖,亦幼也。」(《大字典》)

⑨幼小。《漢書‧敘傳下》:「孝昭幼沖,塚宰惟忠。」三國魏嵇康《管蔡論》:「逮至武卒,嗣誦幼沖。」《文選‧歐陽建〈臨終詩〉》:「咨餘沖且暗,抱責守微官。」李善注引孔安國《尚書傳》:「沖,童也。」南朝齊王儉《褚淵碑文》:「明皇不豫,儲後幼沖。」(《大詞典》)

⑬通「忡」。參見「沖沖⑤」。【沖沖】⑤忡忡,憂慮貌。宋范仲淹《依韻酬池州錢綺翁》:「天涯彼此勿沖沖,內樂何須位更崇。」明錢嶪《憫黎詠》:「軍行值人日,感歎心沖沖。」明武陵仙史《劉潑帽‧春思》套曲:「沖沖,春病沉沉重。」(《大詞典》有《大字典》無)

17. 汭

(二)tūn 同「涒」。(《大字典》有《大詞典》無)

18. 汽

(二)gài 同「?」。接近。《集韻‧代韻》:「?,切近也。或作汽。」又《未韻》:「汽,相摩近也。」按:《爾雅‧釋詁下》:「?,汽也。」郭璞注:「謂相摩近。」陸德明釋文:「汽,古愛反。施:音既。樊、孫:虛乞反。」刑昺疏:「水涸盡則近於地。故汽又訓近也。」(《大字典》有《大詞典》無)

19. 沂

②通「垠」。界限；邊際。《正字通・水部》：「沂，與垠通。」清朱駿聲《說文通訓定聲・屯部》：「沂，叚借為垠。」《漢書・敘傳上》：「齊甯激聲於康衢，漢良受書於邳沂。」顏師古注引晉灼曰：「沂，崖也，下邳水之崖也。」按：《文選・班固〈答賓戲〉》正作「邳垠」。宋王安石《憶昨詩示諸外弟》：「身著青衫手持版，奔走卒歲官淮沂。」章炳麟《東夷詩》：「天驕豈能久，愁苦來無沂。」（《大字典》）

①崖；邊際。《漢書・敘傳上》：「齊甯激聲於康衢，漢良受書於邳沂。」顏師古注引晉灼曰：「沂，崖也，下邳水之崖也。」《隸釋・漢博陵太守孔彪碑》：「惟我君績，表於丹青，永永無沂，與日月並。」（《大詞典》）

③同「釿」。器物上花紋凹下處。《集韻・諄韻》：「釿，器之釿鍔。或作沂。」（《大字典》）

②凹紋。參見「沂2鄂」。【沂2鄂】器物表面的凹凸紋理。沂，凹紋；鄂，凸紋。《周禮・考工記・輈人》「良輈環灂」漢鄭玄注：「環謂漆沂鄂如環。」賈公彥疏：「指謂漆之文理也。」《禮記・哀公問》「車不雕幾」唐孔穎達疏：「幾，謂沂鄂也，謂不雕鏤使有沂鄂也。」（《大詞典》）

20. 汵

（一）gàn 同「淦」。《說文・水部》：「淦，水入船中也。一曰泥也。汵，淦。或從今。」《山海經・西山經》：「（號山）其木多漆、櫟，其草多藥、芎藭，多汵石。」郭璞注：「汵，或音金。未詳。」郝懿行疏：「《說文》汵本字作淦，云『泥也。從水，金聲』，與郭音合。汵石，蓋石質柔軟如泥者，今水中、土中俱有此石也。」（《大字典》）

gàn ①水入船中。《說文・水部》：「淦，水入船中也……汵，淦。或從今。」②泥。《說文・水部》：「淦……一曰泥也。汵，淦。或從今。」參見「汵石」。【汵石】礦石名。《山海經・西山經》：「又百八十里，曰號山……多汵石。」郝懿行箋疏：「《說文》汵本字作淦，云泥也，蓋石質柔軟如泥者，今水中土中俱有此石也。」一說，汵石為古代用作黑色染料的一種礦物。

（二）hán 同「涵」。水澤多；包容。《集韻・覃韻》：「涵，《說文》：『水澤多也。』引《詩》：『僭始既涵。』或從函，從今。」（《大字典》有《大詞典》無）

21. 汾

（二）pén　同「湓」。水名；水漫溢。《集韻・魂韻》：「湓，水名。在潯陽。一曰水溢也。或省。」（《大字典》有《大詞典》無）

（三）fēn　《〈文選・長楊賦〉李善注》音紛。〔汾沄〕同「紛紜」。《康熙字典・水部》：「汾，與紛同。」《文選・揚雄〈長楊賦〉》：「於是聖武勃怒，爰整其旅，汾沄沸渭，云合電發。」李善注：「汾沄沸渭，衆盛貌也。汾，音紛；沄，音云。」（《大字典》）

汾²　通「紛」。參見「汾₂沄」。【汾₂沄】眾盛貌。《文選・揚雄〈長楊賦〉》：「汾沄沸渭，云合電擊。」李善注：「汾沄沸渭，衆盛貌也。汾音紛。」一說，奮擊貌。《漢書・揚雄傳下》：「汾沄沸渭。」顏師古注：「奮擊貌。」王先謙補注：「汾沄即紛紜……善注以爲衆盛皃是也。

22. 次

同「涎」。（《大字典》）

口液。後多作「涎」。（《大詞典》）

按：兩者表述不太一樣。

23. 沈

㉑通「扰」。蠱惑；欺詐。《書・盤庚上》：「汝曷弗告朕，而胥動以浮言，恐沈於衆？」周秉鈞易解：「沈，通『扰』，告言不正以惑之也。」參見「沈疑②」。【沈疑】亦作「沉疑」。2. 欺詐。沈，通「扰」。《管子・君臣下》：「古者有二言：牆有耳，伏寇在側。牆有耳者，微謀外泄之謂也；伏寇在側者，沈疑得民之道也。」章炳麟《膏蘭室札記・沈疑》：「按：沈借爲『扰』。《說文》『扰』下曰：『讀若告言不正曰扰』，是扰有告言不正之義。疑本訓惑，而《蒼頡》篇云：『誒，欺也。』尋『誒』字《說文》訓騃，則訓欺亦爲疑之借，欺者所以惑人，故疑引申爲欺也。扰疑得民者，謂詐爲君欲虐下之言以欺民，所以扇誘民而得其心。」（《大詞典》）

24. 決

⑯同「趹」、「駃」。參見「決驟」。【決₂驟】①迅速奔跑。《莊子・齊物論》：「毛嬙、麗姬，人之所美也，魚見之深入，鳥見之高飛，麋鹿見之決驟。」宋蘇軾《歸來引》：「紛野馬之決驟兮，幸余首之未繫。」宋范成大《有感今昔》

詩之一：「麋見麗姬翻決驟，鳥聞《韶》樂卻憂悲。」②比喻放縱不羈。宋葉適《忠翊郎武學博士蔡君墓誌銘》：「約規矩繩墨以自嚴兮，不決驟而橫陳。」清魏源《聖武記》卷五：「使無世世轉生之呼畢勒罕以鎮服僧俗，則百萬衆必互雄長，狼性野心，且決驟而不可制。」（《大詞典》）

按：《大詞典》前後矛盾，這裏是決¹的義項，但是參見的詞卻是決²。

25. 洈

（二）huǐ　同「溰」。水流貌。《集韻·尾韻》：「溰，水流兒。或從卉。」（《大字典》有《大詞典》無）

26. 泄

⑥通「褻」。侮狎；輕慢。清朱駿聲《說文通訊定聲·泰部》：「泄，叚借為褻。」《孟子·離婁下》：「武王不泄邇，不忘遠。」趙岐注：「泄，狎。」孫奭疏：「孟子言武王於在邇之臣，則常欽之，而不泄狎。」《荀子·榮辱》：「憍泄者，人之殃也；恭儉者，偋五兵也。」楊倞注：「泄與媟同，嫚也。」《新書·大政下》：「刑罰不可以慈民，簡泄不可以得士。」（《大字典》）

⑪通「媟」。狎侮；輕慢。狎侮；輕慢。《孟子·離婁下》：「武王不泄邇，不忘遠。」趙岐注：「泄，狎。」《荀子·榮辱》：「憍泄者，人之殃也。」楊倞注：「泄與媟同，嫚也。（《大詞典》）

27. 河

④通「何」。《廣雅·釋水》：「河，何也。」《字彙補·水部》：「河，借作何字。」《詩·商頌·玄鳥》：「景員維河。」鄭玄箋：「河之言何也。」陸德明釋文：「河，本或作何。」《漢故民吳公碑》：「感痛奈何。」（《大字典》有《大詞典》無）

28. 沮

（二）jǔ　7通「且」。連詞。並且。《墨子·尚賢下》：「是以使百姓皆攸心解體，沮以為善，垂其股肱之力，而不相勞來也。」于省吾新證：「沮字應讀作且。」（《大字典》有《大詞典》無）

29. 油

油²　yòu　通「釉」。指塗釉。唐劉恂《嶺表錄異》卷上：「廣州陶家，皆作

土鍋鑊。燒熱以土油之，其潔淨則愈於鐵器。」原案：「油與釉通。」（《大詞典》有《大字典》無）

30. 泱

泱³ yīng 通「英」。參見「泱³泱」。【泱³泱】雲起貌。《文選·潘岳〈射雉賦〉》：「天泱泱以垂雲，泉涓涓而吐溜。」李善注：「《毛詩》曰：『英英白雲。』毛萇曰：『英英，白雲貌。』泱与『英』古字通。」《詩·小雅·白華》「英英白雲」唐陸德明釋文：「英如字。《韓詩》作『泱泱』，同。」（《大詞典》有《大字典》無）

按：放在詞裏的義項《大字典》一般都不收錄。

31. 況

⑩通「皇」。美；大。《荀子·非十二子》：「成名況乎諸侯，莫不願以爲臣。」俞樾《荀子詩說》：「成與『盛』通。」孫詒讓《札迻》卷六：「況與『皇』通……《大戴禮記·小辯篇》云：『治政之樂，皇於四海』，此云『成名況乎諸侯』，與《小辯》『皇於四海』義正同。」按，《大戴禮記》王聘珍注：「皇，大也，美也。」（《大詞典》有《大字典》無）

⑫通「悴」。參見「況瘁①」。【況瘁】亦作「況悴」。1. 憔悴。況，通「悴」。《詩·小雅·出車》：「憂心悄悄，僕夫況瘁。」陳奐傳疏：「《楚辭·九嘆》云『顧僕夫之憔悴』，又云『僕夫慌悴』，並與《詩》『況瘁』同。」明何景明《淮水》詩之二：「征夫況瘁，誰使告爾勞。」清龔自珍《〈鴻雪因緣圖記〉序》：「古今名臣碩輔所遇之世不齊，爲承平之臣易乎？爲憂勞況瘁、盤根錯節、立奇功、勘大變之臣易乎？」（《大詞典》有《大字典》無）

32. 泂

②遠。後作「迥」。《玉篇·水部》：「泂，遠也。亦與迥字同。」《詩·大雅·泂酌》：「泂酌彼行潦，挹彼注茲。」毛傳：「泂，遠也。」《文選·郭璞〈江賦〉》：「鼓帆迅越，趨漲截泂。」劉良注：「泂，遠也。」（《大字典》）

①遠。參見「泂酌」。【泂酌】1. 謂从遠處酌取。《詩·大雅·泂酌》：「泂酌彼行潦，挹彼注茲，可以餴饎。」鄭玄箋：「遠酌取之，投大器之中。」宋蘇軾《泂酌亭》詩：「泂酌彼兩泉，挹彼注茲。」後亦指供祭祀用的薄酒。唐柳宗元《爲韋京兆祭太常崔少卿文》：「敬陳泂酌，以告明靈。」宋叶適《祭潘

叔度文》：「念考槃之不見，陳洄酌以來思。」（《大詞典》）

33. 汹

（二）yōu　同「攸」。水流貌。《集韻·尤韻》：「攸，《說文》：『行水也。』
或作汹。」（《大字典》有《大詞典》無）

按：《大字典》引說文的這個意思難道不是游水的意思？

34. 泊

（二）pò　②同「洦」。淺水貌。《說文·水部》：「洦，淺水也」清段玉裁
注：「洦，《說文》作『洦』，隸作『泊』，亦古今字也。」（《大字典》有《大詞
典》無）

35. 泒

泒²　「派」的訛字。①支流。明陳繼儒《珍珠船》卷三：「谷簾水，在廬山
被崑而下三十泒，其廣七十尺。」②分支；派別。宋洪邁《夷堅乙志·女鬼惑
仇鐸》：「天臺士人仇鐸者，本待制之族泒也。」一本作「族派」。清王逋《蚓庵
瑣語》：「山東西則有焚香白蓮，江南則有長生聖母，無爲糍團圓果等號，約數
十餘泒，各立門戶，以相傳授。」③派遣。清王逋《蚓庵瑣語》：「日給兵餉，
悉泒本坊鄉紳巨族質庫。」（《大詞典》有《大詞典》無）

36. 泠

⑦通「令」。命令；曉諭。《庄子·山木》：「舜之將死，真泠禹曰：『汝戒之
哉！』」陸德明釋文：「真，司馬本作『直』。泠，或為『命』，又作『令』。」王
念孫雜誌：「引之曰：案『直』當為『卤』。卤，籀文『乃』字……『命』與『令』
古字通。作命、作令者是也。『卤令禹』者，『乃命禹』也。」（《大字典》）

③曉諭。《庄子·山木》：「舜之將死，真泠禹曰：『汝戒之哉！』」陸德明釋
文：「司馬云：泠，曉也。謂以真道曉語禹也。泠，或爲命，又作令。命，猶教
也。」（《大詞典》）

37. 泜

③同「坻」。水中的小洲或高地。《玉篇·水部》：「泜，水中丘；又小渚。」
《爾雅·釋水》「小沚曰坻」唐陸德明釋文：「坻，本又作泜。」（《大字典》有
《大詞典》無）

38. 沿

（二）yǎn　同「沇」。《說文‧水部》：「沿，古文沇。」（《大字典》有《大詞典》無）

⑨同「緣」。（1）由於；因為。南朝梁劉勰《文心雕龍‧誇飾》：「莫不因誇以成狀，沿飾而得奇也。（2）見「沿房」。【沿房】亦作「沿房」。緣房。指陪嫁的衣物資財。沿，通「緣」。《敦煌變文集‧不知名變文（一）》：「初定之時無衫袴，大歸娘子沒沿房。」蔣禮鴻通釋：「沿房、緣房：陪嫁的衣物資財之類。」又《齗齗書》：「翁婆聞道色離書，忻忻喜喜，且與緣房衣物，更別造一牀氎被。」原校：「甲卷『緣』作『沿』。」（《大詞典》有《大字典》無）

39. 泡

泡³　páo　③用同「炮」。參見「炮³製」。【泡3製】①用中草藥原料製成藥物的過程。《花月痕》第四九回：「當下饑民嗷嗷，員逆方將偽王府所蒸的芋根草根，將蔗漿蜂蜜調勻，煉成藥丸一般，名爲甘露療饑丸，頒給偽官，令民間如法泡製。」參見「炮製」。②（照老辦法）辦事；（依樣）製作。《兒女英雄傳》第五回：「等明日早走，依舊如法泡製，也不怕他飛上天去。」《二十年目睹之怪現狀》第九五回：「藩臺得了這個消息，便如法泡製。」魯迅《華蓋集續編‧馬上日記》：「用的是《陶淵明集》，如法泡製，那兩句是：『寄意一言外，茲契誰能別。』」（《大詞典》有《大字典》無）

40. 注

⑭病名，指傳染病。也作「疰」。《釋名‧釋疾病》：「注病，一人死，一人復得，氣相灌注也。」畢沅疏證：「注，《太平御覽》引作『疰』。」王先謙補：「蘇輿曰：《（周禮‧天官）瘍醫》鄭注：『祝讀如注病之注。』即此。」（《大字典》有《大詞典》無）

㉔通「柱」。（1）柱子。北魏酈道元《水經注‧河水三》：「其殿四注兩夏，堂宇綺井。」（2）支撐。參見「注喙」。【注喙】謂把喙支在地上不動。注，通「柱」。支撐。《淮南子‧覽冥訓》：「當此之時，鴻鵠鶬鸖，莫不憚驚伏竄，注喙江裔，又況直燕雀之類乎？」高誘注：「注喙，喙注地不敢動也。」于省吾《雙劍誃諸子新證‧淮南子二》：「注喙即拄喙，謂喙不動也。」（《大詞典》有《大字典》無）

㉕通「炷」。(1)點火燃燒。宋何薳《春渚紀聞‧天尊賜銀》:「〔劉虛靜〕每日執爐於天尊像前,注香冥禱,意甚虔至。」宋陸游《群兒》詩:「蜆殼以注燈,椀足以焚香。」(2)量詞。用於燃點的香。《兒女英雄傳》第十三回:「這都是天公默佑我們,闔家都該辦注名香達謝上蒼。」(《大詞典》有《大字典》無)

41. 沀

沀¹ jué ①通「遹」。參見「回沀②」。【回沀】2 邪僻。《文選‧潘岳〈西征賦〉》:「事回沀而好還,卒宗滅而身屠。」李善注:「《韓詩》曰:『謀猷回沀』。薛君曰:『回,邪,僻也。』」《新唐書‧白志貞裴延齡傳贊》:「君臣回沀,可不戒哉!」(《大詞典》有《大字典》無)

42. 沱

沱² duò 亦作「沲」。見「淡沱」。【淡沱】亦作「淡沲」。形容風光明淨。唐杜甫《醉歌行》:「春光淡沱秦東亭,渚蒲芽白水荇青。」一本作「澹沲」、「潭沲」。宋陸游《暮春》詩:「湖上風光猶淡沱,尊前懷抱頗清真。」清陳見鑾《更漏子‧出塞》詞:「蓮葉稀,棟花軃,四望秋容淡沲。」(《大詞典》有《大字典》無)

43. 沸

⑨通「孵」。孵化。晉張華《博物志》卷二:「〔翟雉〕伏卵時數入水,卵冷則不沸。」(《大詞典》有《大字典》無)

44. 泏

泏² 同「涉¹」。①入,進入。《古文苑‧班固〈十八侯銘‧丞相安國侯王陵〉》:「奉使全璧,身泏項營。」章樵注:「(泏)作涉。」②行,行走。明方孝孺《愍知賦‧哀葉廷振》:「夙吾秉茲婍志兮,泏宇內而求友。」(《大詞典》有《大字典》無)

45. 治

(一) chí

②通「笞」。《睡虎地秦墓竹簡‧廄苑律》:「其以牛田,牛減絜,治主者,寸十。」《漢書‧曹參傳》:「帝讓參曰:『與窋胡治乎?乃者我使諫君也。』」王

先謙補注:「陳景雲曰:『漢人以笞掠為治,治即笞耳。』錢大昕曰:『與窋胡治,猶言胡與窋笞也。』」(《大字典》有《大詞典》無)

治¹ zhì

⑳通「塼」。《晏子春秋·諫下四》:「景公令兵搏治。」王念孫《讀書雜誌·晏子春秋一》:「案,治者,甄也,搏治,謂搏土爲甄。《廣雅》曰:『治,甄也。』」(《大詞典》有《大字典》無)

㉑通「似」。好像。馬王堆漢墓帛書甲本《老子·道經》:「上善治水。」(《大詞典》有《大字典》無)

㉓通「司」。主管。《管子·君臣下》:「治斧鉞者,不敢讓刑;治軒冕者,不敢讓賞。」于省吾《雙劍誃諸子新證·管子二》:「按『治斧鉞』、『治軒冕』,二『治』字不詞。『治』本應作嗣。金文『治』字通作嗣,與『司』同用。經傳司徒、司馬、司空,金文作嗣土、嗣馬、嗣工,是『治』、『嗣』、『司』古字通。然則『治斧鉞者』,即『司斧鉞者』,『治軒冕者』,即『司軒冕者』。」《墨子·經說上》:「治,吾事治矣。」漢劉向《列女傳·魯季敬姜》:「寢門之內婦人治其職焉,上下同之。」(《大詞典》有《大字典》無)

㉔通「殆」。危及。《荀子·議兵》:「故兵大齊則制天下,小齊則治鄰敵。」王念孫《讀書雜誌·荀子五》:「案治讀爲『殆』。殆,危也。謂危鄰敵也……殆、治,古字通。」(《大詞典》有《大字典》無)

46. 洪

⑤同「谼」。大谷;深溝。清段玉裁《說文解字注·水部》:「洪,大壑曰谼。字亦作洪。」(《大字典》有《大詞典》無)

47. 洉

①同「㵒」。水至。《玉篇·水部》:「㵒,水至也。洉,同㵒。」清段玉裁《說文解字注·水部》:「㵒,《廣韻》曰:『水荒曰洉。』洉者,㵒之異文。」(《大字典》有《大詞典》無)

48. 沊

②同「胹」。《說文·水部》:「沊,煮孰也。」段玉裁注:「《肉部》曰:『胹,爛也。』然則沊與胹同也。」(《大字典》有《大詞典》無)

49. 浳

（二）hù　②將水舀出。後作「戽」。《集韻‧莫韻》：「浳，抒水也。」又：「戽，戽斗，抒水器。」（《大字典》有《大詞典》無）

50. 洌

②同「冽」。寒冷。清邵瑛《說文解字群經正字》卷二十一：「洌，今經典往往從仌作冽，雖宋本亦不免。……《六書正譌》云：『洌，俗作冽，從仌，非。』《佩觿》並列二字，以洌為水清，冽為水寒。恐未諦。」《詩‧小雅‧大東》：「有洌氿泉，無浸穫薪。」毛傳：「洌，寒意也。」阮元校勘記：「唐石經小字本、相臺本同，閩本同，明監本、毛本『洌』作『冽』。」唐孟郊《杏殤九首》之六：「洌洌霜殺春，枝枝疑纖刀。」宋李格非《洛陽名園記‧叢春園》：「予嘗窮冬月夜登是亭（先春亭）聽洛水聲，九之，覺清洌侵人肌骨，不可留，乃去。」（《大字典》）

②寒冷。《詩‧曹風‧下泉》：「冽彼下泉，浸彼苞稂。」毛傳：「冽，寒也。」戰國楚宋玉《高唐賦》：「紬大絃而雅聲流，冽風過而增悲哀。」《朱子語類》卷七四：「如虎嘯風冽，龍興致雲，自然如此，更無所等待。」（《大詞典》）

按：冽與洌關係。

51. 泚

④通「玼」。鮮明貌。《詩‧邶風‧新臺》：「新臺有泚，河水瀰瀰。」毛傳：「泚，鮮明貌。」馬瑞辰通釋：「泚者，玼之假借。《說文》：『玼，玉色鮮也。』引《詩》：『新臺有玼。』玼本玉色之鮮，因而色之鮮明者通言玼耳。」宋趙汝談《翠蛟亭和鞏栗齋韻》：「術假金洞光，景逾瑤臺泚。」（《大字典》）

①鮮明貌。《詩‧邶風‧新臺》：「新臺有泚，河水瀰瀰。」鄭玄箋：「泚，鮮明貌。」按，《說文‧玉部》「玼」字下引《詩》：「新臺有玼。」馬瑞辰謂「泚」訓玉色鮮明，「泚」為「玼」之假借。參閱馬瑞辰《毛詩傳箋通釋‧邶風‧新臺》。（《大詞典》）

52. 洸² huàng

①通「滉」。水深廣貌。參見「洸²洸①」、「洸²洋」、「洸²漾」。【洸²洸】①猶浩浩。《荀子‧宥坐》：「其洸洸乎不淈盡，似道。」楊倞注：「洸，讀爲滉。滉，水至之貌。」唐皮日休《移成均博士書》：「足下出文閭，生學世，業精前

古，言高當今。洸洸乎，洋洋乎，爲諸生之蓍龜，作後來之綿蕝。」【洸₂洋】水無涯際貌。比喻言辭或文章恣肆放縱。《史記・老子韓非列傳》：「其言洸洋自恣以適己，故自王公大人不能器之。」司馬貞索隱：「洸洋音汪羊二音，又音晃養。」《明史・唐順之傳》：「（唐順之）爲古文，洸洋紆折有大家風。」清周亮工《跋黃心甫自敘年譜前》：「（黃心甫）以好爲洸洋自恣之辭，不能俛首從時好，故垂老無所遇，獨以撰述自娛。」【洸₂潒】水寬廣貌。《文選・張衡〈西京賦〉》「滄池漭沆」三國吳薛綜注：「漭沆，猶洸潒，亦寬大也。」（《大詞典》有《大字典》無）

53. 洗

xǐ　③大棗名。後作「梑」。《爾雅・釋木》：「洗，大棗。」郭璞注：「今河東猗氏縣出大棗，子如雞卵。」邢昺疏：「洗，最大之棗名也。」按：此字《集韻・銑韻》、《類篇・木部》作「梑」，亦引《爾雅》文及郭注；《玉篇・木部》、《廣韻・銑部》亦作「梑」。（《大字典》）

②大棗名。《爾雅・釋木》：「洗，大棗。」郭璞注：「今河東猗氏縣出大棗，子如雞卵。」邢昺疏：「洗，最大之棗名也。」參見「洗₂犬」。【洗₂犬】棗名。南朝梁蕭統《七契》：「西母靈桃……河東洗犬、隴蜀蹲鴟，並怡神甘口，窮美極滋。」（《大詞典》）

xiǎn

④同「灑」。肅敬貌；寒貌。《文選・潘岳〈為賈謐作贈陸機詩〉》：「吾子洗然，恬淡自逸。」張銑注：「洗然，肅敬之皃。」《資治通鑑・唐則天後長安二年》：「（張）循憲召見，詢以事；（張）嘉貞為條析理分，莫不洗然。」胡三省注：「洗，與灑同。洗然，悚然也。」《本草綱目・木部・秦皮》：「秦皮，主治風寒濕痹洗洗寒氣，除熱。」（《大字典》）

③肅敬。參見「洗₂然①」。【洗₂然】①肅敬貌。晉潘岳《夏侯常侍誄》：「子乃洗然，變色易容，慨焉嘆曰：『道固不同。』」宋葉適《晉元帝廟記》：「行者翼然，如瞻太極之題；止者洗然，如聞廣室之論。」

⑦通「先」。參見「洗₂馬」。【洗₂馬】①在馬前作前驅。《韓非子・喻老》：「句踐入宦於吳，身執干戈爲吳王洗馬。」王先慎集釋：「洗、先，古通。謂前馬而走。《越語》『其身親爲夫差前馬』是也。古本賤役，至漢始以此名官。」

②官名。本作「先馬」。漢沿秦置，為東宮官屬，職如謁者，太子出則為前導。晉時改掌圖籍。隋改司經局洗馬。至清末廢。（《大詞典》有《大字典》無）

54. 洑

②水潛流地下。也作「澓」。《集韻・屋韻》：「澓，伏流也。或從伏。」晉左思《蜀都賦》：「漏江洑流潰其阿。」唐李頎《與諸公遊濟瀆泛舟》：「洑泉數眼沸，平地流清通。」清魏源《釋道北條弱水黑水》：「或以合黎河至青海，中隔大山及大通河為疑，則蔥嶺河源何以先匯於蒲昌，而又洑絕大山，出於星宿海？」（《大字典》）

②水伏流地下。《新唐書・奸臣傳上・許敬宗》：「今自漯至溫而入河，水自此洑地過河而南，出為滎，又洑而至曹濮，散出於地。」清魏源《釋道北條弱水黑水》：「或以合黎河至青海，中隔大山及大通河為疑，則蔥嶺河源何以先匯於蒲昌，而又洑絕大山，出於星宿海？」（《大詞典》）

55. 洽

④合；會合。一說通「敆」。《玉篇・水部》：「洽，合也。」清朱駿聲《說文通訓定聲・臨部》：「洽，叚借為敆。」《詩・周頌・載芟》：「為酒為醴，烝畀祖妣，以洽百禮。」鄭玄箋：「畀，予。洽，合也。」孔穎達疏：「畀，予；洽，合。皆《釋詁》文。」按：今《爾雅・釋詁上》作「敆，合也」。《管子・國蓄》：「民予則喜，奪則怒，民情皆然。先王知其然，故見予之形，不見奪之理，故民愛可洽於上也。」尹知章注：「洽，通也。」（《大字典》有《大詞典》無）

⑥和諧；協調。一說通「詥」。《廣韻・洽韻》：「洽，和也。」清朱駿聲《說文通訓定聲・臨部》：「洽，叚借為詥。」《詩・小雅・正月》：「洽比其鄰，昏姻孔云。」毛傳：「洽，合。」晉陶潛《答龐參軍》詩：「歡心孔洽，棟宇惟鄰。」《徐霞客遊記・滇遊日記四》：「見有晉寧歌童王可程，以就醫隨吳來，始知方生在唐守處過中秋，甚洽也。」（《大字典》）

⑤和諧；融洽。《詩・大雅・江漢》：「矢其文德，洽此四國。」晉陶潛《答龐參軍》詩：「歡心孔洽，棟宇惟鄰。」宋司馬光《乞令皇子伴讀官提舉皇子左右人札子》：「語言不洽，志意不通。」魯迅《兩地書・致許廣平五八》：「閩南與閩北人之感情頗不洽。」（《大詞典》）

⑦通「給」。《商君書・兵守》：「發梁撤屋，給從從之，不洽而燔之，使客

無得以助攻備。」清俞樾《古書疑義舉例‧上下文異字同義例》:「『洽』亦當爲『給』,古字同聲而通用也。」(《大詞典》有《大字典》無)

56. 洵

(二) xuàn 《古今韻會舉要》翾縣切。元部。通「敻」。遠;疏遠。《古今韻會舉要‧霰韻》:「洵,遠也。」清朱駿聲《說文通訓定聲‧坤部》:「洵,叚借爲敻。」《詩‧邶風‧擊鼓》:「於嗟洵兮,不我信兮。」毛傳:「洵,遠。」陸德明釋文:「《韓詩》作敻,敻亦遠也。」(《大字典》)

xún ②久遠。《詩‧邶風‧擊鼓》:「於嗟洵兮,不我信兮。」毛傳:「洵,遠。」陸德明釋文:「《韓詩》作敻,敻亦遠也。」(《大詞典》)

按:也屬於同一個義項分在不同音項下。

57. 洛

⑥通「露」。露水。馬王堆漢墓帛書乙本《老子‧道經》:「天地相谷,以俞甘洛。」馬王堆漢墓帛書《戰國縱橫家書‧蘇秦獻書趙王章》:「臣聞甘洛降,時雨至,禾穀豐盈。」(《大詞典》有《大字典》無)

⑦通「賂」。贈送。馬王堆漢墓帛書《戰國縱橫家書‧公仲倗謂韓王章》:「今秦之心欲伐楚,王不若因張儀而和於秦,洛之以一名縣,與之南伐楚,此以一爲二之計也。」(《大詞典》有《大字典》無)

⑩通「落」。參見「洛薄」。【洛薄】落魄。窮困失意。洛,通「落」;薄,通「魄」。《漢書‧王莽傳下》「新都哀侯小被病,功顯君素耆酒,疑帝本非我家子也」顏師古注引三國魏如淳曰:「言莽母洛薄嗜酒,淫逸得莽耳,非王氏子也。」(《大詞典》有《大字典》無)

58. 洋

洋¹ yáng

⑧用同「烊」。熔化;溶化。《太平廣記》卷三七九引唐戴孚《廣異記‧崔明達》:「明達惆悵獨進,僅至一城,城壁毀壞,見數百人,洋鐵補城。」元柯丹邱《荊釵記‧受釵》:「冰見了日頭就洋了,怎麼曬得冰乾?」(《大詞典》有《大字典》無)

⑨用同「漾」。(1)晃動。《金瓶梅詞話》第十二回:「月洋水底。」(2)拋擲。《古今小說‧任孝子烈性為神》:「老娘不是善良君子,不裹頭巾的婆婆!

洋塊磚兒也要落地。」（《大詞典》有《大字典》無）

洋³ xiáng

①通「翔」。引申指翼、側。銀雀山漢墓竹簡《孫臏兵法‧兵情》：「弩張柄不正，偏強偏弱而不和，其兩洋之送矢也不壹，矢雖輕重得，前後適，猶不中招也。」（《大詞典》有《大字典》無）

②通「祥」。（1）福，賜福。《樂府詩集‧郊廟歌辭二‧齊明堂樂歌》：「上綏四宇，下洋萬國。」（2）祥和。參見「洋³風」。【洋³風】和風。洋，通「祥」。祥和。漢王充《論衡‧狀留》：「故夫轉沙石者，湍瀨也；飛毛芥者，猋風也。恬水，沙石不轉；洋風，毛芥不動。」（《大詞典》有《大字典》無）

59. 浪

②同「埌」。岸；邊際。《玉篇‧水部》：「浪，涯也。亦作埌。」（《大字典》有《大詞典》無）

60. 淳

⑤同「渤」。即渤海。《玉篇‧水部》：「淳，海別名也。」《龍龕手鑒‧水部》：「渤，渤澥，海名。淳，同渤。」（《大字典》有《大詞典》無）

61. 涑

（三）shù　同「漱」。漱口。《玉篇‧水部》：「涑，與漱同。」《洪武正韻‧宥韻》：「漱，盥漱虛口也。《玉篇》亦作涑。」（《大字典》有《大詞典》無）

62. 涇

④通「經」。《管子‧輕重戊》：「道四涇之水，（以）商九州之高。」郭沫若等集校：「（聞）一多案：『《度地篇》：水之出於山而流入於海者命曰經水，引於他水，入於大水及海者命曰枝水。……四涇之水，即四經之水，亦即四瀆也。』」又特指婦女月經。《素問‧調經論》：「形有餘則腹脹涇溲不利，不足則四支不用。」高保衡等新校正引楊上善云：「涇（有本）作經，婦人月經也。」（《大字典》有《大詞典》無）

63. 消

⑯通「逍」。參見「消遙」。【消遙】同「消搖」。悠閒自在貌。消，通「逍」。宋文瑩《玉壺清話》卷一：「李集賢建中，沖退喜道，處縉紳有消遙之風。」蒲

州梆子《歸宗圖》第三場：「是你吃酒闖禍，連累二老立斬金階，又調我夫妻進京，同吃一刀之罪，如今你反消遙法外。」（《大詞典》有《大字典》無）

⑰通「蕭」。參見「消條」。【消條】①猶蕭條。謂衰微。《醒世恒言・獨孤生歸途鬧夢》：「只因家事消條，受人侮慢，題下兩行大字在這橋柱上。」②冷落，淒清。《初刻拍案驚奇》卷五：「原來唐時天官謫貶甚是消條，親眷避忌，不十分肯與往來的，怕有朝廷不測，時時憂恐。」（《大詞典》有《大字典》無）

64. 淳

（四）zhèng　同「湼」。通。《集韻・靜韻》：「湼，通流也。或省。」《篇海類編・地理類・水部》：「淳，通也。」（《大字典》有《大詞典》無）

65. 浜

（二）bīn　同「濱」。《正字通・水部》：「浜，俗濱字。」清翟灝《通俗編・地理》：「潘之恒《半塘小志》謂吳音以濱為邦，俗作浜字。不知浜自在庚韻中，《廣韻》亦載，並未因濱轉也。」（《大字典》有《大詞典》無）

66. 涂

（一）tú

②道路。後作「途」。《釋名・釋道》：「涂，度也，人所由得通度也。」五代徐鍇《說文繫傳》卷二十一：「涂，《周禮》書塗路字如此，古無塗字，途，彌俗也。」《周禮・地官・遂人》：「百夫有洫，洫上有涂。」鄭玄注：「涂、道路。……涂，容乘車一軌，道容而軌。」《漢書・禮樂志・郊祀歌》：「大朱涂廣，夷石爲堂。」顏師古注：「涂，道路也。」清尤侗《老農》：「荒草滿溝塗，老農相對哭。」（《大字典》）

①道路。《周禮・地官・遂人》：「百夫有洫，洫上有涂。」鄭玄注：「徑、畛、涂、道、路，皆所以通車徒於國都也……涂容乘車一軌。」《考工記・匠人》：「經涂九軌，環涂七軌，野涂五軌。」鄭玄注引杜子春曰：「環涂，謂環城之道。」《荀子・正論》：「風俗之美，男女自不取於涂。」《漢書・禮樂志》：「大朱涂廣，夷石爲堂。」顏師古注：「涂，道路也。」清王鳴盛《蛾術編》卷二九：「凡道路即在城市中者，亦以田間之名名之。路小概名徑，路大概名涂。」（《大詞典》）

按：書證斷句不同。

③粉刷物品。後作「塗」。《說文·木部》:「杇,所以涂也。」段玉裁注:「涂者,飾牆也。」《篇海類編·地理類·水部》:「涂,飾也。」(《大字典》)

③塗抹;粉飾。《說文·木部》:「杇,所以涂也。」段玉裁注:「涂者,飾牆也。」參見「涂墍」。【涂墍】涂抹,涂飾。章炳麟《檢論·訂文》附錄《正名雜義》:「近世奏牘關移,語本直覈,純出史胥,其病猶少,而庸妄賓僚,謬施涂墍。」(《大詞典》)

除² chú

①通「除」。掃除。《荀子·禮論》:「蔔筮視日,齋戒脩涂。」梁啟雄注引王念孫曰:「涂,讀爲『除』。《周官·典祀》:『若以時祭祀,則帥其屬而脩除。』注:『脩除,芟埽之。』……作涂者,借字耳。」(《大詞典》有《大字典》無)

67. 浴

④通「俗」。《睡虎地秦墓竹簡·為吏之道》:「苛難留民,變民習浴。」(《大字典》有《大詞典》無)

68. 浛

(三) gān 同「淦」。水入船中。又水名。《集韻·覃韻》:「淦,水中舟隙謂之淦。一曰水名。或從含。」(《大字典》有《大詞典》無)

69. 流

㉖通「留」。參見「流滯」。【流滯】留滯;停留。流,通「留」。《韓詩外傳》卷三:「萬物羣來,無有流滯,以相通移。」許維遹集釋:「『流』與『留』古通。」宋曾鞏《送豐稷》詩:「嗟從薄祿困流滯,能誘鄙俗銷紛爭。」清曹寅《雨夕偶懷桐皋僧走筆得二十韻卻寄》:「流滯江東宦,窅擗空堂曉。」(《大詞典》有《大字典》無)

70. 浤

②同「泓」。《正字通·水部》:「浤,俗泓字。」清查慎行《廬山紀遊》:「淳浤作鏡,照人鬚眉皆碧者,綠水潭也。」(《大字典》有《大詞典》無)

71. 浪

浪¹ làng ⑨用同「踉」。參見「浪蹌」。【浪蹌】踉蹌。走路不穩,跌跌撞撞。《水滸傳》第三七回:「只見那個使槍棒的教頭從人背後趕將來,一隻手揪

住那大漢頭巾，一隻手提住腰胯，望那大漢肋骨上只一兜，浪蹌一交，顛翻在地。」《水滸傳》第三九回：「（宋江）再飲過數杯，不覺沉醉……浪浪蹌蹌，取路回營裏來。」（《大詞典》有《大字典》無）

72. 浸

浸¹　jìn　⑬通「潛」。參見「浸行」。【浸行】潛行；秘密出行。馬王堆漢墓帛書《十六經·觀》：「黃帝令力黑浸行伏匿，周留（流）四國，以觀其恒，善之以法。」（《大詞典》有《大字典》無）

浸²　qīn　②同「侵」。（1）觸犯；冒犯。《漢書·薛宣傳》：「《春秋》之義，意惡功遂，不免於誅，上浸之源不可長也。」顏師古注：「浸字或作『侵』。侵，犯也。」（2）侵犯。參見「浸₂淩」。【浸₂淩】侵犯欺淩。《反美華工禁約文學集·續論上海紳商集議美約事》：「使自有交涉以來，凡遇難端，華人皆能如是，則外患浸淩之病，當不至如今日。」（3）侵佔。參見「浸₂漁」。【浸₂漁】侵佔掠奪他人的財物。《資治通鑒·梁武帝大同十一年》：「牧守多浸漁百姓，使者干擾郡縣。」清杜濬《唐港耕人歌》：「汙萊重使遭浸漁，不如棄向黃河水。」清張杓《上楊侯陳善後事宜書》：「揆厥所由，大都承辦不力，兼有浸漁。」（《大詞典》有《大字典》無）

73. 淼

同「渺」。大水遼遠無際貌。《說文新附·水部》：「淼，大水也。或作渺。」《楚辭·九章·哀郢》：「當陵陽之焉至兮，淼南渡之焉如？」王逸注：「淼，涊，彌望無際極也。」《文選·左思〈吳都賦〉》：「爾其山澤則嵬嶷崱屴，嶾冥鬱嵂，潰渜泮汗，滇洄淼漫。」李善注引劉逵曰：「滇洄淼漫，山水闊遠無崖之狀。」唐王維《南垞》：「輕舟南垞去，北垞淼難即。」（《大字典》）

水廣大無際貌。《楚辭·九章·哀郢》：「當陵陽之焉至兮，淼南渡之焉如？」唐王維《南垞》詩：「輕舟南垞去，北垞淼難即。」宋方千里《掃花遊》詞：「更重江浪淼，易沈書素。」（《大詞典》）

74. 淩

③乘。也作「凌」。《楚辭·九章·哀郢》：「淩陽侯之汜濫兮，忽翱翔之焉薄。」王逸注：「淩，乘也。」明袁宗道《過黃河》詩：「一葉淩浩渺，沸波濺其上。（《大字典》）

①乘。《楚辭·九章·哀郢》:「淩陽侯之汎濫兮,忽翱翔之焉薄。」王逸注:「淩,乘也。」明袁宗道《過黃河》詩:「一葉淩浩渺,沸波濺其上。(《大詞典》)

⑥跨越;升登。也作「淩」。《呂氏春秋·論威》:「雖有江河之險則淩之。」高誘注:「淩,越也。」漢蔡邕《述行賦》:「登長坂以淩高兮,陟蔥山之嶔崟。」引申為超出。北魏楊衒之《洛陽伽藍記·景寧寺》:「禮樂憲章之盛,淩百王而獨高。」明余繼登《典故紀聞》卷九:「諸儒志續漢仲舒,豈直文采淩相如。」清魏源《書古微例言上》:「自非我國家經學昌明,軼唐淩宋,何以有是?」(《大字典》)

②越過;超越;升登。《呂氏春秋·論威》:「雖有江河之險則淩之。」高誘注:「淩,越也。」晉木華《海賦》:「飛駿鼓楫,汎海淩山。」唐劉長卿《送路少府使東京便應制舉》詩:「五言淩《白雪》,六翮向青雲。」清魏源《〈書古微〉例言上》:「自非我國家經學昌明,軼唐淩宋,何以有是?」(《大詞典》)

⑦侵犯;欺侮。也作「淩」。《篇海類編·地理類·水部》:「淩,犯也。」《管子·權修》:「上下淩節,而求百姓之尊主政令,不可得也。」郭沫若等集校引孫星衍云:「《群書治要》引作『下賤侵節』。」《史記·游俠列傳》:「至如朋黨宗彊比周,設財役貧,豪暴侵淩孤弱,恣欲自快,游俠亦醜之。」清紀昀《閱微草堂筆記·故妄聽之四》:「天下有強淩弱,無弱淩強。」(《大字典》)

③侵犯;欺侮。三國魏劉劭《人物志·材理》:「故善難者,徵之使還;不善難者,淩而激之。」晉葛洪《抱朴子·漢過》:「忠謇離退,姦凶得志,邪流溢而不可遏也,偽塗闢而不可杜也,以臻乎淩上替下,盜賊多有。」清俞正燮《癸巳類稿·緬甸東北兩路地形考》:「孟連欺古利宴孤弱,淩之。」(《大詞典》)

⑧冒著。也作「淩」。晉孫綽《登天臺山賦》:「八桂森挺以淩霜,五芝含秀而晨敷。」明余繼登《典故紀聞》卷十四:「軍夫接遞常以一二千計,淩冒風雨,送往迎來,艱苦萬狀。」清魏源《行路難十三首》之八:「淩霜竹箭傲雪梅,直與天地爭春回。」(《大字典》)

④冒著。晉孫綽《登天臺山賦》:「八桂森挺以淩霜,五芝含秀而晨敷。」明余繼登《典故紀聞》卷十四:「軍夫接遞常以一二千計,淩冒風雨,送往迎來,艱苦萬狀。」清顧炎武《顏神山中見橘》詩:「黃苞綠葉似荊南,立雪淩寒性自

甘。」清魏源《行路難》詩之八：「淩霜竹箭傲雪梅，直與天地爭春回。」（《大詞典》）

⑨用同「凌（lìng）」。積冰。唐賈島《冬夜》詩：「淩結浮萍水，雪和衰柳風。」清王士禎《淮上寄汪苕文金陵》詩：「黃河水淩高十丈，雪花如笠朔風吹。」（《大字典》）

⑤冰；積冰。馬王堆漢墓帛書甲本《老子·道經》：「渙呵其若淩澤。」唐賈島《冬夜》詩：「淩結浮萍水，雪和衰柳風。」清王士禎《淮上寄汪苕文金陵》詩：「黃河水淩高十丈，雪花如笠朔風吹。」（《大詞典》）

⑩戰慄。也作「凌」。《爾雅·釋言》：「淩，慄也。」郭璞注：「淩慄戰慄。」陸德明釋文：「樊光注作淩。」清桂馥《札樸·匡謬·淩》：「郭（注）意作㥄。」「《說文》無㥄字，正作淩……俗皆變從立心。」（《大字典》）

⑨通「㥄」。戰慄。《爾雅·釋言》：「淩，慄也。」郭璞注：「淩慄，戰慄。」刑昺疏：「淩，慄也。淩、㥄音義同。」王引之《經義述聞·爾雅中》：「郭曰：『淩慄，戰慄。』《釋文》曰：『案郭注意當作㥄。』《埤蒼》云：『㥄，慄也。』」（《大詞典》）

75. 淹

⑨用鹽浸漬食物。後作「醃」。《齊民要術·楊梅》：「《食經》藏楊梅法，擇佳完者一石，以鹽一斗淹之。」（《大字典》有《大詞典》無）

⑫用同「奄」。（1）氣息微弱；生命垂危。明無名氏《贈書記·男妝避選》：「怕我景逼桑榆，你歸來我命淹。」參見「淹淹①」、「淹淹一息」。【淹淹】①氣息微弱，瀕於死亡。明徐霖《繡襦記·得覓知音》：「我氣息淹淹難調理，應做他鄉鬼。」清阮旻錫《還家》詩：「病妻久臥牀，淹淹迫歲暮。」《儒林外史》第十七回：「太公淹淹在牀，一日昏聵的狠，一日又覺得明白些。」【淹淹一息】形容呼吸微弱，瀕於死亡。《儒林外史》第十五回：「馬二先生大驚，急上樓進房內去看，已是淹淹一息，頭也抬不起來。」（2）忽然，急遽。元尚仲賢《柳毅傳書》第二折：「忽的呵陰雲伏地，淹的呵洪水滔天。」參見「淹忽①」、「淹逝①」。【淹忽】①迅疾。清錢澄之《永安雜興》詩：「山城何所戀，淹忽十旬餘。」清劉大櫆《祭邵開府文》：「其在於今，日月淹忽，雖有母存，父已降割。」林如稷《將過去》一：「四時正在淹忽地代謝呢。【淹逝】①疾速

地過去。鄭澤《雜詩答鈍庵》之一：「會當淩風飛，日月任淹逝。（《大詞典》有《大字典》無）

⑬用同「腌」。（1）猶惡劣。元高文秀《遇上皇》第四折：「趙元酒性淹。」參見「淹唅」。【淹唅】醃臢，骯髒。元劉致《紅繡鞋·鞋杯》曲：「滶灧得些口兒潤，淋漉得拽根兒漕，更怕那口淹唅的展涴了。」（2）用鹽、香料等浸漬食物以利保藏。北魏賈思勰《齊民要術·楊梅》：「《食經》藏楊梅法，擇佳完者一石，以鹽一斗淹之。」明馬愈《馬氏日抄·回回香料》：「（阿魏根）味辛苦，溫無毒，主殺蟲，去臭，淹羊肉，香味甚美。」《元典章·戶部八·鹽課》：「其兩淮運司每引淹魚二千三十二觔，之兩浙多淹魚鯗一半。」（《大詞典》有《大字典》無）

按：浸漬食物，《大字典》同「醃」，《大詞典》同「腌」。

76. 涿

涿² zhuó ②通「燭」。陰器。《三國志·蜀志·周群傳》：「先主嘲之曰：『昔吾居涿縣，特多毛姓，東西南北皆諸毛也。』涿令稱曰：『諸毛繞涿居乎？』」章炳麟《新方言·釋形體》：「夫惟涿爲陰器，故毀陰曰椓……今江南運河而東皆謂陰器爲涿，舌上音從舌頭音，讀如督。」一說，通「屬」。陰竅。見楊樹達《積微居小學金石論叢·釋屬》。（《大詞典》有《大字典》無）

77. 渠

⑩通「巨」。大。《書·胤征》：「殲厥渠魁，脅從罔治。」孔傳：「渠，大。」《後漢書·光武帝紀上》：「光武復與（高湖、重連）大戰於蒲陽，悉破降之，封其渠帥為列侯。」李賢注：「渠，大也。」（《大字典》）

⑤大。亦指首領。元揭傒斯《故贈奉訓大夫滕州知州飛騎尉追封滕縣男文君墓銘》：「在昌國獲海寇數十。其渠言奉化州尚十餘人，具言某人居某所，歷歷可畫。」清魏源《聖武記》卷一：「長沙守將徐勇以兵三千當敵數萬，礮沉賊舟，斃其渠數人。」參見「渠魁」。【渠魁】大頭目；首領。《書·胤征》：「殲厥渠魁，脅從罔治。」孔傳：「渠，大。魁，帥也。」孔穎達疏：「『殲厥渠魁』，謂滅其元首，故以渠爲大，魁爲帥，史傳因此謂賊之首領爲渠帥，本原出於此。」宋陸游《董逃行》：「渠魁赫赫起臨洮，僵屍自照臍中膏。」《三國演義》第八八回：「孟獲乃南蠻渠魁，今幸被擒，南方便定；丞相何故放之？」粟戡時《湘路

案》:「又有言留日本鐵道學生焦達峯乃湖南會黨之渠魁者。」(《大詞典》)

按:《大字典》的通假似須再商榷。

渠² jù ②通「遽」。匆遽。參見「渠₂央」。【渠₂央】匆遽完結。渠,通「遽」。晉陶潛《讀〈山海經〉》詩之八:「方與三辰遊,壽考豈渠央?」宋王安石《送程公辟守洪州》詩:「使君謝吏趣治裝,我行樂矣未渠央。」明瞿佑《歸田詩話·廉夫詩格》:「願汝康強好眠食,百年歡樂未渠央。」(《大詞典》有《大字典》無)

78. 淺

(五)zàn 同「灒」。用污水揮灑。也指水濺到人身上。《集韻·換韻》:「灒,《說文》:『汙灑也。一曰水中人。』或作淺。」(《大字典》有《大詞典》無)

淺³ jiàn

②通「踐」。滅除;踐踏。銀雀山漢墓竹簡《孫臏兵法·見威王》:「武王伐紂;帝奄反,故周公淺之。」(《大詞典》有《大字典》無)

(三)jiàn ①〔淺淺〕猶「譾譾」,淺薄。《鹽鐵論·論誹》:「夫公卿處其位,不正其道,而從意阿邑順風,疾小人淺淺面從,以成人之過也。」《潛夫論·救邊》:「淺淺善靖,俾君子怠。」(《大字典》)

③通「譾」。參見「淺₃淺」。【淺₃淺】巧言貌。淺,通「譾」。漢桓寬《鹽鐵論·論誹》:「疾小人淺淺面從,以成人之過也。」張之象注:「淺、譾同字。」漢王符《潛夫論·救邊》:「淺淺善靖,俾君子怠。」汪繼培箋:「文十二年《公羊傳》作『惟譾譾善靖言』……淺淺並與『譾譾』同。」(《大詞典》)

79. 淲

(一)biāo 水流貌。後作「滮」。《說文·水部》:「淲,水流貌。從水,彪省聲。《詩》曰:『淲沱北流。』」段玉裁注:「淲,隸不省。」按:《詩·小雅·白華》作「滮池北流」,毛傳:「滮,流貌。」《集韻·幽韻》:「淲,或作滮。」(《大字典》)

①水流貌。參見「淲池」。【淲池】即滮池。古水名。《說文·水部》:「淲,水流貌。從水,彪省聲。《詩》曰:『淲池北流。』」池,一本作「沱」。按,今本《詩·小雅·白華》作「滮池」。南朝宋鮑照《芙蓉賦》:「單藍陽之妙手,測

滮池之光潔。」清侯方域《定鼎說》：「故天下大患，未嘗不始於西北。而建康乾符坤絡，世睒戎狄；粳稻滮池，馬無所馳；郵水透迤，車無所衝；草蔓淆濯，牧芻蕭寂。非天塹之險，艱於渡也。」參見「澎池」。（《大詞典》）

（三）hǔ　同「滸」。《龍龕手鑒・水部》：「滮」，「滸」的俗字。（《大字典》有《大詞典》無）

80. 淌

④用同「躺」。《二刻拍案驚奇》卷三：「（翰林）一淌淌下去，眠在枕頭上，呆呆地想了一回。」參見「淌₃板船」。【淌₃板船】即躺板船。一種專載客、走長途的船。《儒林外史》第二十回：「（匡超人）先包了一隻淌板船的頭艙，包到揚州。」（《大詞典》有《大字典》無）

81. 淦

（二）hán　同「浛（涵）」。沉沒。《集韻・覃韻》：「浛，《方言》：沈也。或作淦。」按：今本《方言》卷十作「涵」。唐柳宗元《晉問》：「凌嶒岏之杪顛，漱泉源之淦瀯。」童宗說：「淦，沈也。」又特指船沉沒。《篇海類編・地理類・水部》：「淦，船沒。」按：唐玄應《一切經音義》卷十六作「浛，船沒也。」

淦²　hán　沉沒。參見「淦₂瀯」。【淦₂瀯】沉沒、迴旋貌。唐柳宗元《晉問》：「凌嶒岏之杪顛，漱泉源之淦瀯。」（《大字典》有《大詞典》無）

82. 淫

⑯通「深」。清朱駿聲《說文通訓定聲・臨部》：「淫，叚借為深。」《列子・黃帝》：「因復指河曲之淫隈曰：彼中有寶珠，泳可得也。」敬順釋文：「淫，音深。」又《仲尼》：「子貢茫然自失，殷歸家淫思七日，不寢不食，以至骨立。」（《大字典》有《大詞典》無）

亦作「滛」。（《大詞典》有《大字典》無）

按：淫與滛的關係

83. 洀

（一）zhōu　①同「周」。圍繞。《玉篇・水部》：「洀，帀也。或作周。」（《大字典》有《大詞典》無）

（二）diāo　用同「凋」。明陶宗儀《輟耕錄》卷十九：「偶墮吸子於湖水中，百計求之，不可見。悒怏嘅嘆，形神為之洀枯。」（《大字典》有《大詞典》無）

84. �

（一）hū　同「溜」。青黑色。《集韻‧隊韻》：「溜，青黑色。隸作溜，或從忽。」（《大字典》有《大詞典》無）

（二）sè　同「澀」。《龍龕手鑒‧水部》：「浽，俗。」《大智度論》卷五十五：「餘一切智慧皆麤澀叵樂，故言微妙。」按：「澀」，聖本作「浽」。（《大字典》有《大詞典》無）

85. 涼

涼² liàng 亦作「凉」。

⑤通「諒」。參見「涼²陰」。【涼²陰】亦作「涼陰」。亦作「涼闇」。古代國君居喪之稱。一說為居喪之所，即喪廬。《漢書‧五行志中之下》：「劉向以爲殷道既衰，高宗承敝而起，盡涼陰之哀。」顏師古注：「涼，信也；陰，默也。言居喪信默，三年不言也。涼讀曰諒，一說，涼陰謂居喪之廬也。謂三年處於廬中不言。」《公羊傳‧文公九年》「則三年不忍當也」漢何休注：「子張曰：《書》云，高宗涼闇三年不言。」（《大詞典》有《大字典》無）

86. 液

（二）shì　同「醳」。浸泡。《集韻‧昔韻》：「液，漬也。或作醳。」《周禮‧考工記‧弓人》：「凡為弓，冬析幹而春液角，夏治筋，秋合三材。」鄭玄注引鄭司農曰：「液，讀為醳，亦是漬液之義，故讀從之也。」清段玉裁《說文解字注‧水部》：「液，鄭司農液讀為醳，謂重繹治之。」（《大字典》）

④浸漬。《周禮‧考工記‧弓人》：「凡為弓，冬析幹而春液角。」（《大詞典》）

87. 淬

⑦同「淨」。寒冷。《方言》卷十三：「淬，寒也。」郭璞注：「淬，猶淨也。」《廣雅‧釋詁四》「淬，寒也」清王念孫疏證：「淬與淨通。」

88. 浮

涪¹ fú　①通「浮」。參見「涪湛」。【涪湛】浮沉。湛，通「沈」。謂失意，不得志。清劉大櫆《〈馬湘靈詩集〉序》：「以湘靈之才，使其居於廟朝，正言謇諤，豈與夫世之此倡而彼應者同乎哉！奈何窘蹶涪湛，抱能不一施，遂爲山澤之臞以老也。」（《大詞典》有《大字典》無）

89. 淤

⑤同「瘀」。血液凝滯不通。《紅樓夢》第三四回：「晚上把這藥用酒研開，替他敷上，把那淤血的熱毒散開，就好了。」（《大字典》）

④滯塞，不流通。參見「淤血」、「淤洳」。【淤血】血液凝滯不通。亦指凝聚不流通的血。《紅樓夢》第三四回：「晚上把這藥用酒研開，替他敷上，把那淤血的熱毒散開，就好了。」【淤洳】壅塞。清黃景仁《泥塗歎》詩：「前途更淤洳，欲鏟無巨鐵。」（《大詞典》）

90. 淡

（二）yàn　同「灩」。《集韻‧琰韻》：「灎，瀲灎，水滿皃。或作淡。」《文選‧宋玉〈高唐賦〉》：「濞洶洶其無聲兮，潰淡淡而並入。」李善注：「淡，安流平滿貌。」（《大字典》有《大詞典》無）

91. 淙

（二）shuàng　2同「漴」。漬；灌。《廣雅‧釋詁二》：「淙，漬也。」《集韻‧絳韻》：「漴，水所衝也。通作淙。」《六書故‧地理三》：「淙，水衝沃也。」《文選‧郭璞〈江賦〉》：「出信陽而長邁，淙大壑與沃焦。」李善注引《玄中記》曰：「天下之大者，東海之沃焦焉，水灌之而不已。」王念孫《讀書雜誌‧餘編下》引此云：「淙者，灌也，言江水東流入海，灌大壑與沃焦也。」（《大字典》）

淙² shuàng　灌注；衝擊。晉郭璞《江賦》：「出信陽而長邁，淙大壑與沃焦。」王念孫《讀書雜誌餘編下‧文選》：「淙者，灌也，言江水東流入海，灌大壑與沃焦也。」唐元結《訂司樂民》：「偶有懸水淙石，泠然便耳。」（《大詞典》）

92. 涴

（一）wò　同「污」。污染；弄髒。《廣韻‧過韻》：「涴，泥著物也。亦作污。」唐杜甫《虢國夫人》詩：「卻嫌脂粉涴顏色，淡掃蛾眉朝至尊。」元喬吉《雙調‧殿前歡‧里西瑛號懶雲窩自敘有作奉和》：「風月詩分破，富貴塵沾涴。」魯迅《集外集‧無題》：「洞庭木落楚天高，眉黛猩紅涴戰袍。」（《大字典》）

涴³ wò　污染；弄髒。唐杜甫《虢國夫人》詩：「卻嫌脂粉涴顏色，淡掃

蛾眉朝至尊。」元戴善夫《風光好》第一折:「這一堵素光白壁,誰寫字在上頭,涴了這壁子。」清錢謙益《送南昌丁景呂序》:「吾童稚時,抛磚涴壁之餘,猶爲人矜重如此。」郁達夫《木曾川看花》詩:「阻風中酒年年事,襟上脂痕涴淚痕。(《大詞典》)

93. 淈

(二)hù 同「㲹」。水貌。《集韻·沒韻》:「㲹,水皃。或從屈。」(《大字典》有《大詞典》無)

94. 湊

⑦通「走」。奔赴;趨附。清朱駿聲《說文通訓定聲·需部》:「湊,叚借為走。」《玉篇·水部》:「湊,競進也。」《公羊傳·昭公三十一年》:「賊至,湊公寢而弒之。」《淮南子·精神》:「衰世湊學,不知原心反本,直雕琢其性,矯拂其情,以與世交。」高誘注:「湊,趨也,趨其莫不脩稽古之典,苟微名號耳,故曰不知原心反本也。」宋岳珂《桯史》卷二:「上親按鞠折旋稍久,馬不勝勘,逸入廡閒,簪甚低,觸於楣俠,陛驚嘑失色,亟奔湊,馬已馳而過。」(《大字典》)

②趨;奔赴。《公羊傳·昭公三十一年》:「賊至,湊公寢而弒之。」《戰國策·燕策一》:「樂毅自魏往,鄒衍自齊往,劇辛自趙往,士爭湊燕。」《漢書·揚雄傳上》:「上乃帥羣臣橫大河,湊汾陰。」顏師古注:「湊,趣也。」《三國志·魏志·王昶傳》:「昔孫臏救趙,直湊大樑。」(《大詞典》)

⑤通「輳」。車輪的輻集中於轂上。《淮南子·主術訓》:「百官備同,羣臣輻湊。」《北宮詞紀·粉蝶兒·題集翠樓》:「水如環,山如湊,四周俱有,八面交浮。」(《大詞典》有《大字典》無)

95. 湛

(三)tán ①水潭。後作「潭」。《管子·輕重戊》:「夏人之王,外鑿二十虻,韘十七湛,疏三江,鑿五湖,道四涇之水,以商九州之高,以治九藪,民乃知城郭門閭室屋之築,而天下化之。」鄒漢勛《讀書偶識》:「虻,同宀。沈、湛、潯、潭,古通字。韘,同渫。」清毛奇齡《王君墓誌銘》:「重得彷舊事,放燈船於汪園湛中。」(《大字典》有《大詞典》無)

(四)zhàn ⑨通「憺」。安定。《隸釋·漢冀州從事張表碑》:「恬靜湛泊,

匡偟時榮。」（《大字典》）

湛 ² zhàn　⑩見「湛₂泊」。【湛₂泊】淡泊；恬淡寡欲。《隸釋·漢冀州從事張表碑》：「恬靜湛泊，匡偟時榮。」（《大詞典》）

（八）yín　同「霪（淫）」。久雨。《集韻·侵韻》：「霪，久雨為霪。或作湛。通作淫。」《論衡·明雩》：「變復之家，以久雨爲湛，久暘爲旱。」（《大字典》）

湛 ⁵ yín　①多雨；久雨。漢王充《論衡·命祿》：「然則或時溝未通而遇湛，薪未多而遇虎。」又《明雩》：「變復之家，以久雨爲湛，久暘爲旱。旱應亢陽，湛應沈溺。」（《大詞典》）

96. 渫

（三）zhá　②把食物放在沸水中涮熟。也作「煤」。《齊民要術·種胡荽》：「作胡荽葅法：湯中渫出之。」又：「作里葅者，亦須渫去苦汁，然後乃用之矣。」（《大字典》）

渫 ³ zhá　在沸水中煮。北魏賈思勰《齊民要術·種胡荽》：「作胡荽葅法：湯中渫出之，著大甕中，以暖鹽水經宿浸之。」石聲漢注：「在沸水中煮叫『渫』，在沸油中煎叫『煤』。」（《大詞典》）

（四）yì　同「澟」。蒸蔥。也作「渜」。《集韻·祭韻》：「澟，烝蔥。或省。」《禮記·曲禮上》：「蔥渜處末，酒漿處右。」阮元校勘記：「《釋文》出『蔥渫』。案：渫，本字；渜，唐人避諱字。」（《大字典》）

渫 ⁴ yì　蒸蔥。《禮記·曲禮上》「蔥渜處末」清阮元校勘記：「《釋文》出『蔥渫』。案：渫，本字；渜，唐人避諱字。」（《大詞典》）

97. 渣

①同「溠」。水名。《廣韻·麻韻》：「溠，水名，出義陽。渣，溠同。」（《大字典》有《大詞典》無）

98. 湎

④通「偭」。背。《晏子春秋·諫上》：「晏公飲酒酣，曰：『今日願與諸大夫為樂飲，請無為禮。』晏子蹴然改容曰：『君之言過矣！羣臣固欲君之無禮也。力多足以勝其長，勇多足以弒君，而禮不使也……禮不可無也。』公湎而不聽。」俞樾平議：「公聞晏子言而不樂，故背之而不聽耳。偭、湎同聲。」（《大字典》有《大詞典》無）

②用同「緬」。遠。南朝宋謝靈運《種桑》詩：「曠流始毖泉，涵塗猶跬跡。」（《大詞典》有《大字典》無）

99. 測

⑪通「側」。隱伏。《詩・大雅・常武》：「緜緜翼翼，不測不克。」馬瑞辰通釋：「測當爲側之叚借。《淮南子・原道篇》：『側谿谷之間。』高注：『側，伏也。』不側者，謂其師不隱伏也。」（《大詞典》有《大字典》無）

100. 湯

湯² tàng

⑧用同「淌」。元吳昌齡《東坡夢》第一折：「我這等和尚有什麼佛做，熬得口裏清水拉拉的湯將出來。」（《大詞典》有《大字典》無）

⑨用同「趟」。參見「湯₂湯兒」。【湯₂湯兒】猶言趟趟兒。每次。《醒世姻緣傳》第五七回：「可不這天老爺近來更矮，湯湯兒就是現報。」《醒世姻緣傳》第八三回：「這京官湯湯兒就遇著恩典，貤封兩代，去世的親家公親家母都受七品的封。」（《大詞典》有《大字典》無）

101. 溫

溫² yùn ②通「慍」。惱怒。銀雀山漢墓竹簡《孫子兵法・火攻》：「主不可以怒興軍，將不可以溫戰。」（《大詞典》有《大字典》無）

102. 渴

（三）kài 同「愒」。貪。《集韻・夳韻》：「愒，貪也。或從水。」（《大字典》有《大詞典》無）

103. 湫

湫³ qiū ④通「愁」。《左傳・昭公十二年》：「南蒯之將叛也，其鄉人或知之，過之而歎，且言曰：『恤恤乎，湫乎攸乎！』」杜預注：「湫，愁隘。」孔穎達疏：「湫是湫隘，故以湫爲愁隘之意也。」俞樾《群經平議・左傳三》：「湫即愁之假字。《春秋繁露・陽尊陰卑篇》曰：『湫者悲憂之狀也。』是湫與愁同義。杜訓湫爲愁，已得其解，乃因其字是湫隘之湫，又加隘字以足之，則反失之矣。」參見「湫₃湫」。【湫₃湫】悲憂貌。湫，通「愁」。漢董仲舒《春秋繁露・陽尊陰卑》：「春之爲言猶偆偆也，秋之爲言猶湫湫也。偆偆者喜樂之貌也，湫湫者憂悲之狀也。」（《大詞典》有《大字典》無）

104. 溲

溲² sōu⁴（又讀 sǒu）「醙」的古字。參見「溲₂酒」。【溲₂酒】即醙酒。陳白酒。《儀禮·士虞禮》：「嘉薦普淖，普薦溲酒。」鄭玄注：「今文『溲』爲『醙』。」清鳳韶《鳳氏經說·儀禮·溲酒》：「溲酒：溲，當即《聘禮》之醙，醙酒，昔酒也，酒之久而白者。」（《大詞典》有《大字典》無）

105. 湟

（二）kuàng　同「況」。《集韻·漾韻》：「況，《說文》：『寒水也。』一曰益也，矧也，譬也，亦姓也。或作湟。」（《大字典》有《大詞典》無）

106. 渝

④通「愉」。《詩·大雅·板》：「敬天之渝，無敢馳驅。」馬瑞辰通釋：「《爾雅·釋言》：『渝，變也。』蓋釋《詩》『捨命不渝』，非釋《詩》『敬天之渝』。『渝』與『怒』對文，當讀爲愉。《唐風》：『他人是愉。』毛傳：『愉，樂也。』喜、樂義近，『敬天之愉』，猶云敬天之喜，作『渝』者叚借字也。」（《大詞典》有《大字典》無）

⑤通「窬」。空虛。《老子》：「建德若偷，質真若渝。」高亨正詁：「渝借爲窬，《說文》：『窬，空中也。』《淮南子·氾論篇》：『乃爲窬木方版以爲舟航。』高注：『窬，空也。』質德若渝，猶言實德若虛耳。」（《大詞典》有《大字典》無）

⑥通「隃」。地名用字。參見「渝糜墨」。【渝糜墨】即隃糜墨。隃糜，漢縣名，屬右扶風。以產墨聞名。《初學記》卷二一引漢蔡質《漢官》：「尚書令僕丞郎，月賜渝糜大墨一枚，小墨一枚。」（《大詞典》有《大字典》無）

⑦通「偷」。苟且。《墨子·非樂上》：「湛濁於酒，渝食於野。」孫詒讓間詁：「渝當讀爲『偷』，同聲叚借字。《表記》鄭玄注云：『偷，苟且也。』謂苟且飲食於野外燕遊之所。」（《大詞典》有《大字典》無）

107. 渢

渢² féng　①（又讀 fàn）同「汎」。飄浮。明何景明《告咎文》：「鬱氣溼沵，迅颷渢兮。」清錢大昕《廿二史考異·史記四》：「《說文》無『渢』字，蓋即汎之異文。」（《大詞典》有《大字典》無）

108. 凊

（二）qìng 同「凊」。冷。《類篇・水部》：「凊，冷也。吳人謂之凊。凊亦作凊。」《世說新語・排調》：「劉真長始見王丞相，時盛暑之月，丞相以腹熨彈棊局，曰：『何乃凊？』」劉孝標注：「吳人以冷爲凊。」宋程大昌《演繁露・凊》：「今鄉俗狀涼冷之狀者曰冷凊凊。」（《大字典》）

凊² qìng 方言。冷。南朝宋劉義慶《世說新語・排調》：「劉真長始見王丞相，時盛暑之月，丞相以腹熨彈棊局，曰：『何乃凊！』劉既出，人問見王公云何，劉曰：『未見他異，唯聞作吳語耳。』」劉孝標注：「吳人以冷爲凊。」宋程大昌《演繁露・凊》：「今鄉俗狀涼冷之狀者曰冷凊凊，即真長之謂吳語也乎？」（《大詞典》）

109. 淳

（二）tīng 同「汀」。水邊平地。《集韻・青韻》：「汀，《說文》『平也』。謂水際平地。或從亭。」（《大字典》有《大詞典》無）

110. 渡

④同「度」。過去。《廣雅・釋詁二》：「渡，去也。」王念孫疏證：「渡者，《九歎》『年忽忽而日度』注云：『度，去也。』」（《大字典》有《大詞典》無）

111. 游

⑧通「蝣」。《大戴禮記・夏小正》：「浮游者，渠略也。」王聘珍解詁：「《爾雅》曰：『蜉蝣，渠略。』」《淮南子・詮言訓》：「龜三千歲，浮游不過三日。」（《大詞典》有《大字典》無）

⑨通「淫」。（1）逸樂。《呂氏春秋・誣徒》：「達師之教也，使弟子安焉、樂焉、休焉、游焉、肅焉、嚴焉。」陳奇猷校釋：「遊假爲『淫』，逸也。」又《貴直》：「其幹戚之音，在人之遊。」（2）發情。參見「遊牝」。【遊牝】發情的母畜。《逸周書・月令》：「遊牝別其群，則縶騰駒，班馬正。」《呂氏春秋・季春》：「是月也，乃合纍牛騰馬遊牝於牧。」陳奇猷校釋：「案『遊』與『淫』通……淫，即今所謂發情。」宋文瑩《玉壺清話》卷三：「每歲仲春，縱遊牝於燕山，孕，歸於櫪，任其自產，其種必渥窪也。」（《大詞典》有《大字典》無）

112. 湔

（二）zàn　同「灒」。《集韻·換韻》:「灒,《說文》:『汙灑也。一曰水中人。』或作湔。」(《大字典》有《大詞典》無)

（三）zhǎn　同「琖(盞)」。《集韻·產韻》:「琖,玉爵也。亦作湔。」(《大字典》有《大詞典》無)

113. 滋

（一）zī　⑩通「茲」。清朱駿聲《說文通訓定聲·頤部》:「滋,叚借為茲,實為茲之誤字。」《左傳·哀公八年》:「武城人或有因於吳竟田焉,拘鄮人之漚菅者,曰:『何故使吾水滋?』」杜預注:「滋,濁也。」陸德明釋文:「滋音玄,本亦作茲,子絲反,《字林》云『黑也』。」《史記·屈原賈生列傳》:「濯淖汙泥之中,蟬蛻於濁穢,以浮游塵埃之外,不獲世之滋垢,皭然泥而不滓者也。」《儒林外史》第五十五回:「那日大雪裏,走到一個朋友家,他那一雙稀爛的蒲鞋,踹了他一書房的滋泥。」(《大字典》有《大詞典》無)

（二）cí　同「濨」。古水名。《集韻·之韻》:「濨,水名,在定州。旱則竭。或從茲。」(《大字典》有《大詞典》無)

⑫通「慈」。慈愛;體恤。《國語·齊語》:「修舊法,擇其善者而業用之;遂滋民,與無財,而敬百姓,則國安矣。」王引之《經義述聞·國語上》:「滋當讀為慈。慈者,愛也,邮也……作滋者,假借字耳。《管子·小匡篇》作『慈於民,予無財』是其證。」(《大詞典》有《大字典》無)

114. 渥

（三）wū　②遮蓋住或封閉起來。也作「摀」。《紅樓夢》第十九回:「令人取藥來煎好,剛服下去,命他蓋上被窩渥汗。」《陝北民歌·父子攬工》:「腳手凍的一齊木,進門脫鞋炕上渥。」(《大字典》)

渥³ wū　①用同「焐」。用熱的東西接觸涼的使變暖。《紅樓夢》第五一回:「一面又見晴雯兩腮如胭脂一般,用手摸一摸,也覺冰冷。寶玉道:『快進被來渥渥罷。』」《陝北民歌·父子攬工》:「腳手凍的一齊木,進門脫鞋炕上渥。」(《大詞典》)

115. 溝

（二）gǎng　同「港」。江河的支汊。《集韻·講韻》:「港,水分流也。或作

溝。」（《大字典》有《大詞典》無）

116. 漭

④用同「莽」。參見「漭鹵」。【漭鹵】馬虎，輕率。漭，用同「莽」。《敦煌變文集·妙法蓮華經講經文》：「奉事仙人，心不漭鹵。」（《大詞典》有《大字典》無）

117. 漠

⑨通「謨」。謀劃。《爾雅·釋詁上》：「漠，謀也。」郭璞注：「皆見《詩》。」郝懿行義疏：「漠者，『莫』之叚音也。《詩》：『聖人莫之。』毛傳：『莫，謀也。』……《釋文》：『漠，孫音莫，舍人云：心之謀也。』《詩·巧言》釋文：『莫又作漠，一本作謨』」（《大字典》有《大詞典》無）

118. 滇

（二）tián ③用同「填」。《字彙補·水部》：「滇，與填塞之填同。」明楊慎《丹鉛雜錄·滇字三音》：「《杜預傳》：『滇淤之田，畝收數鍾。』此『滇』字又音填塞之填。」按：今《晉書·杜預傳》未見此語。（《大字典》有《大詞典》無）

119. 㮣

（二）rú 同「濡」。《字彙補·水部》：「㮣，《古歸藏易》需卦作『㮣』字，同『濡』也。見《楊氏古音附錄》。」（《大字典》有《大詞典》無）

③通「縟」。參見「㮣露」。【㮣露】繁多的露水。㮣，通「縟」。南朝宋謝莊《宋孝武帝哀策文》：「㮣露飛甘，舒雲結慶。」隋煬帝《晚春》詩：「唯當關塞者，㮣露方霑衣。」唐王勃《益州德陽縣善寂寺碑》：「晨光轉卉，翻寶字之龍花；㮣露低枝，蕩真文於貝葉。」（《大詞典》有《大字典》無）

120. 濕

⑤通「㬠」。乾燥。《詩·王風·中谷有蓷》：「中谷有蓷，嘆其濕矣。」王引之《經義述聞·毛詩上》：「此『濕』與水濕之『濕』異義，濕亦且乾也。《廣雅》有㬠字，云曝也。《眾經音義》引《通俗文》曰：『欲燥曰㬠。』《玉篇》：『㬠，邱立切，欲乾也。』古字假借，但以濕為之耳。」（《大詞典》有《大字典》無）

121. 湏

（二）yǔn　②同「磒（隕）」。墜落。《集韻·準韻》:「磒,《說文》:『落也。』引《春秋傳》:『磒石于宋五。』通作湏。」（《大字典》有《大詞典》無）

122. 溷

（一）hùn　⑦同「圂」。1. 廁所;糞坑。《釋名·釋宮室》:「廁,或曰溷,言溷濁也。」畢沅疏證:「《一切經音義》引作『圂』。」《後漢書·黨錮傳·李膺》:「時宛陵大姓羊元羣罷北海郡,臧罪狼藉,郡舍溷軒有奇巧,乃載之以歸。」李賢等注:「溷軒,廁屋。」《齊民要術·種麻子》:「無蠶矢,以溷中熟糞糞之亦善,樹一升。」《聊齋誌異·靈官》:「靈官追逐甚急。至黃河上,瀕將及矣。大窘無計,竄伏溷中。」2. 豬圈。《論衡·吉驗》:「北夷橐離國王,侍婢有娠,王欲殺之……後產子,捐於豬溷中,豬以口氣嘘之不死;復徙置馬欄中,欲使馬藉殺之。」（《大字典》）

溷² hùn　⑦廁所。《釋名·釋宮室》:「廁,雜也……或曰溷,言溷濁也。」《晉書·文苑傳·左思》:「遂構思十年,門庭藩溷皆著筆紙,遇得一句,即便疏之。」《新唐書·忠義傳下·黃碣》:「抵溷中,夷其家百口,坎鏡湖之南同瘞焉。」清和邦額《夜譚隨錄·張五》:「汝起點燈,我暫出解手便轉也,乃啟門至衖內,方欲登溷,忽有二人過其前。」⑧圈,養牲畜禽獸之處。漢王充《論衡·吉驗》:「我故有娠,後產子,捐於豬溷中。」（《大詞典》）

123. 準

（一）zhǔn　⑯鼻子。《史記·秦始皇本紀》:「秦王為人,蜂準,長目。」張守節正義引文穎曰:「準,鼻也。」三國魏嵇康《答釋難宅無吉凶攝生論》:「若挾顏狀,則英布黥相,不減其貴;隆準見劓,不減公侯之標。」清紀昀《閱微草堂筆記·灤陽消夏錄五》:「所蓄犬忽人立怒號,兩爪抱持齧婦面,裂其鼻準,併盲其一目。」

（二）zhuó　通「頔」。顴骨。《廣韻·薛韻》:「準,應劭云:『準,頰權準也。』」《漢書·高帝紀》:「高祖為人,隆準而龍顏。」清俞樾《曲園雜纂》三十一:「準字本有二說:從服（虔）音應（劭）說,則準者頔之叚字,頰權頔也,其音當讀拙;從李（斐）說文（穎）音,則準者鼻也,其音當讀準的之準。兩音兩義,判然不同……今治《漢書》者,皆從李說以為鼻,而或從服音讀拙,

此大謬也。《玉篇·頁部》:『頤,之劣切。漢高祖隆頤龍顏。』疑古本《漢書》自有作頤者。服音應說必有所本,師古非之,殆未審也。」《清朝野史大觀·清朝藝苑·江左三鳳皇》:「宜興陳其年檢討少清臞,冠而於思(腮),鬚浸淫及顴準,士友號為陳髯。」(《大字典》)

⑰鼻子。《史記·高祖本紀》:「高祖為人,隆準而龍顏,美須髯,左股有七十二黑子。」司馬貞索隱引李斐曰:「準,鼻也。始皇蜂目長準,蓋鼻高起。」《金瓶梅詞話》第二九回:「承漿地閣要豐隆,準乃財星居正中。」清魏源《聖武記》卷六:「(俄羅斯人)面白微頰,高準,采鬢髯,紅氈帽,油韡。」(《大詞典》)

124. 澉

①同「濦」。水名。《玉篇·水部》:「澉,水。」《集韻·欣韻》:「濦,《說文》:『水出潁川陽城少室山,東入潁。』或從殷。」(《大字典》)

同「灅」。水名。出河南省登封縣少室山,東流入潁水。《宋書·張暢傳》:「(程天祚)近於汝陽身被九創,落在澉水,我手牽而出之。」唐柳宗元《平淮夷雅》:「皇耆其武,於澉於淮。」《說文·水部》「濦」清段玉裁注:「其字一變為『灅』,再變為『澉』。」(《大詞典》)

125. 溪

①山間的小河溝。本作「谿」。《玉篇·水部》:「溪,溪澗。」《集韻·齊韻》:「谿,《說文》:『山瀆無所通也。』或從水。」《漢書·司馬相如傳上》:「振溪通谷,蹇產溝瀆。」唐杜甫《玉華宮》:「溪迴松風長,蒼鼠竄古瓦。」《水滸傳》第三十四回:「爬得上岸的,盡被小嘍囉撓鈎搭住,活捉上山去了;爬不上岸的盡淹死在溪裏。」柳杞《黃土嶺戰地舊景》:「黃土嶺是個普通山村,坐落在山谷的石台上,背面是一條清如明鏡的山溪。」又泛指小河溝。《廣韻·齊韻》:「谿《爾雅》曰:『水注川曰谿。』溪、谿同。」宋辛棄疾《鷓鴣天·代人賦》:「城中桃李愁風雨,春在溪頭薺菜花。」《紅樓夢》第五回:「但見朱欄玉砌,綠樹清溪,真是人跡不逢,飛塵罕到。」(《大字典》)

①山間小河溝。《左傳·隱公三年》:「澗、溪、沼、沚之毛……可薦於鬼神,可羞於王公。」漢司馬相如《上林賦》:「振溪通谷,蹇產溝瀆。」《水滸傳》第四三回:「李逵聽得溪澗裏水響,聞聲尋將去,盤過了兩三處山腳,到得那澗邊

看時，一溪好水。」亦泛指小河溝。唐溫庭筠《河傳・湖上》詞：「若耶溪，溪水西，柳堤。不聞郎馬嘶。」宋辛棄疾《鷓鴣天・戲題村舍》詞：「新柳樹，舊沙洲。去年溪打那邊流。」亦指小路小徑。參見「溪徑」。【溪徑】小路。引申謂途徑。明唐順之《與兩湖書》：「每一抽思，了了如見古人爲文之意，乃知千古作家別自有正法眼藏在，蓋其首尾節奏，天然之度，自不可茇而得意於筆墨溪徑之外，則惟神解者而後可以語。」（《大詞典》）

126. 溜

（三）liú　積留。也作「留」。《戰國策・韓策一》：「段規謂韓王曰：『分地必取成皋。』韓王曰：『成皋，石溜之地也，寡人無所用之。』」《文選・左思〈魏都賦〉》「林藪石留而蕪穢」唐李善注引張載曰：「喻土地多石，猶人物之有留結也。一曰壤漱而石也。或作溜字。」（《大字典》）

溜¹　liù　流；淌。《戰國策・韓策一》：「段規謂韓王曰：『分地必取成皋。』韓王曰：『成皋，石溜之地也，寡人無所用之。』」吳師道補注：「溜，言多山石，水所溜也。」《文選・左思〈魏都賦〉》「林藪石留而蕪穢」晉張載注：「喻土地多石，猶人物之有留結也。一曰：壤漱而石也。或作溜字。」南朝陳徐陵《山齋》詩：「砌水何年溜，簷桐幾度春。唐無可《禪林寺》詩：「遠泉和雪溜，幽磬帶松聞。」清厲鶚《普天樂・春水》曲：「雪初消，波微溜。」魯風紅路《戰猶酣・山村的早晨》詩：「一夜大雨沒住溜，漲了小河平了溝。」（《大詞典》）

127. 溓

⑥同「濂」。水名。《古今韻會舉要・鹽韻》：「溓，水名。或作濂。」（《大字典》有《大詞典》無）

（六）lín　同「濂」。《集韻・侵韻》：「濂，《說文》：谷也。『一曰寒也。一曰濂濂，雨也。』或從兼。」《正字通・水部》：「溓，寒也。」（《大字典》有《大詞典》無）

128. 溶

⑤通「容」。（1）見「溶與」。【溶與】遲緩不進貌。《楚辭・遠遊》：「屯餘車之萬乘兮，紛溶與而並馳。」王逸注：「車騎籠茸而競驅也。」（2）容貌。《韓非子・揚權》：「聽言之道，溶若甚醉。」俞樾平議：「此『溶』字當爲『容』，言其容有似乎醉也。」（《大詞典》有《大字典》無）

⑦通「搈」。動搖。《韓非子・揚權》:「動之溶之,無爲而改之。」陳奇猷集釋引劉文典曰:「溶、搈古通用。《淮南子・原道篇》:『動溶無形之域』,《俶真篇》:『動溶於至虛』,字並作溶,不煩改字也。」唐李商隱《河陽詩》:「黃河搖溶天上來,玉樓影近中天臺。」(《大詞典》)

⑤動;搖動。《韓非子・揚權》:「動之溶之,無爲而改之。」俞樾平議:「此溶字當為搈。《說文・手部》:『搈,動搈也。』『動之溶之』,即『動之搈之』也。」唐李商隱《河陽詩》:「黃河搖溶天上來,玉樓影近中天臺。」(《大字典》)

129. 滓

③用同「汁」。《中國歌謠資料・福建歌謠・五隻香囊》:「行到灶前毛器具,目滓流落拭賣干。」原注:「目滓,眼淚。滓當『汁』之聲轉。」(《大字典》有《大詞典》無)

130. 潢

(三) guāng 同「洸」。《集韻・唐韻》:「洸,《說文》『水涌光也。』引《詩》:『有洸有潰。』或作潢。」(《大字典》有《大詞典》無)

131. 瞞

瞞[2] mèn ③用同「們」。宋沈端節《洞仙歌》詞:「琴心傳密意,唯有相如,失笑他瞞恁撩亂。」按,他瞞,即他們。參閱張相《詩詞曲語辭匯釋》卷六「懣」字條。(《大詞典》有《大字典》無)

132. 漸

⑬(草木)滋長。也作「蕲」。《書・禹貢》:「(徐州)厥土赤埴墳,草木漸包。」孔傳:「漸,進長;包,叢生。」孔穎達疏引郭璞曰:「漸苞謂長進叢生。」陸德明釋文:「漸,如字。本又作蕲。《字林》:才冉反。草之相包裹也。」(《大字典》)

⑨成長;滋長。《孔叢子・嘉言》:「子張曰:『女子必漸乎二十而後嫁,何也?』」《文選・謝靈運〈酬從弟惠連〉詩》:「山桃發紅萼,野蕨漸紫苞。」李善注:「《尚書》曰:『草木漸苞。』孔安國曰:『漸,進長。』」唐元稹《冊文武孝德皇帝赦文》:「六十有七年兵革大試,其事何哉?據逸安而易萌漸也。」參見「漸包」。【漸包】亦作「漸苞」。不斷滋長;叢生。《書・禹貢》:「厥土赤埴

墳，草木漸包。」孔傳：「漸，進長；包，叢生。」陸德明釋文：「包，必茅反。字或作苞。」孔穎達疏引孫炎曰：「物叢生曰苞。」晉左思《蜀都賦》：「紅葩紫飾，柯葉漸苞。」（《大詞典》）

⑰用同「慚」。參見「漸惡」。【漸惡】猶慚愧。漸，用同「慚」。《續資治通鑑・宋高宗建炎三年》：「傅面頸發赤，漸惡不語，回顧正彥。」清昭槤《嘯亭雜錄・友愛昆仲》：「王漸惡病發，上往視疾，執手痛曰：『朕以汝年少，故稍如拭拂以格汝性，何期汝愧惡之若此？』」沈從文《一個女劇員的生活》：「女人們心中都有所漸惡，而拍掌遮掩了自己的弱點。」（《大詞典》有《大字典》無）

133. 漙

（二）zhuān　同「湍」。水名。《集韻・僊韻》：「湍，水名，出酈縣。或從專。」（《大字典》有《大詞典》無）

134. 漚

漚¹　òu　7用同「嘔」。參見「漚泄」。【漚泄】嘔吐腹瀉。唐柳宗元《愚溪對》：「予聞閩有水，生毒霧厲氣，中之者，溫屯漚泄，藏石走瀨。」（《大詞典》有《大字典》無）

135. 漂

（四）biāo　②通「標」。杪，末梢。《戰國策・齊策三》：「象牀之直千金，傷此若髮漂，賣妻子不足償之。」明張岱《陶庵夢憶・天臺牡丹》：「有侵花至漂髮者，立致奇祟。」（《大字典》）

漂¹　piāo　⑨通「杪」。微細。《戰國策・齊策三》：「象牀之直千金，傷此若髮漂，賣妻子不足償之。」王念孫《讀書雜誌・戰國策一》：「今案：漂讀為杪，髮杪皆言其微細也。《說文》：『杪，禾芒也。』字或作穮，又作藨，通作翲，又通作票……皆杪之異文耳。」（《大詞典》）

136. 滸

（二）hǔ　同「汻」。水邊。《集韻・姥韻》：「汻，《說文》：『水厓也。』或作滸、滸。」（《大字典》有《大詞典》無）

137. 漯

（三）lěi

①同「灤」。古水名。發源於山西省代縣，上游為桑干河，下游為永定河。《集韻・旨韻》：「㶟，水名，出鴈門。或作灅。」(《大字典》有《大詞典》無)

②同「灅」。古水名。源出河北省遵化市北，今名沙河。《類篇・水部》：「㶟，水出右北平浚靡，東南入庚。」按：《說文・水部》作「灅」。《漢書・地理志下》右北平郡俊靡下云：「灅水南至無終東入庚。」《水經注・鮑丘水》亦作灅水。(《大字典》有《大詞典》無)

138. 潰

③用同「噴」。噴濺。《金瓶梅詞話》第四六回：「不防火盆上，坐著一錫瓶酒，推倒了，那火烘烘望上騰起來，潰了一地灰起去。」又：「只當兩個把酒推倒了纔罷了，都還嘻嘻哈哈，不知笑的是甚麼，把火也潰死了，平白落了一恁一頭灰。」(《大詞典》有《大字典》無)

139. 濄

（一）guō　①同「渦」。水名。即今河南省的渦河。《說文・水部》：「濄，水。受淮陽扶溝浪湯渠，東入淮。」《集韻・戈韻》：「濄，或省。」《水經注・陰溝水》：「陰溝水出河南楊武縣蒗蕩渠，東南至沛為濄水。陰溝始亂蒗蕩，終別於沙，而濄水出焉。」(《大字典》)

濄¹　guō　水名。又名渦河。淮河支流。源出河南省通許縣，東南流至安徽省亳州市納惠濟河，至懷遠縣入淮河。北魏酈道元《水經注・淮水》：「(淮水)又東過當塗縣北，濄水從西北來注之。」(《大詞典》)

140. 漎

（一）cóng　①同「潨」。水匯合。也指水流匯合處。《集韻・東韻》：「潨，《說文》：『小水入大水曰潨。』《詩》傳：『水會也。』或作漎。」(《大字典》有《大詞典》無)

141. 漳

②通「障」。參見「漳防」。【漳防】障防。漳，通「障」。《韓詩外傳》卷三：「夫水……漳防而清，似知命者。」周廷寀校注：「漳、障……古通。」(《大詞典》有《大字典》無)

142. 潎

（三）piào　同「漂」。波浪貌。《玉篇・水部》：「潎，波浪皃。今作漂。」

（《大字典》有《大詞典》無）

143. 演

⑪通「殯」。荒遠之地。《藝文類聚》卷十六引南朝齊王儉《皇太子妃哀策文》：「紃組咸事，象服有章。八演仰則，六幽望景。」（《大詞典》有《大字典》無）

144. 淑

②同「寂」。《集韻・錫韻》：「宋，或作寂、淑。」（《大字典》有《大詞典》無）

145. 漻

（一）liáo

②通「潦（lǎo）」。大水。《呂氏春秋・古樂》：「禹立，勤勞天下，日夜不懈，通大川，決壅塞，鑿龍門，降通漻水以導河。」高誘注：「降，大；漻，流。」陳奇猷校釋：「『降』字當衍。漻水即潦水，蓋謂洪水也。『漻』、『潦』古音尤、蕭二部通轉，故漻即潦也……讀者於『漻』字旁注『降』字，寫者不慎而誤入正文也。高注順文為解，非是。」。（《大字典》）

漻¹ liáo ③流動。《呂氏春秋・仲夏》：「通大川，決壅塞，鑿龍門，降通漻水以導河。」高誘注：「漻，流。」一說，通「潦」。見陳奇猷校釋。（《大詞典》）

按：書證相同，釋義不同。這可以整理出一些。

④通「寥」。空虛；寂靜。《韓非子・主道》：「寂乎其無位而處，漻乎莫得其所。」顧廣圻識誤：「漻讀為寥，正字作廖，《說文》云：空虛也。」漢司馬相如《上林賦》：「悠遠長懷，寂漻無聲。」《漢書・禮樂志》：「函蒙祉福常若期，寂漻上天知厥時。」顏師古注引應劭曰：「言天雖寂漻高遠，而知我饗薦之時也。」（《大字典》）

漻¹ liáo ②空廓。《韓非子・主道》：「寂乎其無位而處，漻乎莫得其所。」陳奇猷集釋引顧廣圻曰：「漻，讀為寥，正字作廖，《說文》云：『空虛也。』」《漢書・禮樂志》：「函蒙祉福常若期，寂漻上天知厥時。」顏師古注引應劭曰：「言天雖寂漻高遠，而知我饗薦之時也。」（《大詞典》）

146. 澆

澆² nào　②通「撓」。參見「撓²淆」。【澆²淆】梟亂，淆亂。漢董仲舒《春秋繁露·陰陽出入上下》：「是故春俱南，秋俱北，而不同道。夏交於前，冬交於後，而不同理。並行而不相亂，澆淆而各持分，此之謂天之意。」（《大詞典》有《大字典》無）

147. 澍

（二）zhù　同「注」。灌注；傾瀉。《文選·王褒〈洞簫賦〉》：「揚素波而揮連珠兮，聲磕磕而澍淵。」李善注：「《說文》曰：『注，灌也。』澍與注，古字通。」唐柳宗元《晉問》：「俄然決源釃流，交灌互澍，若枝若股，委屈延布。」明王韋《玉漏遲·元宵奉陳靜齋憲長》：「歎骨肉，水萍風絮留不住，紛紛客淚，兩行如澍。」（《大字典》）

澍² zhù　①灌注；傾瀉。《文選·王褒〈洞簫賦〉》：「揚素波而揮連珠兮，聲磕磕而澍淵。」李善注：「澍與注，古字通。」（《大詞典》）

148. 澎

澎² péng　①通「膨」。參見「澎²漲」。【澎²漲】亦作「澎脹」。高漲；擴大。《朱子語類》卷三十：「蓋怒氣易發難制，如水之澎漲。」胡國樑《辛亥廣州起義別紀》：「可是這一次，雖然沒有多大的犧牲，沒有多大的損失，但是民氣很覺澎脹。」茅盾《見聞雜記·「戰時景氣」的寵兒——寶雞》：「但是這天天在澎漲的新市區，還不能代表寶雞的全貌。」（《大詞典》有《大字典》無）

149. 潾

（一）màn　同「漫」。《字彙·水部》：「潾，見《周宣王石鼓文》，鄭云：『潾即漫字。』」《古文苑·周宣王石鼓文》：「潾潾又（有）鯊，其斿趠趠。」章樵注：「潾即漫……鯊，今作鯊，魚名。」（《大字典》有《大詞典》無）

（二）ǒu　同「藕」。《字彙補·水部》：「潾，與藕同。」（《大字典》有《大詞典》無）

150. 潮

①江河流向海。後作「朝」。《集韻·宵韻》：「淖，《說文》：『水朝宗於海。』隸作潮，通作朝。」按：《說文·水部》「淖，水朝宗於海」清桂馥義證：「言水赴海，亦如諸侯之見天子也。《詩》：『沿彼流水，朝宗於海』《箋》云：『水流而

入海，小就大也。』」(《大字典》有《大詞典》無)

151. 潭

(二) xún 同「潯」。水邊；水邊深處。《集韻·侵韻》：「潯，《說文》：『旁深也。』或作潭。」《漢書·揚雄傳上》：「因江潭而沚記兮，欽弔楚之湘纍。」顏師古注引蘇林曰：「潭，水邊也。」南朝宋鮑照《贈傅都曹別》詩：「輕鴻戲江潭，孤雁集洲沚。」(《大字典》)

潭² xún 水邊；水邊深處。《漢書·揚雄傳上》：「因江潭而沚記兮。」顏師古注：「因江水之邊而投書記以往弔也。」南朝宋鮑照《贈傅都曹別》詩：「輕鴻戲江潭，孤雁集洲沚。」(《大詞典》)

152. 潦

潦⁴ liáo ③用同「燎」。水火燙傷。參見「潦⁴漿泡」。【潦⁴漿泡】皮膚被燙後出現的水泡。《水滸傳》第八回：「(林沖)被薛霸只一按，按在滾湯裏……林沖看時，腳上滿面都是潦漿泡。」《紅樓夢》第二五回：「(賈環)將那一盞油汪汪的蠟燭，向寶玉臉上只一推……只見寶玉左邊臉上起了一溜潦泡。」(《大詞典》有《大字典》無)

153. 潛

⑪古代積柴水中稱「潛」。魚棲其中，便於圍捕。《詩·周頌·潛》：「潛有多魚。」毛傳：「潛，糝也。」陸德明釋文：「《小爾雅》云：『魚之所息謂之橬。橬者，糝也。謂積柴水中，令魚依之止息，因而取之也。』」(《大字典》)

⑩通「糝」「橬」「罧」。魚止息處。《詩·周頌·潛》：「猗與漆沮，潛有多魚。」毛傳：「潛，糝也。」陸德明釋文：「《小爾雅》云：『魚之所息謂之橬。橬者，糝也。謂積柴水中，令魚依之止息，因而取之也。』郭景純因改《爾雅》，從《小爾雅》作木旁參……《字林》作『罧』。」(《大詞典》)

154. 潰

⑥通「憒」。昏亂。《玉篇·水部》：「潰，亂也。」清朱駿聲《說文通訓定聲·履部》：「潰，叚借為憒。」《詩·大雅·召旻》：「昏㹻靡共，潰潰回遹。」毛傳：「潰潰，亂也。」馬瑞辰通釋：「《說文》：『憒，亂也。』潰潰，即憒憒指叚借。」(《大字典》有《大詞典》無)

155. 澓

②同「洑」。水潛流地下。《集韻·屋韻》:「澓,伏流也。或從伏。」(《大字典》有《大詞典》無)

156. 潚

②用同「犟」。性情固執。《金瓶梅詞話》第四八回:「我說且不教孩兒來罷,恁潚的貨,只當教抱了他來,你看讀的那孩兒這模樣!」(《大詞典》有《大字典》無)

157. 潑

(一) pō　⑬量詞。相當於「番」。《俗呼小錄》:「雨一番一起爲一潑。」《四川諺語·農業生產·作物栽培》:「頭潑金,二潑銀,三潑四潑少收成。」原注:「指栽紅苕的次數。栽得早,收成才好。」(《大字典》有《大詞典》無)

潑² bō　②量詞。同「撥」。(1)相當於「番」。明李翊《俗呼小錄》:「雨一番一起爲一潑。」《人民文學》1977年第3期:「長江上游來了一潑好雪水。這一潑好雪水,七十二小時以內,從長江中游南岸藕池口子流進來。」(2)相當於「群」。克非《春潮急》二九:「獅子燈,是村裏一潑男青年,按傳統習俗組織的。」(《大詞典》有《大字典》無)

158. 濩

濩¹ huò

④通「蠖」。參見「濩略」。【濩略】龍行貌。濩,通「蠖」。《文選·顏延之〈赭白馬賦〉》:「欻聳擢以鴻驚,時濩略而龍蠖。」李善注:《甘泉賦》曰:『迺濩略綏蕤。』」按,今本作「蠖略」。(《大詞典》有《大字典》無)

⑤用同「鑊」。參見「濩鐸」。【濩鐸】形容喧鬧。元鄭光祖《伊尹耕莘》第二折:「(正末唱)更和那人馬鬧濩鐸。」朱居易《元劇俗語方言例釋》:「同鑊鐸。喧鬧。」鑊,一作「濩」。(《大詞典》有《大字典》無)

159. 潞

⑥通「露」。羸。《字彙補·水部》:「潞,又與露音義同。」《呂氏春秋·不屈》:「圍邯鄲三年而弗能取,士民罷潞,國家空虛。」高誘注:「潞,羸也。」畢沅曰:「潞與露同。」《戰國策·秦策一》:「是故兵終身暴靈於外,士民潞病於內。」高誘注:「潞,羸於內。」(《大字典》)

④瘦；弱。《呂氏春秋・不屈》：「圍邯鄲三年而弗能取，士民罷潞，國家空虛。」高誘注：「潞，羸也。」（《大詞典》）

160. 濃

⑦用同「膿」。參見「膿包」。【濃包】膿包。喻指無能或無能的人。《明成化說唱詞話叢刊・包龍圖斷曹國舅公案傳》：「喝罵包家手下人，我們都是濃包漢。」（《大詞典》有《大字典》無）

161. 澡

④同「璪」。一種有水藻形紋理的玉飾。《集韻・晧韻》：「璪，《說文》『玉飾如水藻之文。』或從水。」（《大字典》有《大詞典》無）

162. 激

（二）jiào　②半遮。或作「徼」。《說文・水部》：「激，一曰半遮也。」桂馥義證：「『一曰半遮也』者，或通作徼。《字書》：徼，遮也。《史記・司馬相如傳》：『徼卻受詘。』《索隱》曰：『司馬彪云：徼，遮也。』」（《大字典》有《大詞典》無）

（三）jiǎo　同「徼」。僥倖。《集韻・蕭韻》：「憿，《說文》：『幸也。』亦作激。通作僥、徼。」（《大字典》有《大詞典》無）

163. 澮

（二）huì　③同「濊」。深廣貌。《集韻・夳韻》：「濊，汪濊，深廣也。或作澮。」（《大字典》有《大詞典》無）

164. 濂

（一）lián　①同「溓」。薄水；大水中斷小水流出。《廣韻・添韻》：「濂，薄也。」《古今韻會舉要・鹽韻》：「溓，《說文》：『薄水也。從水，兼聲。一曰中絕小水。』或作濂。」（《大字典》有《大詞典》無）

165. 灘

（一）yōng　同「灉」。古水名。1. 約在今山東省菏澤市東北，為古黃河的岔流，故道已湮。《廣韻・鍾韻》：「灉，灘同。《爾雅》曰：水自河出為灉。」2. 約在今河南省商丘市一帶。《廣韻・鍾韻》：「灉，水名。在宋。」《說文・水部》作「灉」。《呂氏春秋・察今》：「荊人欲襲宋，使人先表灉水。灉水暴益，

荊人弗知。」(《大字典》)

古水名。①約在今山東省菏澤市東北，為古黃河的岔流，故道已湮。②約在今河南省商丘市一帶。《呂氏春秋・察今》:「荊人欲襲宋，使人先表澭水。」(《大詞典》)

166. 潚

(二) xiāo 同「瀟」。《集韻・蕭韻》:「瀟，瀟瀟，風雨暴疾皃。一曰水名。或作潚。」(《大字典》有《大詞典》無)

167. 濤

(三) shòu 同「鄯」。水名。在今四川省都江堰市。《集韻・有韻》:「鄯，水名。在蜀。或從水。」(《大字典》有《大詞典》無)

168. 濫

⑬安網於水取魚。《國語・魯語上》:「宣公夏濫於泗淵，裏革斷其罟而棄之。」韋昭注:「漬罟於泗水之淵以取魚也。」《文選・張衡〈西京賦〉》:「澤虞是濫，何有春秋?」李善注引薛綜曰:「濫，施罛罟也。」(《大字典》)

⑦通「檻」。施柴於水中作檻以取魚。《國語・魯語上》:「宣公夏濫於泗淵，裏革斷其罟而棄之。」韋昭注:「漬罟於泗水之淵以取魚也。」漢張衡《西京賦》:「澤虞是濫，何有春秋?」清朱駿聲《說文通訓定聲・謙部》:「《西京賦》『澤虞是濫』注:『施罛罟也。』按:施柴水中以聚魚，圍而捕之，如檻之四面設闌，所謂竭澤而漁者。」(《大詞典》)

⑩貪。《呂氏春秋・權勳》:「乃使荀息以屈產之乘爲庭實，而加以垂棘之璧，以假道於虞而伐虢。虞公濫於寶與馬而欲許之。」高誘注:「濫，貪。」楊樹達《積微居讀書記・讀呂氏春秋札記》曰:「字蓋假為『惏』。《說文》十篇下《心部》云:『河北之內謂貪曰惏。從心，林聲。』『惏』、『濫』古音近。」三國魏嵇康《答向子期難養生論》:「使動足資生，不濫於物，知其正身，不營於外，背其所害，向其所利，此所以用智遂生之道也。」清陳鴻墀《全唐文紀事・覈實》引《唐師亮墓誌》:「永隆二年，以運糧勳授上柱國，似譏其濫功冒賞者。」《水滸傳》第八三回:「誰想這夥官員，貪濫無厭，徇私作弊，克減酒肉。」(《大字典》)

⑧通「欿」。貪慾；使貪羨。《呂氏春秋・權勳》:「(獻公) 乃使荀息以屈

産之乘爲庭實，而加以垂棘之璧，以假道於虞而伐虢。虞公濫於寶與馬而欲許之。」高誘注：「濫，貪。」《淮南子‧俶真訓》：「聲色不能淫也，美者不能濫也，智者不能動也，勇者不能恐也，此真人之道也。」高誘注：「濫，覷也。」三國魏嵇康《答向子期難養生論》：「使動足資生，不濫於物，知其正身，不營於外，背其所害，向其所利，此所以用智遂生之道也。」《水滸傳》第八三回：「誰想這夥官員，貪濫無厭。」（《大詞典》）

169. 㲉

（三）ruǎn　②同「㲉」。熱水。《集韻‧換韻》：「㲉，沐浴餘潘。或從需。」《禮記‧喪大記》：「㲉濯棄於坎。」按：《儀禮‧士喪禮》作「浴用巾，挋用浴衣。㲉濯棄於坎」。（《大字典》有《大詞典》無）

170. 濬

③通「徇」。參見「濬齊」。【濬齊】敏慧。濬，通「徇」。《史記‧五帝本紀》「幼而徇齊」唐司馬貞索隱：「《史記》舊本亦有作『濬齊』。蓋古字假借『徇』爲『濬』。濬，深也，義亦並通。」清黃宗羲《張景岳傳》：「介賓年四十，即從游於京師。天下承平，奇才異士集於侯門。介賓幼而濬齊，遂徧交其長者。」（《大詞典》有《大字典》無）

171. 濕

（三）xí.　○同「隰」。低濕的地方。《集韻‧緝韻》：「隰，《說文》：『阪下溼也。』或作濕。」（《大字典》）

濕³　xí

①通「隰」。《書‧禹貢》：「原隰厎績，至於豬野。」孔傳：「下濕曰隰。」《詩‧邶風‧簡兮》：「山有榛，隰有苓。」《漢書‧貨殖傳序》：「於是辯其土地川澤丘陵衍沃原隰之宜，教民種樹畜養。」唐韓愈《送水陸運使韓侍禦歸所治序》：「而又爲之奔走經營，相原隰之宜，指授方法。」（《大詞典》）

②通「塈」。低下。《荀子‧修身》：「卑濕重遲貪利，則抗之以高志。」王念孫《讀書雜誌‧荀子一》：「卑濕，謂志意卑下也。《說文》：『塈，下入也。』《論衡‧氣壽篇》曰：『兒生號啼之聲，鴻朗高暢者壽，嘶喝濕下者夭。』是濕爲下也。塈、濕古字通。」（《大詞典》）

（三）xí　○同「隰」。古人名用字。《集韻‧帖韻》：「隰，闟。人名。《春

秋傳》有公子隰。或從水。」《穀梁傳‧襄公八年》：「鄭人侵蔡，獲公子濕。」陸德明釋文：「公子濕，本又作『隰』，又音變。」按：左氏《春秋‧襄公八年》作『公子變』。（《大字典》）

濕⁴ xiè 古人名用字。《穀梁傳‧襄公八年》：「鄭人侵蔡，獲蔡公子濕」唐陸德明釋文：「公子濕，本又作『隰』。」（《大詞典》）

172. 瀇

（二）wāng 同「汪」。污濁的小水坑。《集韻‧宕韻》：「汪，停水臭。或從廣。」（《大字典》有《大詞典》無）

173. 濟

⑭通「霽」。雨雪轉晴。《爾雅‧釋天》：「濟謂之霽。」《史記‧宋微子世家》：「曰雨，曰濟。」按，《書‧洪範》作「曰雨，曰霽」。漢王充《論衡‧明霽》：「暘濟雨濟之時，人君無事，變復之家，猶名其術。」（《大詞典》有《大字典》無）

174. 漻

①同「漻」。水清澈貌。《字彙‧水部》：「漻，水清也。」《正字通‧水部》：「漻，俗漻字。」《廣弘明集》卷三十：「水落樹攦燥，水清流漻寂。」（《大字典》）

①水清貌。《字彙‧水部》：「漻……水清也。」（《大詞典》）

②通「寥」。寂靜。參見「漻沈」、「漻寂」。【漻沈】空曠虛靜貌。明包汝楫《南中紀聞》：「其山不甚高廣，憑覽一望而盡，絕無陰崖奧谷，巉巖漻沈，不知何故。」葉葉《送右任行》：「高秋漻沈一鞭橫，如此河山又送行。」【漻寂】寂靜無聲。唐慧宣《秋日游東山寺尋殊曇二法師》詩：「木落樹蕭槮，水清流漻寂。」（《大詞典》有《大字典》無）

③通「憀」。凄愴。參見「漻慄」。【漻慄】凄愴。漻，通「憀」。清吳偉業《琵琶行》：「斜抹輕挑中一摘，漻慄颾颸慴肌骨。」按，《楚辭‧九辯》：「憀栗兮若遠行，登山臨水兮送將歸。」（《大詞典》有《大字典》無）

175. 潰

⑦通「殨」。壞；敗壞。清朱駿聲《說文通訓定聲‧需部》：「潰，叚借為殨。」《韓非子‧八經》：「廢置無度則權潰，賞罰下共則威分。」梁啟雄淺解：

「『瀆』借為『殰』……君主如果無原則地亂廢除和設置法令，那末，權柄就將敗壞了。」《靈樞經‧根結》：「開折則內節瀆而暴病起矣……瀆者，皮肉宛膲而弱也。」《太玄‧難》：「次二，凍冰瀆，狂馬檦木。」范望注：「瀆，敗也。」（《大字典》）

瀆[1] ⑥敗亂；混雜。《逸周書‧文酌》：「七事：一騰咎信志，二援拔瀆謀，三聚疑沮事。」朱右曾校釋：「瀆，敗亂也。」《韓非子‧八經》：「廢置無度則權瀆，賞罰下共則威分。」宋石介《上蔡副樞密書》：「尊卑有法，上下有紀，貴賤不亂，內外不瀆，風俗歸厚，人倫既正，而王道成矣。」（《大詞典》）

176. 瀀

③同「優」。寬和。《字彙補‧水部》：「瀀，又與優同。」《詩‧商頌‧長發》「敷政優優」，《玉篇零卷‧水部》引作「敷政瀀瀀」，並引毛傳曰：「瀀瀀，和也。」《隸釋‧荊州刺史度尚碑》：「持重瀀於營平，深入則輕冠軍。」洪適注：「瀀為優。」（《大字典》有《大詞典》無）

177. 濺

（三）zàn 同「灒」。用污水揮灑。也指水濺到人們身上。《集韻‧換韻》：「灒，《說文》：『汙灑也。一曰水中人。』或作濺。」（《大字典》有《大詞典》無）

178. 瀏

（一）liú ④通「飀」。風疾貌。清朱駿聲《說文通訓定聲‧孚部》：「瀏，叚借為飀。」《楚辭‧劉向〈九歎‧逢紛〉》：「白露紛以塗塗兮，秋風瀏以蕭蕭。」王逸注：「瀏，風疾貌。」（《大字典》有《大詞典》無）

瀏[1] ③《楚辭‧劉向〈九歎‧逢紛〉》：「白露紛以塗塗兮，秋風瀏以蕭蕭。」王逸注：「瀏，風疾貌。」

179. 瀟

②水清深貌。《水經注‧湘水》：「（二妃）神遊洞庭之淵，出入瀟湘之浦。瀟者，水清深也。」清王士禛《再泛水繪園看月作》詩之二：「水波澹瀟照，雲霞收夕霏。」引申為清涼；清爽。宋蘇庠《臨江仙‧荷花》：「獵獵風蒲初暑過，瀟然庭戶秋清。」（《大字典》）

②用同「瀟」。水清深貌。北魏酈道元《水經注・湘水》:「二妃從征溺於湘江,神遊洞庭之淵,出入瀟湘之浦。瀟者,水清深也。」清王士禎《再泛水繪園看月作》詩之二:「水波澹瀟照,雲霞收夕霏。」(《大詞典》)

180. 瀨

④通「厲」。《史記・南越列傳》:「故歸義越侯二人爲戈船、下厲將軍。」裴駰集解引徐廣曰:「厲,一作瀨。」《漢書・武帝紀》作「下瀨將軍」。(《大詞典》有《大字典》無)

181. 瀠

同「濴」。水迴旋貌。《玉篇・水部》:「濴,水洄。」《集韻・清韻》:「濴,濴濴,水回兒。」唐柳宗元《鈷鉧潭西小丘記》:「枕席而臥,則清泠之狀與目謀,瀯瀯之聲與耳謀。」注:「瀯瀯,水回也。」(《大字典》)

①水流環繞迴旋貌。參見「瀠洄」、「瀠委」。【瀠洄】亦作「瀠迴」。①水流迴旋貌。宋朱熹《精舍閒居戲作武夷棹歌》之九:「八曲風煙勢欲開,鼓樓巖下水瀠洄。」明徐弘祖《徐霞客遊記・滇遊日記七》:「然其境水石瀠迴,峯崖倒突。」清錢泳《履園叢話・園林・長春園》:「潭水瀠洄,塔影鐘聲,不暇應接,絕似西湖勝槩。」趙樸初《訪廣島》詩之一:「向來七水瀠洄處,廣島風姿綽約稱。」引申為迴旋貌。清黃景仁《遊四明山放歌》:「望洋忽勒千里足,怒氣倒激成瀠洄。」瞿秋白《餓鄉紀程》一:「露消露凝,人生奇秘。卻不見溪流無盡藏意;卻不見大氣瀠洄有無微。」【瀠委】迴旋曲折。北魏酈道元《水經注・淮水》:「淮水又逕義陽縣故城南。有九渡水注之。水出雞翅山,溪澗瀠委,沿遡九渡矣。」(《大詞典》)

182. 瀺

②通「眊」。視眼昏蒙。清朱駿聲《說文通訓定聲・小部》:「瀺,叚借為眊。」《山海經・北山經》:「又東百八十里曰小侯之山,明漳之水出焉,南流注於黃澤。有鳥焉,其狀如鳥而白文,名曰鴟鶋,食之不瀺。」郭璞注:「不瞧目也。或作瞲。音醮。」(《大字典》)

②眼睛昏蒙。《山海經・北山經》:「又東百八十里曰小侯之山,明漳之水出焉,南流注於黃澤。有鳥焉,其狀如鳥而白文,名曰鴟鶋,食之不瀺。」郭璞注:「不瞧目也。或作瞲。」(《大詞典》)

183. 瀾

⑥用同「濫」。極，非常。《醒世恒言・杜子春三入長安》：「我祖上遺下
……居房若干間，長江上下蘆洲若干里，良田若干頃，極是有利息的。我當
初要銀錢用，都瀾賤的典賣與人了。」顧學頡校注：「瀾賤，即『濫賤』；價錢
非常賤。」（《大字典》）

瀾² làn ②見「瀾₂賤」。【瀾₂賤】（價格）低廉。《醒世恒言・杜子春三
入長安》：「我祖上遺下……居房若干間，長江上下蘆洲若干里，良田若干頃，
極是有利息的。我當初要銀錢用，都瀾賤的典賣與人了。」顧學頡校注：「瀾賤，
即『濫賤』；價錢非常賤。」（《大詞典》）

184. 瀁

同「潨」。《集韻・東韻》：「潨，《說文》：『小水入大水曰潨。』《詩》傳：
『水會也。』或作瀁。」《文選・謝靈運〈於南山往北山經湖中瞻眺〉》：「俛視
喬木杪，仰聆大壑瀁。」李善注：「瀁與潨同。」南朝宋鮑照《日落望江贈荀丞》
詩：「延頸望江陰，亂流瀁大壑。」南朝梁沈約《被褐守山東》：「萬仞倒危石，
百丈注懸瀁。」（《大字典》）

①水聲。南朝宋謝靈運《於南山往北山經湖中瞻眺》詩：「俛視喬木杪，仰
聆大壑瀁。」唐丘丹《奉使過石門瀑布》詩：「嵯瀁滿山響，坐覺炎氛變。」②
謂水會合。南朝宋鮑照《日落望江贈荀丞》詩：「亂流瀁大壑，長霧匝高林。」
（《大詞典》）

按：鮑照的詩選的詩句節選有差異。

185. 灓

（二）luàn ①橫渡河。也作「亂」。《廣韻・換韻》：「灓，絕水渡也。亦作
亂。」《集韻・換韻》：「灓，正絕流渡曰灓，通作亂。」（《大字典》有《大詞典》
無）

186. 灑

（三）xǐ ③通「釃」。分。《墨子・兼愛中》：「灑爲九澮。」孫詒讓間詁：
「灑、釃字通。《漢書・溝洫志》云：『禹迺釃二渠以引其河。』注：孟康云：
『釃，分也。分其流泄其怒也。』」《史記・河渠書》：「九川既疏，九澤既灑，
諸夏艾安，功施於三代。」《文選・張衡〈南都賦〉》：「其水則開竇灑流，浸彼

稻田。」李善注引《漢書音義》曰：「灑，分也。」（《大字典》有《大詞典》無）

灑³ shī ①通「釃」。疏導分散水流。《墨子‧兼愛中》：「灑爲九澮。」孫詒讓間詁：「灑、釃字通。《漢書‧溝洫志》云：『禹酒釃二渠以引其河。』注：孟康云：『釃，分也。分其流，泄其怒也。』」《漢書‧司馬相如傳下》：「昔者，洪水沸出，氾濫衍溢，民人升降移徙，崎嶇而不安。夏後氏戚之，乃墮洪原，決江疏河，灑沈澹災。」顏師古注：「灑，分也。沈，深也。澹，安也。言分散其深水，以安定其災也。灑音所宜反。」（《大詞典》有《大字典》無）

187. 灒

（一）zàn 用污水揮灑。也指水濺到人們身上。也作「濺」。《說文‧水部》：「灒，汙灑也。一曰水中人也。」段玉裁注：「謂用污水揮灑也……『中』讀去聲。此與上文無二義，而別之者，此兼指不污者言也。」王筠句讀：「『一曰』二字當作『謂』。」唐玄應《一切經音義》卷三：「灒，又作濺、啜二形，同子旦反。《說文》：灒，相污灑也。《史記》『五步之內，以血濺大王衣』作濺。楊泉《物理論》云『恐不知味而唾啜』作啜。江南行此音。山東音湔，子見反。」《西遊記》第四十四回：「烹的望里一摔，灒了半衣襟臭水。」（《大字典》）

用污水灑。也指污泥或水受沖激向外散射。又指水濺到衣服上。《說文‧水部》：「灒，汙灑也。一曰水中人也。」《朱子語類》卷二：「擲一團爛泥於地，泥必灒開成稜瓣也。」《西遊記》第四四回：「只是灒起些水來，汙了衣服，有些醃臢臭氣。」清阮葵生《茶餘客話》卷十六：「《俗字》：濺水上衣曰『灒』。」（《大詞典》）

（四）zá 同「湽」。水濺起。《集韻‧曷韻》：「湽，水濺也。或從贊。」（《大字典》有《大詞典》無）

188. 瀹

同「瀹」。《集韻‧藥韻》：「瀹，《說文》：『漬也。』一曰水皃。或作瀹。」《莊子‧知北遊》：「老耼曰：『汝齋戒疏瀹而心，澡雪而精神，掊擊而知。夫道窅然難言哉，將為汝言其崖略。』」《南史‧庾杲之傳》：「清貧自業，食唯有韭菹瀹韭生韭雜菜。」唐段成式《酉陽雜俎‧酒食》有「瀹鮎法」。（《大字典》有

《大詞典》無）

①洗濯。《莊子‧知北遊》：「汝齋戒疏瀹而心。」成玄英疏：「疏瀹，猶灑濯也。」陸德明釋文：「瀹，音藥。」②浸泡。《南史‧庾杲之傳》：「清貧自業，食唯有韭葅、瀹韭、生韭、雜菜。」

按：《大字典》未有義項解釋。

189. 瀗

④用同「蕩」。遊蕩。明艾衲《豆棚閒話》第九則：「（劉豹）剛剛剩得一個本身，流來瀗去，親眷朋友，俱已深惡痛絕。」（《大字典》有《大詞典》無）

190. 灝

④用同「皓」。白。參見「灝露」。【灝露】白露。灝，用同「皓」。明劉基《述志賦》：「漱飛泉之華滋兮，挹灝露之醇英。」（《大詞典》有《大字典》無）

191. 灤

①同「㜜」。漏流；浸漬。《集韻‧桓韻》：「㜜，《說文》：『漏流也。』一曰漬也，或從㜜。」（《大字典》有《大詞典》無）

192. 灨

同「贛」。1. 水名。在江西省。《集韻‧感韻》：「灨，水名，出南康。或作贛。」又《送韻》：「𣹢，水名，出豫章。或作灨，通作贛。」唐孟浩然《下灨石》：「灨石（贛江十八灘的統稱）三百里，沿洄千嶂間。」2. 縣名。今江西省贛縣。《廣韻‧勘韻》：「灨，縣名。記云：章、貢二水合流，因其處立縣，便以為名，在南康郡。亦作贛。」《集韻‧勘韻》：「灨，邑名，在豫章。」（《大字典》）

水名。即贛江。在江西省，注入鄱陽湖。（《大詞典》）

附錄三 《大字典》水部字代表性詞義範疇類聚

動詞類

「洗滌」類

沐　洗頭髮

沫　洗臉

洒　洗滌

洗　洗腳

澡　洗手

涷　洗滌

浴　洗澡

浣　洗衣服

瀚　洗衣物

滌　洗滌

漱　漱口

濯　洗滌

涮　洗滌

「涉渡」類

渡　過河

濟　渡過

涉　徒步過水

游　在水中浮行或潛泳

泅　浮行水上

潛　水中行

泳　潛行水中

溯　無舟過河

「澆灌」類

注　灌入

淋　灌溉

沃　灌溉

澆　灌溉；淋

灌　灌溉

潅　灌溉

漑　灌溉

淳　澆灌

「淘濾」類

汰（汏）　淘洗

淅　淘（米）

淘　在水中盪

湣　淘米

漅　淘去

瀟（潚）　淘米

漉　液體慢慢滲下

瀝　濾

濾　漉去滓

潷　濾出液體

「沉沒」類

沒　沉沒，潛入水中

沈（沉）　沉沒；人或物沒入水中

湛　沉沒

湮　沉沒；沒落

淹　浸漬；淹沒

湏　沉沒

溺　淹沒；淹死

休　沉沒；沉溺

湎　沉迷

瀎　沉沒

灖　沒

「漂浮」類

浮　漂在水或其他液體上面

漂　浮游

汎（泛）　浮游；漂浮

汆　人浮水上

「潑灑」類

汛　灑水（掃地）

灑　散水於地，以免灰塵飛揚

潑　液體倒掉時使散開

名詞類

「湖澤」類

澤　水聚匯處

湖　被陸地包圍著的大片積水

淀　淺水湖泊

澱　淤泥，沉積的泥滓

泊（濼）　湖泊

洦　淺水

海　承受大陸江河流水的地球上最大的水域

「池窪」類

潴　水停聚的地方

氹　水坑；水池子

凼　同「氹」

池　水塘，積水的坑

沱　今別作池

汪　污濁的小水坑

沼　水池

溏　水池

潢　積水坑

汙　同洿

洿　濁水池

污　同洿

洼　深池

窪　深池

潭　深淵

泓　潭

沈　山嶺上凹處的積水

溷　渾濁的積水

澸　水窪

沛　沼澤

「河流」總稱

水　河流；江、河、湖、海的通稱

川　水道，河流

河　水道的通稱

江　大河流的通稱

「溝渠」類

溝　水道

溪　山間的小河溝

澗　山間的水溝

渠　人工開鑿的濠溝、水道

瀆　溝渠；又特指邑中的溝

洫　古井田制，成與成之間的水道

減　同「洫」

洐　溝行水

況　小溝

遂　田間小溝

濘　丘陵間的溪水

澮　田間的水溝

濠　城濠，護城河

浜　小河溝

「支流」類

派　水的支流

氾　由主流分岔流出後又流回主流的水

漟　同「灘」

灘　從黃河主道分出又流回主河道的水

汊　水流的分支，也指水流分叉處

沱　江水的支流、水灣

「水源」類

渞　水源

源　水流起頭的地方

泉　從地下流出的水；水的源頭

洤　同「泉。

灦　噴涌的泉水

「大小水」類

洪　大水

汾　小水

洚　（又讀 hóng）洪水

涓　細小的流水

浲　大水

渲　小水

潒　大水

濂　薄水；小水

潏　大水

瀐　同「濂」；大水中斷小水流出

濴　很小的水

「特殊的水」類

瀨　從沙石上流過的水

潦　雨後地面聚積之水

灤　夏有水冬無水的山澤和山溪

汥　路上牛蹄跡中的積水

「水邊」類

汀　水邊平灘

氿　水邊枯土

沊　灘磧想湊之處

沙　水邊沙地

汭　水涯

汻　同「滸」

沂　水邊

浂　涯

浧　水浦

垠　同「垠」

浦　水濱

涘　水邊；岸邊

涯　水邊；岸

湄　岸邊，水與草交接的地方

湝　水邊

滧　水邊

漪　岸邊

潹　水邊

澛　水邊

濆　水邊，崖岸

澳　水邊地

潯　水邊

滋　水邊地；涯岸

澥　靠陸地的海灣

濱　水邊；靠近水的地方

瀕　水邊

灣　河水彎曲處；港灣

「水中的小塊陸地」類

沚　水中小塊陸地

渚　水中小塊陸地

潕　水中的陸地

洲　河流中由沙石、泥土淤積而成的陸地

灘　水中沙石堆

沵　同「坻」。水中的小洲或高地

泜　同「坻」。水中的小洲或高地

洔　同「沚」。水中小塊陸地

汀　水中或岸邊略高於水的小平地

淤　泥沙沖積成的水中陸地

「渡口」類

津　渡口

渡　過江河之處，即擺渡口

橫　渡口

浦　渡口及渡口附近的水域

港　人工河渠之至江海的入口

「汁液」總稱

汁　含有某種物質的液體

液　液體

洎　汁液

潘　汁

「生物體液」類

汗　人和部分動物汗腺裏排洩出
　　來的液體

汋　人的液體

洟　鼻涕

涎　口水

涕　眼淚

淚　眼淚

渧　男女的精血

漾　同「涎」

澼　腸間水

灡　津液

灑　淚水

「飲料」類

湆　羹汁

洦　湯汁

涑　棠棗汁

洀　藏梨汁

漿　古代一種釀製的微帶酸味的
　　飲料

溇　將水果浸漬並密封使之發酵
　　所形成的漿汁

灝　豆漿

涼　淡酒

「溫熱水」類

洍　溫水

洝　溫水

涗　溫水

澡　熱水。又特指洗過澡的水

湯　熱水；沸水

潒　同「澡」

潐　繰絲所用沸水

「淘米水」類

泔　淘米、洗刷鍋碗等用過的水

潲　臭汁，淘米水等製成的豬食

滫　酸臭的淘米水

潘　淘米水

灡　淘米水

渾　乳汁

洦　水波紋

浪　大波；波浪

淪　水面上的小波紋

渼　水波

漣　風吹水面所形成的波紋

漪　風吹水波成紋

澆　波浪

澐　長江大波

潩　水波

濤　大波

瀾　大波

汦　水紋

浂　水波紋

洇　水波紋

波　江、河、湖、海等起伏的水。

汐　晚潮

「旋渦」類

洑　洄流；旋渦

漩　迴旋的水流

湍急流的水

淵回水；洄流水

潿水流迴旋

渦迴旋的水流

「天氣」類

洐雷震聲

涔澇；久雨而漬

濻小雨

溟小雨濛濛

澍時雨；透雨

瀑急雨，暴風雨

「波浪」類

「泥滓」類

泥　含水的半固體狀的土

溚　水與泥、物相摻和

淤　水中沉澱的泥沙等

澤　深泥；爛泥

澍　深泥

淖　爛泥；泥沼

渣　物體經過提煉或使用後的殘

餘部分

湑　濾去的酒渣滓

滓　沉澱物，渣子

溡　泥淖

澱　淤泥，沉積的泥滓

濘　稀泥漿